たいへんよく生きました

ぬか風呂サロン闘病記

片岡みい子

論創社

たいへんよく生きました　目次

たいへんよく生きました

序章　ハッピー・ゴー・ラッキー

また、今日も泣いてしまった。泣くきっかけはどこにでもある。しかも突然やってくる。車窓から見えた空が真っ青だったから。ほどよく冷えた生ビールが美味しかったから。Mが書いたメモを見ても、民間療法の記事を読んでも、薬の名前を耳にしても、テレビで蟹座の運勢が流れても、胸が詰まる。愛用していたうがい薬を見ても、鰻の蒲焼の匂いを嗅いでも。自宅のトイレで、地下鉄や新幹線のなかで。夢を見て、泣いて目が覚めることもある。

悲しいのか、可哀相なのか、なにかの刺激で涙が溢れ出す。視界がぼやけ、後頭部がジンジンしびれる。いったい、いつまでこんなふうに泣くのだろう。

Mが亡くなって一三年が経つ。一九九七年八月に右頬の内側、上咽頭に腫瘍が見つかった。九月八日の摘出手術を皮切りに、続く三年半のあいだにMは大きな手術を四回受け、最後の八ヵ月余りを壮絶な闘病ですごし、二〇〇一年四月一六日、五三歳九ヵ月で逝ってしまった。

私は五〇歳だった。亡くなる五日前に入籍したので未亡人になる。二五年間一緒にいたが子どもをもつことはできなかった。Mと出会ってからずっと、いつも慌ただしかった気がする。発症して癌とわかってからは闘病に追われ、経済的な不安に苛まれた。亡くなってからも事後処理に忙殺された。

M（正垣親一・一九四七年七月二〇日生まれ）は、一九六〇年代末からソ連・東欧の反体制派運動を支援し、東京外国語大学ロシア科を卒業後、家業だった乳酸菌飲料事業の延長でクロレラを扱う食品会社を手伝い、そこが倒産したのち、濃縮乳酸菌飲料やパンやクロレラ麺の製造販売会社を経営するかたわら、反体制派支援や現代ソ連をテーマに講演や評論活動をしていた。一九九三年からはモスクワの学校や麻薬更生施設、無料食堂を援助する活動も始めた。雑誌に連載や取材記事を書き、テレビ取材のコーディネートをし、ときどきコメンテーターとして文化放送や民放テレビ局に出演した。


「Mさん、短くても、人の何倍も充実した人生だったでしょう。全力疾走だったたよね」

と友人知人の多くは言う。

「人は生きたように死んでいくって……。でも、親ちゃんには酷な言い方かもしれないわね」

とは、辛い時期を看病してくださったトウ子さん（M母方の叔母でMの二歳上）。

「親一が二〇歳になったときに実印を作ってあげたの。そのときの判子屋さんに、この人は五〇歳までだね……って言われたのよ」とは、微笑しながらのM母。

「人は病気で死ぬんじゃありません、寿命で死ぬんですよ」とおっしゃったのは糠風呂の顧客、堀越さん。これが一番慰めになったかもしれない。

そう、誰も自分の死ぬときを選べない。それだけじゃない。子どもは生まれてくるときに親も選べなければ、場所も時代も選べない。皮膚や髪や瞳の色も、容姿も性的志向も運動能力も、何ひとつ選べないのだ。そして生まれてきたからには、唯一無二の個体として、与えられた身体でやっていくしかない。

私は、Mが四〇代で病を得て死んでいったのは、M家族のなかで与えられた役割に起因するストレスのせいだと確信している。もちろん、見栄っ張りでイイカッコシイというM自身の性格や行動様式もある（この性癖や傾向も、自分で選んでいない）。Mは、家族の期待に応えようと、最後までいい息子で通そうとしていた。

「親が一番なんて、残酷な名前よね……。親を補完し、親と一体の人生じゃない」

と言うと、Mは力なく笑った。

私がMの親子関係をあれこれ分析してみせると、Mは困ったり面白がったりしながら、

「じゃあ、いつか僕のこと書いてよ」と言った。

Mは新聞や雑誌によく文章を書いたし、ロシア情報のファクス通信を送り、熱っぽく講演をし、メディア相手に企画を通すのは天才的にうまかった。しかし、単独取材や署名記事の執筆はともかく、複数で動いた企画の原稿書きや、番組用にインタビューをまとめたりする作業は嫌いだった。

たぶん、自分のことは書かない。

「でも私が書いたら、きっと悪口だらけになるな……」と言うと、笑っていた。

私は、Mの闘病中から、Mの発病で頓挫したロシアでの活動報告と、その特異な闘病の記録を書くぞと心に決めていた。

英語に happy-go-lucky という単語がある。「お気楽な（人のほうが物事うまく運ぶ）」といった意味合いだ。行動様式や生活態度を指す形容詞・副詞で、特段侮蔑的なニュアンスはない。「笑う門には福来《きた》る」にも似ている。でも、『イソップ物語』では、夏のあいだハッピーに歌っていたキリギリスには、寒い冬の到来で不幸な結末が訪れる。

では逆に、lucky-go-happy なのだろうか。つまり、恵まれている人は最後まで幸せでいけるのか。いやいや、そう単純でもない。美人に生まれても異性に敬遠されたり、逆に嫌いな相手につきまとわれたり。大金が転がり込んで身を持ち崩したり、出世して鬱病になったり。かならずしもラッキーがハッピーな展開をもたらすとはかぎらない。これは深遠な問いかけである。と同時に、ほとんどの人が体験的に知っていることだ。

lucky や unlucky がどんな規模でどのタイミングでくるかは予測できない。lucky でも unhappy になるし、unlucky でも happy でいることもできる。

Mは、いつも陽気だったが、本当にハッピーだったのだろうか。

本書をまとめたのは、ほかでもない私のためだ。Mとの二五年間、とくにその終盤は、M家の矛盾とMの欺瞞が爆裂し、すさまじい数年だった。私はその渦中にいながら、いったいこれにどう決着がつくのだろう、いつかは終わるのだろうか……と途方に暮れていた。難破船から逃げ遅れた私は激流に翻弄され、日々の重労働に疲労困憊しながらも、事態を観察し、自分が置かれている立場を考えずにはいられなかった。

本書は、世の中の大半を占める幸せな人たちにとっては陰鬱な物語かもしれない。しかし、いつもラッキーばかりではなかった人たちには、共感をもってもらえると思う。それに、本書をまとめないことには、M関連の書類や写真を処分できない。私は先へ進めない。

1章　右顎のしびれ

抗癌剤も放射線も効かない上咽頭癌

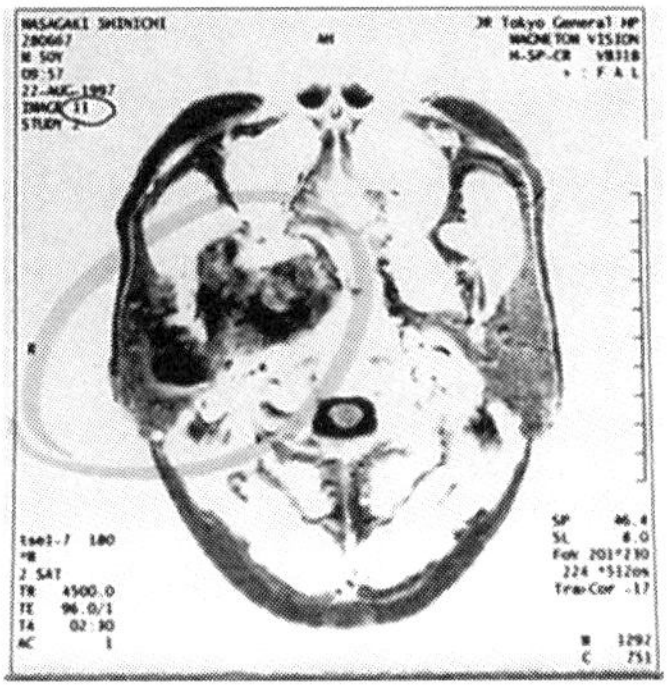

頭部 CT 写真　1997 年

夏は嫌いだ。なぜだか、夏に病気が発覚する。幼い頃から、「暑い、暑い」と夏を呪っていた私がいけないのだろうか。夏の意趣返しか。夏が廻ってくるたびに胸騒ぎがする。

Mが最初に異変を訴えたのは一九九七年の七月だった。

「右頬から顎にかけてしびれるんだ」。

脳梗塞を疑いながらも、Mは西新宿のJR東京総合病院耳鼻咽喉科を受診した。

そういえば五年前の一九九二年、喉に違和感があると言ったのも夏だった。初台の耳鼻科クリニックを受診したところ新宿JR病院を紹介され、翌年二月に小林武夫医師に声帯ポリープを切除していただいた。Mはときどき大声を出すことがあり、ポリープができたのはきっとそのせいだ。

講演（乳酸菌の効用やソ連事情がテーマ）で熱が入ると早口で声が大きくなる。いいことでも悪いことでも大声になる。Mは、人に手をあげたり面罵することはなかったが、電話で声を荒らげて相手の非を言い募ることがあった。声帯の具合が悪くなる数日前も、電話で林田さんを責めていた。お金を融通するかわりに絵を何点か預かっていた人だ。周囲が心配するほど力んでいた。

大きな声が出せる人は小さい声も出せるはずなのに……。

小さな声で話すほうが、よく聞いてもらえるのに……。

ポリープの手術は順調に終わり、Mは以前の声を取り戻した。


一九九四年には、バイクの運転中に代々木のオリンピックセンター近くで出会いがしらに乗用車と衝突、一〇メートル跳んで腕を骨折した。携帯で救急車を呼び、JR病院で処置してもらい、予定通りその日の夕方出張で台湾へ発っていった。帰国後、「ギプスで手がドラエモンみたいになっていて、ホテルで部屋のドアを開けるのに苦労した」と笑っていた。その後、リハビリで熱心にJR病院に通っている。少年時代も、スキーや木登り、水球や剣道、キャンプで小さな怪我はしょっちゅうだったという。損保代理業でMの会社に出入りしていた三和君が言っていた。

「怪我をする人はよくするんです。でも普通、一生のあいだ、そんなに大怪我しないですよ」。

その頃のMは身長一七四センチ、体重八〇キロ。中学時代から乱視の入った近視の眼鏡をかけ、太ってはいるが堅じしで、瞬発力・持久力自慢。車やバイクの運転はうまいが、慎重なタイプではなかった。


病院・検査嫌いの私と違い、Mは区の定期健診を欠かさず、異変を感じるとすぐに病院へ行った。小林医師のJR病院の外来担当日まで間があったため、先生が鎌倉のご自宅から大学へ出勤される途中で通る品川駅へMが出向き、京浜東北線のホームで触診していただいた。数日後、J

Ｒ病院の外来で、ＣＴ写真を見た先生に、

「Ｍさん、これとりましょう。東大の耳鼻咽喉科に優秀な腫瘍チームがあります。そこで手術してもらいましょう。すぐに行ってください」といわれたという。

私がその報告を聞いたのは、一九九七年八月二五日。新宿東口の路上の炎天下、Ｍ姉も一緒だった。Ｍは事業のための資金を用意しなくてはならず、新宿西口代々木寄りにあるＪＲ病院に所見を聞きにいった帰りにＭ姉と私と落ち合うことにしていた。腫瘍と聞いて、脚の力が抜けた。地面がゆらぎ、景色が歪んで見えた。強い陽射しと照り返しで頭がクラクラする。Ｍは、

「明日東大に行ってみるから……。とにかく、急いで送金しなくちゃ」

と言うと、Ｍ姉が用立ててくれた一〇〇万円の封筒を受け取り、銀行へ走った。私もおぼつかない足どりで続き、ＡＴＭで自分の口座から一〇〇万円をおろしてＭに渡した。Ｍは足早に送金窓口へ向かった。

初台の事務所へ戻り、私は銅版画仲間で東京大学医学部付属病院小児外科の橋都浩平医師にメールを送った。

「ＪＲ病院で副咽頭だか側咽頭に腫瘍があるといわれた。本人は頬から顎がしびれると言っている」。

即、返信が届いた。「心配です。とにかく早く受診するように」。

大変なことなんだ……、大変なことになりそうだ。翌日、東大病院の耳鼻咽喉科に同行した。

大きな腫瘍が右頬にあるという。右目の下、鼻の横に耳下腺由来の腫瘍。ＭＲＩのネガをＪＲ病院から東大病院へ届ける途中、Ｍは集英社の中村信一郎君に頼んで急ぎで紙焼にしてもらった。眉の下から顎までの断層写真が一四カット並んでいる。二つの眼球と脳の断面の形が、脚をもいだ蟹に似ている。眼球より下の写真は京劇の隈取を施した顔のように見える。そして左右対称を壊すように、右眼の下、頬の内側に丸い塊が写っている。副鼻腔炎になると膿がたまるあたりだそうだ。腫瘍の輪郭がはっきりしている。「面構えから悪性には見えないが、放置すると腫瘍が増大し、気道を圧迫して命が危ない」という。

人一倍体力知力に自信があり、病気とは無縁だと思っていたＭのことだ。衝撃を受けただろう。それにしても、発症するとしないとで、何がどのように違うのか。東大病院執刀医の菅澤正医師には、「この大きさになるまで二〇年はかかっています」といわれたが、本当にそうなのか。癌があっても症状が出なければ病気ではないのか。癌とわかったとたんに命が危うくなるのはなぜなのか。……わからない。

入院は九月六日、八日に手術と決まった。

Ｍは、父母、姉妹とその家族、親しい友人知人に病状と手術の内容を報告。ロシア情報をファクス通信で送っていた人たちにも詳細を書き送り、取引先にも手術を受ける旨を伝え、入院の準備を始めた。当時、Ｍは乳酸菌の効用やソ連事情をテーマに講演で各地を回っており、周辺には自然食品志向の人たちが多かった。Ｍを心配してくれる人たちが千羽鶴をもって事務所を訪れ、

「先生、どうか手術はしないでください」

「食事を全面的に変えてみてはいかがでしょう」と忠告してくれる。

Mは、「食べるもので、この腫瘍が消えてくれるとは思えない……」と言った。

You are what you eat. というフレーズが、頭のなかを巡る。「あなたはあなたが食すものそのもの」。いったいあなたは何でできているのか。ジャンク・フードか、清浄な有機野菜か。たしかに、外部から取り入れるものといえば、食べものと水と空気だ。

Mは緊張をほぐすため、入院までの毎日、早朝の代々木公園へ深呼吸をしに通った。


入院に先立ち、Mはわざとらしい快活さでM母にこう言った。

「お母さん、僕、お母さんと同じところに腫瘍ができたよ。

やっぱり親子だね。まったく同じ場所で、しかも耳下腺由来だ」。

M母は、お生憎さまと応戦。

「あら、違うわよ、私のは癌じゃなかったもの。

私は嫌だっていうのに、あなたが無理矢理入院させて手術受けさせたんじゃない」。

八〇年代半ば、これも夏だった。MはM母の右耳下の瘤を心配して、友人の医師から借りてきた症例写真を見せてさんざん脅し、M母に手術を勧め、東京慈恵会医大で切除してもらった。

「あのとき手術したから、お母さん、今、元気なんですよ」と、M。

「あら、そんなことないわ。手術なんてしなくてよかったのよ」

M母は当時を思い出したのか、Mに本気で怒っていた。

［入院を控えたMの手紙］一九九七年九月三日

感覚麻痺は一ヵ月半ほど前からで、八月二八日から右内耳の圧迫感が痛みに変わり、九月一日からはときおり激しい痛みが襲う。右下の歯列六本は、無感覚だったのが常に痛むようになり、舌面の八割と口腔全体が軽く無感覚。八月三一日から右眼球裏に中程度の痛み。それが九月一日には日に八回ほどの鈍痛。飲み込むときに喉に違和感。八月末から鼾が轟音に。呼吸ができず、夜中に三度ほど起きる。右顎下から右頭頂を貫く頭痛が日に四～五回走る。

……少年の頃から、いつ死んでも死にきれるよう日々を生きてきたので、心の動揺は一切ない。どれも見事に開花しているとはいえないが、事業も親孝行も社会活動も完全燃焼でやってきた。五〇年と一ヵ月生きてきて、十分。諦め、執着、どちらもない……。

九月八日、私のことを思い出してくださることがあったら、どうか強い想念を、執刀医の先生方に送ってください。……ことに臨んで、私のでき事を母がまるで魚の目切除程度に考えていること、父がまったく知らないことを、少しの救いに感じます……。

手術二日前の九月六日、東大病院耳鼻咽喉科に入院。まだ、天井が低い古い病棟だった。手術前日、主執刀医の菅澤医師の説明を受けるためカンファレンス室に呼ばれた。集英社の中村君が駆けつけてくれ、Mと三人で入室。菅澤医師は頭骨の模型を出してきて説明を始めた。

「右耳のうしろから顎に沿って切り下り、三叉神経、顔面神経、頸動脈を損傷しないようとり出す。それで届かなければ、顎の骨を正中で切断し、顎関節を軸にランボルギーニ・カウンタックみたいに骨をぐいっともち上げ、下からとりにいく」のだそうだ。頸動脈を切れば死亡、神経の損傷によっては半身不随、右半分顔面麻痺もあるという。菅澤医師は四〇歳前後で凛々しい顔立ち。眼鏡の奥には、眼光鋭い、しかし優しい目。フランス留学から戻ったところで手術の腕は確かという評判だった。説明を受けたあと、東大の学食で中村君と私はランチをとった。まだ夏休みだが、カフェテリアは学生たちで賑わっている。

「手術、受けるしか、ないよね……」と、中村君。

病室に戻った私は手術承諾書に署名、続柄に「同居人」と記した。

手術前日、院内の床屋さんが出張してきて、頭部右半分を剃毛。

「モヒカン刈りみたいでしょ」と、Mははしゃいでいる。

病棟の廊下の長椅子で見舞客数人に囲まれ、元気に手術の説明をし、一緒に記念撮影をした。

七時過ぎ、執刀医の一人・高砂医師が帰ろうと廊下を通りかかったときMは明るい声で、

「先生、明日は朝早くから僕の手術ですから、今夜はお酒飲みすぎないでくださいね」

と声をかけた。高砂医師は笑顔で応えた。

Mが半身不随になったら仕事はできない。食品会社はたたむことになる。五階に事務所があり、一一階でM父母が暮らしている初台マンションに住み続けるのは難しい。

私は新潟の母に電話をした。八二歳の母は二年前から一人で暮らしている。

「お母さん？　みぃ子です」。

私だとわかった瞬間、母はもう涙声だ。

「……半身不随になったら、新潟へ行っていいかな。Mさんを介護しながら、お母さんと一緒に暮してもいいかな。

「あぁ、あぁ、いいとも。帰ってこらっしゃい。待っているから」と力を込めて答える。

私の母は、初対面からMが気に入らなかった。母や弟が反対しているにもかかわらず私がMから離れない。そのことが母にはたいそう口惜しく、残念で不快だった。しかも、その状態は二〇年以上続いていた。実家に帰ってもMの話題はタブー。帰省すると私は、もっぱら母の愚痴を聞き、今どんな仕事をしているかを話し、一緒に食事をし、幼い頃から服の仕立てを頼んでいる目崎さんのアトリエへ行った。母とのあいだで唯一あたりさわりのない話題が、生地やデザイン選びだった。Mを胡散臭いと決めつけて嫌っていた母だったが、上咽頭腫瘍で大きな手術を受けることになったと電話で報告したとたん、

「あぁ、まだ若いのに……。代わりに死んでやりたい」と電話口で泣き出した。

九月八日、病室から手術室へ向かうのが朝七時半と早いので、初台を六時半に出ることにした。山手通りの並びに住んでいる中村君が車で病院まで送ってくれる。中村君の妻Cちゃんと、M母と私を乗せてマンション前を出発。M母は二ヵ月前に大腸癌の手術を受けて入院中のM父の看病のため、JR病院で車をおりた。別れ際にM母は私の両手をとって言った。

「みい子さん、私はお父ちゃま、あなたは親一。おたがい頑張りましょう」。

なんだか芝居じみている。どぎまぎした私は、頷いただけで返事をしなかった。滑稽というよりは、他人事のようだ。M母にとっては今日も夫を看病する一日なのだ。この人は、今から息子が死ぬかもしれない手術を受けることを理解しているのだろうか。

ま、ともかく緊張の朝だ。七時過ぎに病室に着いてまもなく、Mはベッドで麻酔を打たれ、担架に移され、新しい病棟にあるオペ室へ向かった。長い廊下をベッドに寝たまま、左手だけ高く振りながらエレベーターホールへ運ばれていった。

手術は七～八時間が予定されていた。

耳鼻科病棟の廊下で待っていると、一〇時頃一点にわかに掻き曇り、雨が降り出した。空が真っ暗になり、景色が見えないほどの激しい土砂降りだ。稲光と雷鳴、近くに落ちたかもしれない。停電しないかと心配になった。昼前には地震まで。震源は東京、震度三だった。

「空が落ちて地面が割れ、このまま世界が壊れてしまえばいい……」とぼんやり考えた。

豪雨のなか、JR病院のM父を見舞ったあと、M姉が運転する車にM妹が同乗して東大病院に到着。途中道路が冠水し、本郷まで辿り着くのが大変だったという。緊張しているのかM姉の声がいつもより高い。昼過ぎに病棟の廊下を横切る菅澤医師の姿を確認。手術が終わったようだ。

Mは二時に回復室に戻ってきた。もう麻酔がとれ始めているらしい。

菅澤医師がやってきて、はっきりとした口調で呼びかけた。

「Mさん、手術終わりました。きれいにとれましたよ！　一二〇グラムでした。なかは軟骨のように固いです」と、膿盆に乗せた塊をMの顔に近づけた。

Mはしっかり反応し、

「先生、有難うございました」とゆっくり言った。

「これから麻酔がとれると痛くなります。我慢しないで言ってください。痛み止め出しますから」と、医師はかがみ込んでMに呼びかける。

「僕、大丈夫です。痛みを味わいたいです」と、Mは余裕があるところをみせた。

ほっとしたのだろう、嬉しそうな声だった。

産経新聞記者の奥村泰雄さんが駆けつけてくれ、その様子を一緒に見守ってくれていた。

「ねぇ、写真撮って」とMに言われたが、私はカメラをもってきていない。

「僕が撮りましょう」と奥村さんが小さなカメラで何枚か撮ってくれた。切除した腫瘍や、菅澤医師も撮らせてもらった。

しばらくしてカンファレンス室に呼ばれ、M姉妹と奥村さんと一緒に説明を受けた。

「腫瘍一二〇グラムと耳下腺二〇グラムをとりました。出血も少なく、輸血はしないですみました。しばらくのあいだ右顔面に麻痺が残りますが、一ヵ月ほどで戻るでしょう。傷口はほとんど残りません。皺と見間違えるほどきれいになります」と菅澤医師は自信に満ちていた。

子どものこぶし大の腫瘍は半透明の薄い膜に包まれた骨のように見えた。断面はミルクキャラメルが欠けた感じ。こんなに大きくてコロンとした塊を耳下腺はいったい何から作るのだろう?

Mの元気な声に、駆けつけてくれた親族や友人知人も安心して帰宅。私も、ひさしぶりによく眠った。

翌日昼前に病院へ行くと、Mがもう歩いている。廊下のビニール貼りの長椅子に座って塩煎餅を食べていたと、医師や看護師たちが驚いていた。二日後、Mと一緒に菅澤医師から腫瘍の詳しい説明を受けた。病理検査の結果、癌細胞は良性八割・悪性二割の混合腫瘍《キマイラ》。世界で七例目という珍しいもので、放射線も抗癌剤も効き目がないので投薬や加療は無し。傷が治ったら退院してよろしい。月に一度外来で診ましょうという。Mの傷口はみるみる回復し、一週間後に抜糸、その日の昼に退院した。

退院した一七日は、昼にNTT出版の創立一〇周年記念パーティが催されていた。遅れて出席する私と一緒にMも会場のホテルへ行きたいというので、M姉の車で初台へ送ってもらう途中で寄ることにした。Mは頭と顔に包帯を巻いたままのポロシャツとチノパン姿で受付を突破。

「トヨちゃん、僕退院したよ！」と顔見知りの女性編集者豊永さんをハグし、会場にいたイングリッシュ・エージェンシーのミラーさんと澤さんに挨拶をしてびっくりさせた。退院直後だというのに、ワインを飲み、ローストビーフを美味しい美味しいと食べてみせた。M姉も呆れ顔だ。そのはしゃぎぶりを見て私は不安になった。

パーティ会場を早めに辞して、JR病院のM父を見舞うことにした。Mは、M父の担当医や看護師さんに自分の手術について説明。病棟を元気一杯に走り回り、父親を励まし、

「もう心配いらないから」と喜ばせた。

初台マンションの五階に帰ってからも心から嬉しそうだった。その日のうちに、「命を拾っていただいたので余生は恩返しに捧げたい」といった文章をしたため、ファクスで一斉送信してい

た。

右の唇が閉まらなくてものが食べにくいと言っていたのは三日間ほどで、一ヵ月も経つと右顔面のしびれや歪みはなくなった。普通に食事をし、書いたり読んだり電話をしたりできるようになった。Mは、友人知人に近況を送り、会いに出かけ、仕事にも復帰。一〇月には文化放送の緒方修さんをはじめ八名が参宮橋の〔上海飯店〕に集まり、退院祝いをしてくれた。

やはり文化放送で温泉旅リーダーの石黒正幸さんは、市谷のフランス料理店で一席設け、

「女の子を口説こうと思って大切にとっておいたシャトー・マルゴーだけど……。

う〜ん、しょうがない、Mに飲ませてやる」と、ワイン持ち込みで快癒を祝ってくれた。

シャトー・マルゴーはリッチで香り高く、ほどよく渋く、本当に美味しかった。

こうして、Mの四年近くにわたるきわめてユニークな闘病生活が始まった。

2章　M家の人びと

孝行息子のプロジェクト

歴史学者メドヴェーヂェフと　1972年

初めてMに会ったのは一九七六年の春、私は二五歳だった。大学四年の頃から、私は週に三日ほど神保町の〔北沢書店〕でバイトをしており、その日は、Mが注文したソ連関係の本を、梅ヶ丘の下宿に帰るついでだからと代々木にあるMの事務所に届けたのだ。

一九七三年の石油危機の影響で、一九七四年は未曾有の就職難。そもそも外語大入学が二年遅れ、成績優秀でもなくコネもなく親元通勤でもなかった私は軒並み就職試験に落ちた。一九七五年に卒業はしたものの就職は諦め、ソ連から取材にきたテレビ局のクルーに同行したり、ロシア語で書かれた中世スペインの『異端審問史』の下訳をしたり、東京学芸大の先輩に紹介してもらった神楽坂の編集プロダクション〔草原社〕でクラシック音楽全集の資料集めを手伝うなど、雑多なバイトをしていた。元祖フリーターだ。

神保町の北沢書店は老舗の洋書店。天井まで壁を覆う棚に本がぎっしり詰まっている。上の段は高い脚立に登らないと届かない。私の持ち場は、正面扉から入ってすぐ左にある英米文学の小部屋だった。銭湯の番台のような机と椅子のコーナースペースに一人腰かけ、新たに入荷した本にパラフィン紙でカバーをつけ、店名が印刷された小さなシール紙に仕入値の符牒と値段を書いて見返しに貼る。もちろん接客もする。客が探している本が迅速に見つかると嬉しい。見つけるのが速い先輩店員を尊敬していた。

Mの事務所は代々木駅から明治神宮北門に向かって徒歩二分ほどのビルの五階にあった。

「ご苦労さま、有難う」とMは電話口と同じ明るい声で迎え、笑顔で本を受け取ると、

「どうせ、どこかでお夕飯するんでしょ?」

届けてくれたお礼と大学のロシア科同窓の誼《よし》みでご馳走してくれるという。同じビルの地下にあるフランス料理店で食事をすることになった。着席してしばらく待っていると、Mは藍紬のアンサンブルの和服で現れた。

「わっ、ヘンな人」と思う間もなく、Mは賑やかにしゃべり出し、運ばれてきた料理を説明しながら美味しそうに食べ、私にも勧め、お店の人と談笑している。

それから短期間のあいだに、私はMの行き着けの店を巡ることになる。誘い方は強引なのだが、Mと出かけるのは楽しかった。話題が豊富で、同性といるような気楽さがあった。

Mには両親と三歳上の姉と三歳下の妹がいた。M父とM妹には、後日、代々木の事務所で紹介された。M母とM姉には代々木の鮨屋でひき合わされた。M妹によると、Mは家人には、

「片岡とは、原卓也(東外大ロシア科教授)の家で会った」と説明していたらしい。

私は学芸大を中退して受験し直し、外語大入学が遅れているのでキャンパスでの接点はない。

Mは、こうした小さな嘘をつく。たしかに本質や大勢に変わりはない。Mに質せば、「ロシアつながりだから、まったくの嘘でもない」と言うに決まっていた。

代々木のJ社は台湾からクロレラの原末や抽出液を輸入し、錠剤や健康食品、調味液など製品

にして販売していたようだ。事務所にいたのは五～六人。誰が代表で、Mの役職が何なのかわからない。M父は「総務さん」と呼ばれ、M妹がお茶汲みや事務の手伝いをしていた。

M父とM妹は世田谷代田から小田急線で通勤。南新宿から代々木のJ社まで歩いていた。代田の自宅は羽根木公園の東側に面しており、かつては隣がフランス文学の橋本一明さん宅。橋本先生は一九六九年に肺癌で亡くなられ（享年四二）、未亡人になった橋本夫人はご実家の田園調布に移り、J社で経理事務をしていた。ほかに関口君という二〇歳になりたての青年、M妹や私と同年の今井さん（J社社長の異母弟）がときどき出入していた。

Mはほとんど家に帰らず、代田は実質M父母妹の三人暮らし。M姉は六〇年代半ばに練馬に嫁いでいた。Mは、勤務時間が終わると、ソ連の地下出版物《サムイズダート》や人権資料の翻訳作業や、夜中に海外との連絡もあるためカーペット敷きの事務所の床に寝袋で寝ていた。港にクロレラ末が着くと早朝から横浜や晴海の税関や保税上屋へ駆けつけることもあった。

また、高校時代から家庭教師を続けており、日によっては一晩中白いコロナのバンで生徒たちの家を回っていた。夜に行動するので、車に風呂用具一式を積み込み、銭湯に寄ったり、生徒の家で食事や入浴をさせてもらって、勉強のあとで寝てしまうこともあった。山口さん（成城学園高校時代水球部でMの一年後輩で、目黒で絨毯加工の家業を手伝っていた）と一緒に行動することも多かった。とにかく昼夜かまわず忙しく動き回っていた。

M父の実家は京都で、M父の父親は大正期にヨーグルトを作り、一九二五年には乳酸菌飲料エリーの製造販売を開始、一九三〇年に〔研生学会〕を設立。そこに集まった若者たちは寝食をともにし、乳酸菌飲料を配達しながら学んでいたという。ここから、のちのヤクルトやカルピスの創業者が出たと聞いた。M父の長兄は戦前から乳酸菌の共生培養を研究し、一九三二年には〔大谷光瑞農芸化学研究所〕に加わっている。長兄が興した乳酸菌事業は東京へも進出、兄弟姉妹とその家族を巻き込んでファミリービジネスの展開となる。しかし、戦争で工場は松本に疎開。M一家も戦後東京へ帰ったが、以前住んでいた家に戻ることができず、別に家を借りるようになった。その後なにかのきっかけで、一九六〇年代の前半に、M父は一族の乳酸菌事業から離れたようだ。

淡水で生育する単細胞緑藻クロレラは、一九六〇年代初めから注目され始め、上質な高タンパク源としてNASAも宇宙食として検討するなど話題になった。このクロレラを乳酸菌飲料に混ぜて売り出したのがヤクルトだ。健康食品としてのクロレラが脚光を浴び、大勢が参入し、市場が急激に拡大。研生学会の元メンバーやその周辺、乳酸菌やクロレラで起業する人たちにM父は担がれ、事業に加わったらしい。

一九一〇年生まれのM父はすでに五〇代半ば。裕福な家に育ち、同志社大学を卒業。音曲に秀で、祇園で人気者。陸軍の甲種幹部候補生となり、従軍もしていた。事業といっても長兄の庇護の下、家業しか知らず、とてもお商売に向いているとはいえない。家業から離れたら再就職は難しい。M家にとって苦しい時代だったと想像する。Mは、通っていた成城学園高校で「いつも、授業料滞納で名前が貼り出されていた」というが、悪びれず頑張っていたようだ。

そうこうするうちに、Mは高校を卒業し外語大に入学。学園紛争真只中で何度も逮捕されかけたという。卒業後は、研生学会メンバーの息子世代が興した代々木のJ社に加わり、M父やM妹もそこで働くことになったらしい。経営主体や出資の形態は不明だが、M一族が乳酸菌飲料創業家の家系であることにシンボル的価値があったのかもしれない。Mは、京都でのご先祖の墓参りや、老舗の料亭旅館〔泉龍〕で毎年もたれる甲種幹部候補生の会合に参加するM父に同行するようになる。父親世代の会合でその戦友たちに如才なく話しかけるMは、もちろん人気者だ。M父にしてみれば自慢の息子だったろう。

Mの自宅は、梅ヶ丘の私の下宿と小田急線を挟んで反対側だった。生垣で囲まれたこぢんまりとした平屋で、西向きの玄関を入ると右側に洋風の応接室、南の縁側廊下に沿って三つ和室が並び、北側に台所と風呂場がある。最初にM家を訪れたときショックを受けた。とにかくモノが多い。本や書類、電化製品や家具、ティッシュ箱、人形、帽子やバッグや衣類。置き物、飾り物。私は、幼い頃から友達や親戚の家へ遊びにいき、たくさんのお宅へお邪魔していたが、こういう家は初めてだった。実家では、スペースをはるかに凌ぐモノの量。こんなふうに出したままで暮らしていていいんだ……。母の小言を聞きたくないばかりに、いやいや整理整頓をしていた私は、急に気分が楽になった。

玄関横の洋間がMの勉強部屋。中学・高校と無遅刻で皆勤賞がとれたのは、M母がしっかり起こしてくれたおかげだという。M妹は、宿題や大学の論文をMに手伝ってもらったようだ。Mは

Mで、M母に夏休みの宿題の絵巻物日記を代わりに書いてもらったらしく、男の子が遊んでいる絵に、「㐂ぶ」と「七」を三つ並べた文字が筆書きされていた。M母が書いたに違いない。協力し合う仲良し家族なのだ。

Mは、知り合った頃、

「父が抱えていた借金を、ようやく返したところなんだ」とちらっと言っていた。

事情はよくわからない。田舎育ちで世間知らずな私は、M家が裕福なのか貧乏なのか見当がつかない。少なくともM家の食卓は多彩で豊かだった。Mは、

「皆、美味しいものが好きだから。僕んち、エンゲル係数すごく高いんだ……」と笑う。

そういえば、四畳ほどの台所にアメリカGE社製の大型冷蔵庫がデーンと置かれていた。

「父が借金を抱えて失職したので、高校時代から毎日家庭教師でかけずり回って家計を助け、東京オリンピックのときには新聞社に応募して英語の通訳をしたし、大学時代はシベリアへ木材を買い付けにいく商社の船に通訳として乗り込んだ」という。なんの借金かわからないが、とにかくその返済がようやく終わりそうなんだといった話をしていた。

そうかといって、同窓で中核派の活動家女子から連絡があると、カンパに応じたり、食事をご馳走していた。家庭教師の生徒は成城学園中学や高校に通うお金持ちの子弟で、歌舞伎役者の孫や、大手建設会社社長の息子、外食チェーンの社長の息子など。

「僕が教えると成績が上がるし、ヤル気も出るんだ」とMは自信満々だった。

しかも、一九七四年にはＭ父とインドを旅したという。旅の記録の八ミリや写真を見せてもらった。Ｍ父は、『大般涅槃経』にある「牛より乳を出し、乳より酪を出し、酪より生酥《そ》を出し、生酥より熟酥を出し、熟酥より醍醐を出す」というくだりを唱え、修行を終えたブッダに村の娘スジャータが乳粥を差し出した逸話を繰り返し話していた。Ｍは、Ｍ父の念願だったブッダの足跡を辿る旅を父子で敢行したのだという。大変な親孝行だ。借金があるのに海外旅行？　代々木のＪ社はうまくいっているのだろうか？

私は、Ｍと出会ってまもない一九七六年六月に父（享年六四）を亡くした。田舎で見合いの話もあったがその気になれず、神楽坂の草原社や神保町の北沢書店に通い、デザイン会社の下請けで青焼地図の色塗り、自動車業界向けニュース会社の翻訳など雑多な仕事で忙しくしていた。学生時代をすごした梅ヶ丘駅徒歩三分銭湯至近だった大工の棟梁の離れから、一九七七年春に京王線・代田橋駅徒歩六分の１ＬＤＫ風呂付アパートに引越し、ますますＭと行動することが多くなった。編集の仕事は夜遅くなることが多く、出張校正などで終電がなくなると、Ｍが印刷所まで迎えにきてくれ、夜中から成城後輩の山口さんやＭ妹と渋谷や代官山に食事にいったり、家庭教師の生徒の家に寄ったり、三人や四人で行動したり寝泊りすることが多くなった。私も反体制派の動きに関心があったので、Ｍを手伝ってソ連の人権資料や地下出版物をせっせと翻訳していた。

一九七七年六月、Ｍは、父の一周忌で帰省している私を新潟の実家に訪ね、挨拶がてら一泊し

ていった。私の家族は、緊張しながらも地元の釜飯店で会食。あとで、母に、

「あんなふうにはしゃいでいるおまえを、初めて見た」と寂しそうに、恨めしそうに言われた。母や三歳下の弟は、Mのようにものおじしない外向的なタイプに会うのは初めてだったと思う。一一歳上の姉は、「よさそうな人じゃない！」とお気楽だった。


Mと会って一年余り経った一九七七年の夏、私は妊娠した。気づいて悩んだ。

私は、よくある乙女の感傷で、なんの根拠もないのだが二四歳で死んでしまう気がしていた。将来、結婚したい相手が見つかるとも思っていなかった。結婚願望がなく、挙式や衣装にも興味がわかない。そもそも、けじめや節目、格式ばったこと、あらたまったこと全般が苦手だった。新しい学校、新しいクラス、新学期、夏休み、学校行事や記念式典、家族写真を撮られるのも嫌いだった。妊娠したことによって結婚することになるのだろうかと、私は憂鬱になった。先行き不安ではあったが出産や子どもをもつことを特別嫌ったわけではない。でも、安定した収入はなく母に援助してもらっている身だ。母や弟はMを嫌い、それを知りながらMのそばにいる私にも腹を立てていた。そんな母に、とても打ち明けられない。


Mは困ったようだった。結論が出ないまま、成城学園中学の夏の水泳合宿の指導にいったMを富浦まで追いかけていくと、「一緒に地獄に墜ちろというのか」と言われた。もちろんMは、「そんなことを言った憶えはない」という。Mの相談を受けたM父は、

「今じゃなくても、いつだって産める」と即答したらしい。

私は中絶することに決め、M家族の主治医でもあるS産婦人科で手術を受けることにした。本当は中絶なんかしたくない。でも、今の収入やステイタスでは無理だ。出産・育児で仕事もできなくなる。生活できなくなる。悶々と悩んだ。つわりで吐き気がして、だるい。しかも真夏で、暑い。頭が朦朧としている。Mが同意書にサインした。S先生は怖い顔で怒っている。

「どうしても駄目なんですか？　残念ですね。……泣くくらいなら、なんとかして産みなさい」と叱られた。

そして手術後、「いいですか。近いうちにちゃんと出産しなさいね。私がまだ若いうちに」とおっしゃった。その後もS医院にはお世話になり、頻繁にMと一緒に顔を出した。結局、S先生に赤ちゃんをとりあげてもらうことはなかった。

私の妊娠は歓迎されず、一人で産む甲斐性もなく、情けなかった。せめてMが私との家計のために月一〇万円でも確保してくれたら……と思ったが、Mはそうはしなかった。Mは、M家族との生活を優先し、私は後回し。私は深く傷ついた。街で妊婦を見かけると眩しくて羨ましかった。この人は出産できるんだ。生まれてくる子は歓迎されている。妊婦は決意に満ち、愛情に包まれ堂々として幸せそうだ。なんであれ、産むと決心したのだ。潔い！　勇気がある。

個体として賢く動くなら、子孫を残すのに非協力的なパートナーになどさっさと見切りをつけるべきなのだ。でも、私はMに腹を立てながら、離れることはなかった。なぜそうしたのか、自分でもわからない。優柔不断な性格なのだ。Mにとっては、M家の暮らしを立ち行かせることが最優先事項に違いなかったが、きっとほかにもやりたいことがたくさんあったのだ。

今後の事業の見通しも立たず、手元不如意なはずなのだが、Mは二度目のインド行きを提案する。M父を中心にブッダの足跡を辿る旅だが、今度は家庭教師の生徒たちも連れていくという。歌舞伎家のH君、外食チェーン会社社長の息子T君、郵便局長の息子U君の三人は高校生、建設会社社長の息子O君は中学生、J社の出資者でもある本多社長の次女で二〇歳の穂弓ちゃん、J社の関口君に、山口さんと私。M父の弟も加わる予定だったが、体調不良でドタキャンとなり、一五～六七歳の一〇名が参加するプライベート・ツアーとなった。

一九七七年のクリスマスに出発し、新年にかけての二週間余り。皆、パンナムのジャンボ機に初めて乗った。現地に着き、生徒たちの勉強もかねて英語を話すインド人男性ガイドを雇う。カルカッタ（現、コルカタ）の雑踏で乗ったタクシーは物乞いに取り巻かれて立往生するし、国内線の小型機が予定外の草地に着陸。必死で探してきた黒塗り〔アンバサダー〕のタクシー三台で三時間かかって最寄りのカンプールまで行くと、駅では布にくるまって寝ている人たちがゴロゴロいた。なんとか切符を買って夜行の寝台列車で横になったが、寒さと激しい揺れで眠れない。到着した駅からは、急遽大型バスをチャーターして、前日に追いはぎ被害があった道を夜中に猛スピードでベナレス（現、バラナシ）まで駆け抜けた。

ラジギールでは夜の温泉に興奮。長い石階段を下りたところにある大きな井戸のような鉱泉だ。Tシャツと下着になってバスタオルを巻いて階段を下り、タオルはその辺に置いて水に入る。腰くらいまでの水にしゃがんで肩までつかり、地元の老若男女大勢と一緒に、石で囲まれた四角い星空を見上げた。

国境を越えてネパールに入り、釈迦の生地ルンビニには午後に着いて、大きな菩提樹の下でビザの手続き。夕暮が美しいと思ったのも束の間、近くの寺院へ着くまでに漆黒の闇が訪れた。小型機でヒマラヤ上空を飛び、麓のポカラでは部屋が放射状に配置されたフィッシュ・テイル・ロッジに泊まった。山の小屋で美味しそうなデコレーション・ケーキを振る舞われ、期待に唾をためながら均等に分け、一口食べたらクリームのフレーバーが線香そのもので悶絶。チベット人おばさんのテント食堂では、現地の醬油をかけた餃子が美味で大感激。

「中華料理さえあれば世界中どこでもＯＫ！」と全員の意見が一致した。

クシナガラ寺院の裏の林ではヒヒに遭遇。ヒトかと思った。

ブダガヤでは、明け方に地元のマハラジャの邸宅を訪問。孔雀が散歩する庭を抜け、朝の会合がもたれている部屋に通された。Ｍは、「老いた父をブッダ所縁《ゆかり》の寺院に連れていきたい。尼連《にれん》禅河《ぜんが》を渡るために象を貸してほしい」と丁重に頼み込む。遠方から訪れた孝行息子の願いは聞き入れられ、交渉成立。三頭が待機する象専用のガレージに案内され、大人の象一頭と若い象一頭を借り、五名の象使いを伴って河を渡った。象は意外に速く歩く。高い背中に乗ると視界が広がり、歩くたびにユッサユッサ揺れる。Ｍ父は、

「象酔いするとは思わなかった」と愉快そうに笑った。

一九七八年一月、インドから帰ってまもなく、私の弟がアメリカへ行くことになった。弟は、父が亡くなったあと二二歳で家業の刃物製造業を継いだ。輸出先の業者に挨拶にいきたいという。

ロサンジェルスで一社訪問し、ニューヨークでは商社駐在員がアテンドしてくれるというが、私に一緒に行ってほしいという。Mに相談すると、「僕に任せて！」と言う。三年ほど前に、M妹の親友が嫁いだカリフォルニアを兄妹で訪れている。Mは、旅行代金として弟に一〇〇万円送金させ、私に内緒でMと山口さんを加えた四名の旅行を組んでしまった。

「航空料金とホテル代は君の弟に出してもらって……。食事は僕が出すから」と言う。弟は最初抵抗したが、しぶしぶ従った。ロサンジェルスでは訪問先で元気いっぱい通訳してくれて弟も喜んでいた。しかしニューヨークへ着くと、Mはソ連関係で忙しく動いた。人権組織を訪ねて資料をもらい、亡命ロシア人の会合に出席するなど精力的に走り回った。

〔ヘルシンキ・ウォッチ（一九七八年に設立された国際的な人権NGO）〕のフィッパトリック女史、ソ連から亡命した物理学者トゥールチン、数学者シュリャーギン、G・フォリー、海外で出版を始めたチャリッゼ、ウクライナ人権活動家ロマン・クプチンスキー、アメリカ人サポーターのエド・クラインに会った。出国したてのグリゴレンコ将軍には会えなかったが、亡命したクリミヤ・タタール人のセイトムラートワの自宅や、人権資料を出版している〔フロニカ・プレス〕も訪問した。

私は、Mと山口さんと行動をともにしている。弟は夕方商社の駐在員と別れると、ホテルで一人。食事の時間になっても誰も戻ってこない。放っておかれることになる。

「これじゃあ、一緒にきてもらった意味がない」と弟は怒った。

私は弟を気遣いながらも、Mの強引な引き回しでつい夜が遅くなる。

「私だけホテルに帰るから」と、私。

「大事な会合なんだ、出ないでどうする！」と、M。

凍てついたブロンクスの夜の動物園で大喧嘩をした。私は弟との板ばさみで大弱り。二週間ほどの旅で弟と険悪になり、Mとも喧嘩ばかりで、ほとほと疲れてしまった。弟はこの旅でますますMを嫌いになり、以後Mの話題を出すことはなかった。

あとでわかったことだが、代々木のJ社は一九七七年四月に倒産していた。Mは、J社の出資者でもあった本多大保さん（一九二六年生まれ。愛知県豊田市で牛乳や乳酸菌飲料の宅配で事業を広げていた）に頼んで代表を引き受けてもらい、一九七八年の春、山手通りに面した初台マンションの二階を事務所として借り、株式会社ミコー本社を設立。同時に代田の家を引き払い、沼袋の二階家を社宅として借り、M父母妹が住むようになった。

会社設立にあたり、Mは、代々木の会社で働いていた経理の橋本さんと関口君、M父とM妹、一時期は私までを社員にしてくれるよう本多さんに頼んだ。Mは以前と同様、事務所の床で寝袋睡眠。M父とM妹が、沼袋からバスを乗り継いで通勤してくるようになった。事務所は六〇平米ほどで家賃は二四万円、倉庫と駐車場で五万円。沼袋の二階家は家賃一八万円。それに六人の給料。大変な金額だ。事業内容は、クロレラ原末の輸入とブランド・メーカーへの原料提供。自社ブランドの錠剤も作った。さらに、M父や本多さんの人脈で委託製造先を探し、自社ブランドの濃縮乳酸菌飲料やOEM製造の仲介を始めた。

当然のことながら、スポンサーの本多さんに対するMの気遣いは尋常でない。当時、Mの思惑や詳しい事情を知らなかった私は、

「Mさんたら、まるで本多さんの東京のお妾さんみたい！」と憤慨していた。

本多さんが上京すると夜は宴会になる。和洋中、いろんな料理店での会食だ。M父やM妹はもちろん、会社のメンバーや山口さん、M母が同席することも多かった。

そうした宴席で、お酒で上機嫌になったM父に、

「うちの母さん、これ、もってますから」と何度か言われ、私は戸惑った。

関西では、「金、持ってまっせ」というのは通常の挨拶なのか……。訝しく思った。のちに、これはスポンサーの本多さん対策で、M母の高齢の父親が亡くなれば早晩多額の遺産が入るということのアピールだったと判明。なるほど、さしあたって会社の経費や毎月の給料などで負担をかけるが、一緒に事業をするのに心配のない相手であること、「ちゃんと元はとれまっせ」ということだったのだ。

翌一九七九年には、初台マンションの二階から五階へ事務所を移転した。五階は九五平米の3LDKで家賃は四七万円に上がった。Mは、台湾からクロレラを輸入している商社や製造業者に呼びかけ、大学の研究者を招き現役を退いた応用微生物学の先生を顧問に、〈クロレラ科学研究会〉を結成。クロレラ原末の自主検査を実施した。また、細胞の顕微鏡写真などを載せた冊子を作成し、培養方法、効用に関する研究、製品化や市場関連の資料も集め、情報交換ができるセンターにするべく、メンバーを募った。はじめのうちは千駄ヶ谷に事務所を置いていたが、初台マ

ンションの五階に拠点を移したのちは会議室で月に一度の例会を開くようになる。いっぽうで、ＯＥＭ製品の納品先で乳酸菌飲料の全国展開が始まり、発注元の担当・圓尾さんと各地を講演して回るなど、精力的に動いていた。私も編集の仕事や塾のバイト、ソ連関係の資料翻訳、会社の仕事やクロレラ科学研究会の広報活動を手伝うなど、忙しくしていた。

私は帰省するたびに「Ｍとはどうするつもりなのか？」と母に詰め寄られ、伯父に説教された。同棲みたいなことを続けていくのか。結婚するなら、する。しないならきっぱり別れる。けじめをつけるよう強く言われた。父が亡くなって三年、弟は家業を継いで結婚。母は、「両親揃っていないから軽く見られているのだ」と悔しがっていた。私が煮え切らないでいたところ、五階に移ってまもなく、新潟の家族がアポ無しで初台マンションの事務所を訪れた。母の兄である伯父と母、姉と弟の四名。大派遣団《デレゲーション》だ。伯父の発案で、打ち揃って初台を急襲することにしたようだった。そのときの話し合いはほとんど憶えていない。

「ご心配でしょう……」、「二人とも、大人ですから……」

といった言葉がＭ父から出たように思う。

結論が出ないまま、一行は二時間ほどの滞在で引き揚げていった。

私は、その場のＭとＭ父の対応を見て、

「結婚はない。しないほうがいい。したくない。しない」と決めた。

ＭとＭ父の対応に伯父は呆れ、母は憤慨し、姉と弟はなにも言わなかった。だからといって、

私は勘当されたわけではない。お盆やお正月には帰省するようにと電話がくる。敷居が高いのだが、しかたなく帰っていくと、

「三〇歳になるのに結婚もせず、定職にも就かず、いったい何をしているのか。中途半端で恥ずかしい、他人様《ひと》に説明がつかない。町に入ったら、タクシーの窓から顔が見えないよう身を伏せているように」と言われた。

「おまえのことは、病気になったと思って諦めることにする」と母に泣かれた。

私の家族はMを嫌っていたが、私はMといて居心地がいいことが一点あった。Mは他人の身体の特徴や欠点に決して触れない。言動や振舞いについて批判することはあったが、容貌容姿を褒めたりけなしたりしなかった。私は甲高で大きな足がコンプレックスだった。欧米の映画で、高級靴店で男子店員にかしずかれ、椅子に座って履き心地を試す場面など、考えられない。Mは、ことさら私の足を見つめたり、笑ったり、哀れんだりしなかった。

五階に移ってしばらくして、私の高校時代の友人N子が東京に遊びにきた。一泊して山口さんやMとすごし、帰りは新宿駅まで送っていった。短時間デパートをぶらぶらし、Mは彼女に五〇〇〇円のポーチを買ってやった。N子は戸惑っていたし、私は怒った。

「お金持ちでもないのに、どうしてプレゼントなの？　私にはなにも買ってくれないのに、どうして、一度しか会っていないN子ちゃんに買ってあげるわけ？」

「N子ちゃんとは今回初めて会って、もう会わないかもしれない。初めて会った人に贈物も

らったら、誰だって一生忘れないでしょ？　一期一会ってこと」と、M。

はぁ？　費用対効果だというのか。私は、この効果主義を憎む。

そういえば随分あとになって、M父から聞いたことがある。Mが外語大に入学したときのことだ。一九七〇年代半ばまで、国立大学の授業料は年額一二〇〇〇円だった。そんななか、一口いくらか知らないが、寄付金を一〇口したのだという。国立大学で寄付金をはずむ人はほとんどいないので、「目立った。あれは効果的だった」と父と息子は満足そうに笑っていた。


M父の口癖は、「賢いもんが守《も》りをする」だった。気が短くて、すぐに腹を立てるMは、「タイちゃん（帝釈天に因んでM父がつけたM母の愛称）はおひいさん育ちで、世間知らずのわがまま。M妹はまだ小そうてなんもわからん。賢いおまえが、女ども相手に腹を立ててはいかん。守ってやらなあかん」とM父にしょっちゅうたしなめられていた。

M父は、M妹にも、「母さんは、皆でこのままお墓に入れてやろう……」と言っていた。

M母とは喧嘩にならない。

「お父ちゃまや親一が、何を怒っているのか全然わからないわ」と、ホホホと笑っていた。

M父母は、たいそう息子が自慢だったようだ。たしかに、Mは普段から両親に丁寧すぎるほどの敬語と「ですます調」で話しかけ、親の役に立つのが嬉しい、喜ばせるためにはなんでもしてあげるといったふうだ。M父は、

「わしの生涯の傑作は親一だ」と言って憚らなかった。

そんなMでも苛立ったり焦ったりして不機嫌になることがある。息子を扱いかねたときのM父の決まり文句はこうだった。

「おまえは、寝ぇが足らんのや。動物は寝て治す。とにかく寝んとあかん」。

M母は大正四年（一九一五年）、原宿は隠田生まれのお嬢様。空襲で破壊されて今は無いが、玄関ホールに廻り階段がある洋館に住んでいたという。母方の祖父が老舗ホテルの創始者の一族だと聞いた。幼い頃は北海道で暮らし、乳母日傘で育つ。父親が経営する牧場でとれたバターをトーストのパンと同じ厚さに盛って食べていた。ゆで玉子は黄身だけ食べたい。コーヒーはミルクと砂糖を入れた濃厚なのを少量。府立第六高等女学校（現、東京都立三田高等学校）卒業で成績優秀、スポーツ万能、とくにテニスが得意で身長は一六二センチ。M家ではMの次に高かった。M母はタクシーをよく使い、デパートのお惣菜やお弁当、お菓子をよく買ってきた。出前もとるし髪結いさんにチップをはずむ。

「とても貧乏とは思えない……」と私が言うと、Mは、

「お母さんは苦労したんだ。僕たちを私立の学校に通わせていたから、隠田のお祖父さんに学費の援助を頼みにいったり、家政婦として働きに出ていたこともある。だから、僕はお母さんを喜ばせたいんだ」と神妙な顔で答えた。

お嬢様育ちだが、M母は料理上手だった。Mがよくリクエストしていたのが、小鯵を二度揚した南蛮漬け、小海老入り茶碗蒸し、松茸の土瓶蒸し、おでん。味噌汁は大根とニンジンを千六本

にしてクタクタに柔らかくするのがM母流で、京都の老舗、七味家の七味をたっぷりかけていただく。私は「味噌は煮えばな」と教わったが、煮詰まった味噌汁も美味しい。北海道の鰊漬け、鮭を入れた粕汁もよく作った。お節料理や雑煮も得意。糠漬けはM父の担当で、これも絶品だった。

それにしても、事業は順調だったのだろうか。経費がかさむやり方はいずれ無理がくる。「郊外の小さなところへ移ったらどうなの?」と私は何度も言った。しかし、Mは、「都心でなくちゃ駄目なんだ。事業をするにも、妹を嫁がせるにも。どうしても、この構えが必要なんだ」と固執した。

「それに、僕はちっとも苦労とは思わない。『困難の　なおこの上に　きたれかし』だ」とよく言っていた。たしかに、Mに悲壮感はない。よほど体力知力に自信があったのだ。

Mは、ハイパーアクティブな子どもだったらしい。高校では教室の外までMの声が響いてうるさいので、「ガチャ」と仇名されていた。中学まで小柄で、上級生や優秀な女子に可愛がられたとは本人の弁。愛唱歌は『村祭り』と『村の鍛冶屋』で、家族に振られるとその場ですぐに歌い出す。ご陽気なのだ。M母は、「親一は、頭のなかがいつもお天気だから……」と笑っていた。高校では水球部、大学では剣道部、スキーも得意で、家庭教師の生徒たちをよくキャンプに連れていった。

「親一が横で寝ていると身体が熱くて。火の玉小僧って呼んでいたのよ」と、M母。

Mは、色白もち肌、体毛少なく体臭もない。寝つきがよく、「快食・快便・五秒で入眠」が自慢。眠っていると赤ちゃんのような甘いミルクの匂いがした。歯科医には唾液の量が多いと褒められ、その唾液のpH《ペーハー》が低いのが健康な証拠だと試験紙の結果を見せて私を羨ましがらせた。

Mはもったいないことをするのが嫌いで、「驚異の人間ポリバケツ」を自称し、食べ残しのないようにしていた。生徒たちが、「カレーでいい」とでも言おうものなら、「カレーがいい」って言う子じゃないとご馳走してやらないぞと、ガツンと教育的指導。たしかにオーダーの仕方はうまい。賑やかに食事をしながら、会食メンバーの動きを注意深く見ている。皆が食事を終えたあとで、お皿に残った料理をきれいに食べる。料理をもてあましている隣のテーブルの客に笑顔で声をかけ、「私たちがいただきましょう」と引き受けることもあった。

私が会った頃、二〇代後半のMはスリムだったが、三〇代半ばから太り出す。

Mは、日に何度も大用へ行くと公言。外出先や学校のトイレで大用ができない小学生が増えていると聞いて、いつでもどこでも大用ができるのが「おおらかな証拠」と自画自賛していた。「育ちがいい」というのは、「どんな場所でもリラックスできること」だという。

いっぽうM父は便秘症で、朝は、まずその話題だ。M母は、「あら、私は大丈夫。クロレラを飲んでいるから」と言う。「立派なのが出ると、お父ちゃまに見せて自慢する」のだそうだ。M母の、「私は大丈夫」で始まる会話は特徴的だ。事件や災害の報道、病気や問題を抱えている知人の話題を受けて、「あら、気の毒ね。でも、私は大丈夫」で結ぶ。

まぁ、変わった家族だった。M父やM家の依存体質を嫌い、しょっちゅう喧嘩をしながらも、私はMの近くにいた。私は一九八〇年、三〇歳を前に英語関係の雑誌社〔アルク〕の試験を受けて嘱託になり、月刊誌『イングリッシュ・ジャーナル』の別冊や単行本の編集を手伝うようになった。結婚も出産もできず、仕事も中途半端。母が心配するのも無理はない。

「世の中を甘く見ている、生活をまず第一に考えないと……」と説く母の手紙に、「お母さんが考える幸せを私に押し付けないでください。……私は、幸せかどうか自分でもわかりませんが、与えられた仕事は一つ一つ一生懸命やっています」と返事を書いた。

若いうちは誰もがrestlessで苦しいのだろうか。私はずっと苦しかった気がする。何者かになりたいのだが、どうしたらいいのかわからない。最近の若者は選択肢が広がっただけにもっと苦しい。仕事も恋も結婚も失敗したくない。親も子どもに失敗させたくないので親子して踏み出せない。どれかを選んでも、「もっといい道があったかも……」と悔む。選んでいながらうまくいかないのは、自分の努力が足りないか、やり方が間違っているせいだと自信を失くす。

私は、このままMのそばにいていいのだろうか……。

ヒトはマシンと違って、自分で自分を修理できるし、方向性も修正できるという。

また、ヒトはマシンと違って、判断保留のまま進むことができるという。

優柔不断な私は、保留の袋を大小いくつもひきずりながらのろのろ歩いていた。

3章　事業とソ連反体制派支援

人助けなら元気が出る

サハロフ誕生日集会　1982年

「ねぇ、これまで、いろいろ、自分の思うとおりになってきた？」と、私。

「いや、そんなことない……」と、Ｍ。しかし、Ｍは愚痴をこぼさない。

「思うに、世の中すべて、バランスとタイミング……、よね」と、私。

「うーん。でも、それって何も言ってないことと同じだよ」と、Ｍ。

「そうかなぁ。だって災害や事故にいつ遭うかわからないし、自分や家族がいつ病気や怪我をするかもわからない。親の介護だって、いつどんな規模でくるかわからない。

えーっ、このタイミングで、このサイズでくるかぁ〜ってこと、あるでしょう？」


一緒に暮らし続けることができるポイントは、①笑いのツボが似ていることと、②金銭感覚ではないだろうか。お金は、稼ぎ方より遣い方でその人がわかるというが、大金はともかく（本当はこちらのほうが大問題なのだが）、日々の出費でＭは徹底して無駄や贅沢をしなかった。衣類や小物はトラッド系だがブランドに執着するわけでもなく、大切に着ていた。お買い得の旬の食材で料理を作り、よほどでないとタクシーも乗らない。値段交渉も得意で、自分のはもちろん、他人のお金も有効に遣いたがった。

一九八〇年二月、私は一人で部屋を探し、祐天寺に１ＬＤＫを借りた。初台の事務所や沼袋とは別の空間を確保したいと思ったからだ。週末だけでもMが来てくれればいい。東急東横線の祐天寺駅なら田園調布の橋本さんも近いし、目黒の山口さんからもすぐだ。しかし、結局Mは一度も来なかった。まだ家具を運び入れていないガランとした部屋でMを待ちながら、M家族からMを引き離すことはできないんだと思い知らされた。部屋は一ヵ月で解約、商店街の不動産屋に二六万円払った。この出費は痛かったとMに話すと、

「君の判断ミスでしょう。お金の遣い方が間違っているよ。僕にちゃんと相談しなさいよ」。

「なによ、Mさんの判断が正しくて私が間違っているっていう根拠がどこにあるの？

Mさんのいうことを聞いていたら、絶対に失敗はないってわけ？

いいっ、私は好きに失敗させてもらうから」。

私は、悔しくて、残念だった。

Mが中学・高校時代をすごした代田の家は、隣がフランス文学の橋本一明さん宅、その後、向いに集英社『すばる』の編集長・安引宏さんが越してこられた。ほかにも近くに、ベトナム脱走兵の逃亡を手助けした英文学の永川玲二さん、当時迫力ある闘牛の写真を撮っていた佐伯泰英さん（今や、人気時代小説家）、山口文憲さん、スペイン人のサルバドールにフェデリコ、多彩な文化人や名編集者が大勢おられ、Mは薫陶を受けたようだ。

私がMと知り合った一九七〇年代後半、永川先生はスペイン、アンダルシアのセビリアを本拠にしておられ、たまの帰国時、Mが先生に会いにいくので私もついていった。下北沢のおでん屋

で先生はもっぱら大根を注文。英単語の語源をめぐる先生の話は果てしなく、興味は尽きなかった。

Mはなぜソ連だったのだろう。Mがロシア科二年だった一九六八年八月二一日、ソ連軍とワルシャワ機構軍がチェコに侵攻。「プラハの春」で高まっていた民主化気運を叩き潰した。世界中に抗議行動が広がるなか、Mも声明文をもって文学者たちの署名を集めて回ったという。

Mを奮わせたのは、四日後の八月二五日の真昼、ブレジネフ圧制下のソ連はモスクワの赤の広場で、詩人、数学者、学生など八名が決行した静かなデモだった。チェコの国旗と抗議のメッセージを掲げて無言で座り込んだだけだったにもかかわらず、参加者は即刻逮捕。続く非公開裁判で精神病監獄やKGB監獄に収容、シベリアに流刑された者もいた。

この事件があった一九六八年から、地下出版物『時事日誌《フロニカ》』(〜一九八六年)の刊行が始まる。そこには、体制批判派の逮捕、家宅捜索、尋問内容、裁判外抑圧、獄中・収容所の実態、宗教迫害、民族迫害が淡々と報告されていた。Mは、鉄のカーテンに閉ざされたソ連や東欧で孤独に闘っている人権活動家たちを支援しようと精力的に動いた。

一九七三年に、Mは『左翼反対派群像』(井上隆太の筆名で)を、一九七四年には、『地下ロシアの声』を柘植書房から翻訳出版。当時としては、逸早くソ連の反体制運動の資料を集め、収容所や監獄の写真を入手し、活動家たちの動きを熱っぽく紹介していた。

ファクスもメールもなかった時代、海外との連絡は郵便と電話だった。一九七〇年代半ば、Mは単身ロンドンへ赴き、歴史学者のジョレス・メドヴェージェフと政治学者でソ連研究家のピーター・レダウェイに会っている。その後、アメリカで亡命ロシア人や人権組織の担当者やサポーターたちと対面してから、以前に増して海外との絆が強まった。アムネスティのロンドン本部だけでなく、日本支部のソ連調整グループの若者たちとともに、ソ連の検事総長や、監獄、収容所、流刑先宛てに、「良心の囚人」の釈放と待遇改善を訴えて、ハガキを送るキャンペーンや講演活動を行っていた。

一九七九年のクリスマス、ソ連がアフガニスタンに軍事介入した。

反対を表明したサハロフ博士（一九二一年生まれ。ソ連の物理学者。一九五三年、水爆開発に成功するが、四年後には放射能汚染の危険性を指摘して当局と対立。核実験反対を契機に人権運動の闘士となり、一九七五年にはノーベル平和賞を受賞）が、一九八〇年一月二二日、モスクワの路上で逮捕・拘束。「長年にわたる国家への反逆」を理由に、後日ボンネル夫人とモスクワの東四〇〇キロの閉鎖都市ゴーリキーに幽閉された。

Mは即、欧米の人権組織と連絡をとり、二月末からアメリカ取材を決行。夫人のボンネルさんの親族で唯一西側に出ていた娘タチヤーナの一家が住むボストンを訪れ、詳細を聞き、対策を練ることにした。当時あった集英社のニューヨーク支局が協力してくれ、写真家チャールズ・スタイナーが同行した。サハロフ逮捕と流刑の経緯とアメリカ取材は、『月刊プレイボーイ』（一九八〇年七月号）に、「サハロフ　地下からの手紙」で報告した。

一九八二年の三月には、アメリカへ移住したロシア人たちのコミュニティを取材にいった。サンフランシスコでは地下出版物を英訳出版している夫妻の家に泊めてもらい、ソ連から出国してきたばかりの若夫婦にひき合わされ、生活の実態を聞くことができた。ニューヨークでは人権擁護団体や亡命活動家たちを訪ね、資料をもらった。

二度目のアメリカ取材でも、集英社のニューヨーク支局と写真家チャーリーが一緒に動いてくれ、まずはブライトンビーチへ向かった。この界隈はリトル・オデッサと呼ばれ、主にウクライナから移住してきたユダヤ系ロシア人が集まるコミュニティ。看板はもちろん、店や通りでロシア語が飛び交っていた。新参者が生活基盤を築くまでサポートする組織が機能し、住民の活動が盛んだった。よろず相談に乗っているラビの事務所は三畳ほどで、相談者が座るソファーとデスクが一つ。トラブル処理から帰ったばかりで疲れた表情のラビから、一ヵ月前に移住してきた老母と三〇代の若者が適応できずに火事で心中した話や、ウクライナの大金持ちが貴金属や宝石をソファーに入れてソ連から持ち出した話を聞いた。男性の多くはタクシードライバーになり、稼ぎながら英語に慣れていくのだという。学校の教室を借りて夜間の英語講座が開かれ、お茶とお菓子で定期的にダンスパーティが催される。ちょうど〔プーリム祭〕の時期で、シナゴーグでの儀式にも出た。男女で席が分かれ、金属のおもちゃのような法具をぐるぐる回して鳴らし、皆で大声をあげるので怖かった。あとで、「悪者の名前が出てくるくだりで、その名をかき消すようにあげる喚声」だと知った。パペット使いの一家も取材した。おばあさんが、ソ連からグジェリ〔青絵付磁器〕人形のコレクションを持ち出すのに多額の税金を払わされたと憤慨していた。

ロシア語新聞社も訪問。こぢんまりした〔黒海書店〕ではマトリョーシカ体型のにこやかな女性がロシア語の本を売り、裏ぶれたロシアン・バールではアンサンブルが深夜まで物悲しいロシアの曲を演奏していた。

一九八〇年一月にサハロフ博士が路上で逮捕され、一切の名誉を剥奪されたまま閉鎖都市ゴーリキーに幽閉されてから二年半近く経った。博士は、厳しい監視下に置かれながらも、命を賭して、軍縮、人権擁護、出入国の自由、民族抑圧反対、アフガン侵攻反対を唱え続けており、流刑地で六一歳の誕生日を迎えようとしていた。Mは、一九八二年五月二一日に、渋谷・山手教会で博士の誕生日集会を開くことにした。「博士の勇気を支え、苦境から救い出すために、世論を喚起し、力強い擁護運動を展開していきたい」というのが主旨だった。

原卓也氏（東京外語大）が「サハロフという人」、寺沢英純氏（東京大学原子核研究所）が「サハロフ博士の物理学」、菊池昌典氏（東京大学）が「社会主義と人権」、川崎浹氏（早稲田大学）が「ソ連作家の苦悩」、加賀乙彦氏（作家・精神科医）が「精神病院と監獄」、江川卓氏（東京工業大学）が「ソ連における表現」と講演したあと、二本の映像、「家族は訴える」と「ゴーリキーからのメッセージ」を流した。

集会に先立ち、広幅の白ブロード地に黒布でタイトルを縫いつける作業を、外語大ロシア科の外池力君をはじめ、女子学生有志が初台マンションの五階に集まって協力してくれた。六階の住人で親しくしていたIさん夫妻が八名分の食事を用意してくださった。外池君の号令で金子能宏、清水俊行、藤沢敦、山口政之、山田尚志など外語や一橋の学生たち、そしてアムネスティ日本支部ソ連調整グループの若者たちが打ち合わせに参加してくれ、当日のビラ配りや会場設営、受付を固めてくれた。一九八二年二月、Mは〔サハロフ擁護キャンペーン・ジャパン〕を組織し、「ソ連・東欧圏の人権活動家支援カレンダー」を制作・配布していた。人権活動家七〇名の顔写真を並べ、一年分のカレンダーに誕生日を記載、「誕生日に励ましのハガキを送ろう」と呼びかけるポスターだ。私がロゴを作り、厚手のB全コート紙に赤と黒の二色刷りで一〇〇〇部を印刷。このポスターカレンダーも、誕生日集会の受付で五〇〇円で頒布した。山手教会は満杯、三時間たっぷり、熱っぽい集会だった。

Mはプロモーションがうまく、メディアも多数取材にきた。当時は関心が高かったのだ。

この頃の様子が、島田雅彦『サヨクのための喜遊曲』（一九八三年刊）に紹介されている。

「……ノンポリ三人に理念のようなものを吹き込んだのがM氏。反体制派運動家の手によるサムイズダート文書の提供者として……。カリスマ性はみじんもない。漫才師の容貌を持ち、吃りながら、反体制運動に関するトラック三台分の知識を何時間でも話し続けようとする人物である」。

この小説に実名で登場する外池君とその仲間は、よく五階に出入りし、大学で「今、ソ連を考える」といったシンポジウムを開催したり、『カスチョール（かがり火）』というガリ版刷り機関誌を発行していた。

一九八〇年は、前年暮れのアフガニスタン侵攻とそれに続くサハロフの逮捕・流刑など、ソ連当局の横暴ぶりがあからさまになり、モスクワ五輪を五〇ヵ国近くがボイコットした年だった。

モスクワ五輪に先立ち、ソ連からの出国を余儀なくされた女性たちがいた。地下出版で『女性とロシア』を発刊した書き手や編集者だ。ソ連では、世界に先駆けて女性が社会進出を果たし、男性と伍して誇りをもって働いているとされ、当局は「女性問題など存在しない」の一点張りだった。

ここで少し歴史を遡る。革命前夜のロシアでは、第一次世界大戦で戦場に男手をとられ、女子が労働力として動員される。終戦の頃には、大規模工場の労働者の四割を女子が占めていた。貴族や富裕層に生まれたインテリ女性を中心にインフレや消費物資不足に抗議するストやデモが組織され、「共産党に婦人部を」との圧力を、レーニン率いるボリシェヴィキも無視できず、ボリシェヴィズムとフェミニズムの結婚で革命は実現。

しかし一九三〇年代から、メディアは、「自由恋愛や放縦な性生活はブルジョワ的」、「子どものない女性は哀れむべき」と、母性の称揚を始める。子沢山は国への貢献であり、同時に母親の至福を味わうことができるというわけだ。スターリン時代には男女の違いを強調する議論が盛んになる。出世した少数の女性をシンボルとして据えるいっぽうで、一般のソ連女性には、労働者として社会的有用労働に参加するとともに、妻として母として家庭を守り育児も担う義務が加わり、「二重の重荷」が背負わされるようになる。権利であるはずの労働は「苦役」と化し、女性たちはくたびれていた。

一九七五年に〔国連婦人の一〇年〕が始まり、五年目の一九七九年一二月一〇日、フェミニストたちによるソ連で最初の雑誌、『女性とロシア』が発刊された。雑誌とはいえ、体裁は手作りの文集。カーボンを挟んだ数枚の紙をタイプライターで叩くので、行間が詰まったテキストが右側のページにだけ並び、裏は白。ほぼB5判一六〇頁、厚さ約三センチ、手描きのイラストが添えられている。そこには、蔓延する闇中絶の実態、監獄での虐待、収容所での強制労働、保育所や労働者寮で進む道徳的退廃、監視の目に囲まれた共同アパート生活について報告され、ほかに全国の有志による詩や評論、翻訳文が掲載され、地下回覧されたのはわずか七部だったが大きな反響を呼んだ。

例えば、教師や医師として働いている女性はたしかに大勢いたが、同じ職種でも男子より給料が少ないうえに、労働は過酷。指導部や管理職まで出世できる女性の比率は極端に少ない。また、一九六〇年代から、ソ連全土で年間七〇〇〜一〇〇〇万件の中絶手術が行われ、孤児・捨て子は常時一〇〇万人いるといわれていた。親と死別したり、移動中にはぐれたり、両親がアルコール依存症だったり監獄や収容所に服役中だと、子どもは孤児院に入れられる。暴力や虐待で家出した少年少女、産院で産み捨てられた子どもたちも孤児になる。孤児院では衣類や食料が乏しく、悪質ないじめもはびこっている。さらに、成人男子の寿命が五〇代そこそこだというのも驚きだった。ウォトカを飲んで喧嘩したり、仕事場で怪我をしてあっけなく死んでいく。こうした庶民の悲惨な暮らしぶりが明らかになった。

『女性とロシア』の発刊後、編集者五名と関係者はKGBに尾行され、共同アパートではいやがらせを受け、職を失い、家族も学校や職場で迫害を受けた。彼女たちは、「寄食者」（働かない者は逮捕される）として矯正収容所に送られないよう、結婚して「主婦」（なら逮捕されない）になったり、不本意ながらもエレベーター係、ボイラー士、掃除婦といった底辺の労働に就いていたが、半年後の一九八〇年モスクワ五輪までに、三名が国外追放された。ソ連に残った編集者のうち、一人は不審な交通事故で死に、一人は獄中で身体を壊し、一九八六年に転向声明のビデオを撮られたのちに釈放された。

一九八二年一二月、私はほかの地下資料も合わせ、『女性とロシア』（亜紀書房）を編訳出版した。編集者の一人で母国を追われドイツに移り住んだユーリア・ヴォズネセンスカヤ（一九四〇年生まれ）は、「私たちは貧しいうえ、検閲も厳しく密告もあるので、いつ逮捕されるかわからない。けれど、そういうときこそ本を読みたい、表現したい。精神的なものが必要なの」と書き送ってきた。

『女性とロシア』の編集者の一人、タチヤーナ・マモーノワ（一九四三年生まれ）も、オリンピックが始まる直前の一九八〇年七月二〇日に出国を余儀なくされ、その後パリを拠点に活動を展開していた。その彼女を招聘することにした。タチヤーナは一九八三年二月一九日から三月一日まで滞在し、荻窪の〔ポロン亭〕でフェミニストたちと会談、高良留美子さんや吉武輝子さんとそれぞれ対談、国会議員会館やアムネスティで講演してもらった。丸木位里・俊夫妻を東松山に訪ね、富山妙子さんのアトリエにも伺った。

タチヤーナには、初台マンション五階の狭い応接室のソファーベッドに寝てもらった。「夜八時以降、食事はしない」と言っていたが、M一流の引き回しでどうしても夕食の時間が押してしまう。毎晩、彼女は不機嫌だった。京都へ行きたいというので、当時共同通信・津支局勤務だった吉田茂之さん妻・真知子さんに合流してもらった。宿舎は安いビジネスホテルの和室。「他人が入ってくるかもしれない浴場になど絶対に入れない」と言われ、慌てて仁和寺近くの友人宅に頼み込んでお風呂をもらいにいき、思いがけず一般家庭の歓迎を受けるなど、珍道中だった。画家でもある彼女は、フェミニズムをテーマに描いたミニチュア水彩画の小品を七〇点ほど持参してきていたので、〈プリントアートセンター〉（八重洲ブックセンター五階にあった）の魚津郁夫さんに相談して、急遽銀座の〈H氏の画廊〉を紹介してもらい、三日間だけ来日記念の個展を開催することにした。作品に日本語のタイトルをつけて額装し、大急ぎでチラシを作った。NHKの大貫康雄さんによるインタビューが夕方のニュースで流れたので、全国から問合せがあり、遠方からの来廊者もあった。いらした方たちは、タチヤーナと画廊でゆっくり話すことができ、作品も売れた。タチヤーナは針葉樹以外の常緑樹がもの珍しいらしく、冬でも緑があることに感心していた。緑茶に砂糖を入れて飲むのと、「自分の弟が党員であることが恥ずかしい」と小声で言っていたのが印象に残った。

一九八二年一〇月にはウクライナ人活動家ロマンが来日、翌八三年七月にはロマンとその友人ミロン、八月にはやはりウクライナ人活動家イワンとその恋人でベルギー人のマリー、九月にはイスラエルから文芸批評家のヴァジム・メニケルがやってきた。一九八三年一二月にはロマンが再び来日、初台マンションの四階をしばらく借りることになった。

ロシア関係にかぎらず海外から客が来ると、Mは、会合や講演会、メディアのインタビューを設定し、本業そっちのけで駆け回った。一九七〇年代終わりから八〇年代初めにかけて、欧米へ取材で出かけ人権組織や亡命活動家たちとのネットワークができたこともあり、一九八〇年代を通じて海外からアーティストや画商、演奏家や写真家、文学者、反核活動家、実にさまざまな人たちがやってきて初台マンションに滞在し、一緒に行動した。

並行してMは、国会図書館に勤めていた加藤一夫さんと、『政治と精神医学』（シドニー・ブロック&ピーター・レッダウェイ共著。一九八三年一〇月、みすず書房から刊行）を翻訳していた。ソ連当局は、「ソ連には政治犯はいない」、「問題のない体制を批判するのがおかしい」、「社会を変革したいなど、考えること自体頭が狂っている」と主張。異論を唱える体制批判派は、投獄されるか、精神病院で廃人にされるか、国外に追放されているという実態を報じる本だった。

一九八四年五月、東京で開催された国際ペン大会出席のため来日したカート・ヴォネガット（アメリカの作家）は、イリーナ・グリーヴニナ（一九四五年生まれ）の釈放を求めて声明を出すことにした。イリーナは、「精神医学を政治的に乱用している」と当局を批判して、一九八〇年九月に逮捕。KGB監獄に置かれたのち、当時カザフスタンに流刑されていた。ヴォネガットは、七〇年代に訪ソした折イリーナと話す機会があったらしく、彼女の運命に心を痛めていた。イリーナの父親グリヴニンは日本文学の研究者なのだが、体制側に近く、娘の逮捕で自分の特権が剝奪されたことに腹を立て、娘に不利な証言を重ねていた。日本でも、イリーナ逮捕の二ヵ月後、一一月一八日付で安岡章太郎、大江健三郎、原卓也、江川卓の四氏が父親のグリヴニン宛にアピール文を送っている。
ヴォネガットがＮＨＫの取材に応じることになり、宿舎の京王プラザホテルへＭと車で迎えに行き、初台マンションの四階に連れてきた。ヴォネガットは、車中でも部屋に着いてからもジョークを連発して大貫さんやそのパートナーでアメリカ人のベスさん、取材クルーたちを笑わせ、鼻にスプーンを乗せておどけてみせたり、愉快な人だった。私は単純に作家のファンだったので、会えただけで大興奮。また、同じくペン大会で来日したワシーリー・アクショーノフは、一九八四年五月一九日に開催されたサハロフ誕生日集会に支援のメッセージを寄せてくれた。その後、ジョーン・バエズやミッテラン大統領夫人がアンドロポフ書記長に手紙を書いたこともあり、イリーナは一九八五年一〇月に釈放。しかし、市民権を奪われ、母国を追われた。

一九八四年六月には、サハロフの義理の息子にあたるエレーナ・ボンネルの長男アレクセイとその婚約者リーザを招聘した。初台マンションの四階に一週間滞在し、土井たか子議員や菅直人議員と会見、窮状を訴える議員会館での講演会には国会議員数十名が集まった。アレクセイとリーザは、取材陣に囲まれながらソ連大使館へ抗議に出向いたが、玄関で拒まれた。インターフォン越しに話すアレクセイの姿や、大使館前での支援者たちによる集会、外国人記者クラブでの会見の映像がニュースで流れた。ゴーリキーでのサハロフ夫妻の様子を撮影し、持ち出されたビデオも流された。

サハロフ博士は、一九八一年にはリーザの出国を要求し、一九八四年にはボンネル夫人の病気治療のための出国を要求して数回ハンストを行い、病院で強制栄養を施されている。一九八五年三月にゴルバチョフが共産党書記長に就任。一九八六年の夏頃には釈放される見込みがありそうだという感触を得た博士は一〇月に書記長に手紙を送っている。一九八六年一二月、ゴルバチョフからの電話で流刑が解除となり、サハロフ博士はようやくモスクワに戻ることができた。以後、ペレストロイカの進展を支持。一九八九年三月にソ連人民代議員大会が創設されると科学アカデミーから人民代議員に選出され、急進改革派として冷戦の終結と軍縮を訴えた。

ゴルバチョフの書記長就任でペレストロイカへの期待が高まるなか、一九八五年四月半ば、ロンドンで第五回〔インターナショナル・サハロフ公聴会〕が開催されることになり、Mと私はパリ経由で駆けつけた。世界中からソ連の研究家が集まり、『ノメンクラトゥーラ』を出版したばかりのヴォスレンスキーや、S・ヴィーゼンタール（ユダヤ人人権団体サイモン・ヴィーゼンタール・センターのセンター長）もパネリストで出席していた。

一九八六年八月、広島の反核集会のために来日したロシアとリトアニアとウクライナからのゲストを迎え、東京滞在中にMは講演会や会見を準備。通訳として広島まで同行した。

また、一九八七年七月には、〔ワレンバーグ集会〕（スウェーデンの外交官。第二次世界大戦末期、ハンガリーで迫害されていたユダヤ人一〇万人を救出に尽力した）が東京で開催され、ブダペストでワレンバーグとともに働き、のちに日系人男性と結婚したアメリカ在住のアグネス・アダチさんが来日講演を行い、杉浦千畝（第二次世界大戦中の在リトアニア領事。一九四〇年、ポーランドから逃げてきたユダヤ人に日本を通過して逃げるためのビザを発行し、六〇〇〇人が救われた）夫人の幸子さんと対面した。この件でも、Mはアムネスティと連携して動いた。

Mはどうしてもロシア関連の動きを優先するので、経営は豊田市の本多社長におんぶにだっこだ。しかし東京事務所のメンバーは仲良しで、毎日昼食を作り、応接室の狭いテーブルを七〜八人で囲んだ。濃い味が好きなMは、女性陣が作った料理を調味し直していた。自社製品のクロレラ入り冷麦は美味で、天麩羅や鍋、カレーなど、皆で賑やかに、よく食べた。

本多さんは当時、豊田市体育館内のレストランを経営し、学校給食や病院の売店などに牛乳や飲料を納品していた。体育館でプロレスや歌謡ショー、サーカスなど興行があると東京勢も車で駆けつけた。本多さん宅に泊まり込み、合宿気分。豊田スタッフの指示で会場の設営を手伝う。とくに夏は缶ジュースやアイスクリームが飛ぶように売れて、楽しかった。ボリショイ・サーカスの興行中にホテルで小火騒ぎがあった。ロシア人たちは地元のスーパーで食材を買い、宿舎のホテルで煮炊きをしていたらしい。驚くことはない。寒波で中央暖房が止まったとき、部屋のなかで薪を安全に燃やす方法がテレビで紹介されるお国柄だ。

一九八三年春、Mの念願が叶い、沼袋の家からM妹が嫁いでいった。M父母M姉にならって、挙式披露宴は帝国ホテルで執り行われた。いっぽう私は、Mとは入籍していないというと、「へぇー」と好奇の目で見られる。「『婦人公論』で〈結婚しないカップル〉っていう特集を組むんだけど、取材させてもらえない?」と先輩のライターに頼まれた。別に主義主張があって結婚していないわけじゃないし、それにこの状態をあまり肯定的に捉えていないし……と断った。

私はほとんど初台マンションで仕事や寝泊りをし、自分の荷物の置き場は転々とした。武蔵関の空家の二階、山手通りを歩道橋で渡った初台の銭湯の隣、一九八三年八月には豪徳寺駅近へ引越した。初台のアパートは日当たりが悪く、コート類に虫食い穴ができて慌てて引き払った。めったに東京にこない母が一度だけこの六畳に泊まり、「情けない」と泣かれた。

私は不満と迷いでブスブス燻っていた。編集の仕事は好きだし、海外取材や招聘活動も面白くて楽しい。しかし、この先どうなるのか。中絶した罪悪感をひきずりながら焦っていた。早く出産しないと間に合わない。しかし、相変わらず生活はぎりぎり。お金にも時間にも余裕がないまま先延ばしにしていた。ときどき爆発してMを詰《なじ》ると、

「僕たちには姪や甥がいるじゃないか。仕事が僕たちの子どもだと思えばいい」

と言い、私の興奮がおさまるのをひたすら待つ。

フェミニスト雑誌や地下出版物から庶民の暮らしぶりを知り、あらゆる世代で中絶が蔓延しているソ連の現状を紹介する原稿に、「〈産まない自由〉は〈産めない現実〉」などと小見出しをつけながら、「私のことだ……」と思った。高齢出産ゆえのトラブルを想像して悪夢も見た。ありえない体勢で出産したり、モンスターを産む夢だ。映画『イレイザーヘッド』に出てくるような子どもが生まれ、「それでも絶対に育てる」と夢のなかで悲壮な決意をする。

いつだったか、人生相談で誰かが答えていた。

「君には生まれてきた意味がある。ほら、そこにいる蠅だって子孫を残す。それだけで生まれてきた意味がある。それで十分なんです」。

安易に死ぬなという励ましかもしれないが、私にはこたえた。子孫を残さなかったら生まれてきた意味がないのか……。「お子さんはまだ?」とか、「子どもを産んだことがないからわからないでしょうけど……」といわれると辛い。順調に出産し子育てをしている人には、不妊や子持たずの気持はわからない。どのみち、おたがいわかり合えないのだ。

私やMのDNAに乗った「利己的遺伝子」は、目的を達成できないままそれぞれの個体と朽ち果てるしかない。家系図を縦に書くと私とMのあいだに次の世代はない。二人して線香花火のようだ。火薬が最後には丸まって、チカッチカッと小さな火花を散らしたあとでポソッと落下。紙捻《こより》だけになってしまったような私たち。


一九八四年頃からだったか、Mは、政治学者で市民運動家の前野良先生が主宰する水道橋の社会主義研究所に机を借り、家賃の一部を払うようになる。そこに、〈MSKリサーチ研究所〉を置き、ソ連問題研究家の佐久間邦夫さんが拠点とするようになった。海外からのゲストを招いてレクチャー会合をもち、定期勉強会にも参加した。どのくらい続いたのか知らないが、佐久間さんにも毎月数万円を渡していたようだった。

「自分の家庭ももてないのに、他人《ひと》の援助なんて、分不相応じゃないの?」

と私は何度も言った。

会社もクロレラ科学研究会もＭＳＫリサーチ研究所も、公共性をもたせてプロジェクトにするのがＭ流だった。既存の組織に頼れない（頼らない？）Ｍにはこのやり方しかなかったのかもしれない。他人を援助できる財政状態ではないのに、Ｍは支援したがった。自ら援助を受けながら別な誰かをサポートするスタンスを常にとっていた。これは、Ｍ独特のバランス感覚なのか？私には理解できない。Ｍ父は、そうしたＭのお金の遣い方に一切干渉することなく、「おまえさんのやりやすいように、やればいい」としか言わなかった。

Ｍは、ソ連関係のテーマで講演に呼ばれることが多く、一九八五年春、ある朝食会で本郷富士子さんと出会った。一目でＭは気に入られたらしく、講演のあとおひねりをもらったという。昔、台湾総督府で重要な地位におられたご主人が亡くなられたあと、一九一一年生まれの本郷さんは、〔総合労働研究所〕を設立。労使協調を目指す出版物やセミナーを企画する会社で、財界、政界、労組に人脈をもっておられた。オフィスは代々木駅前にあり、社員七五名。加藤シヅエさんや市川房江さんなど女性運動の活動家たちとも親しかった。

当時七〇代半ばでいらしたが、そのフットワークの軽さにはＭも舌を巻いた。

二度目に会ったとき、これからプールに泳ぎにいくと言ったら、

「あら、わたくしもご一緒したいわ」と、デパートで水着を買って同行されたそうだ。

Ｍはこうした柔軟性や臨機応変が大好きだ。スピード狂で渋滞が嫌い、地図を見ないで裏道を探すのが好きというＭの運転を私は嫌っていたが、本郷さんは、

「わたくし、親一さんの運転、好きよ」と、ニコニコしていらした。

あるとき、中華料理店で隣にいた私が餃子のタレを作ってさしあげたところ、

「わたくし、親一さんが作ってくださるのがいいわ」とおっしゃる。

童女のようだが、経営の苦労も知っていて資金繰りの悩みもある。危機感のない管理職たちを困ったものだと嘆きながら、愚痴もお説教もやんわり。無理強いや非難めいた言辞は皆無だった。

問題は、むしろMだ。大勢で食事をしていても、いちいちうるさい。

「ねぇ、僕が食べてるこのお料理、とっても美味しいけど、君のはどうなのかな？」

同じお皿から食べているのだから美味しいに決まっているのだが、どうしても「美味しい」と言わせたい。Mは、常に「一瞬一瞬を慈しんでやる」と考えていたのだろうか。はしゃいでいるMを見るたびに、全力で楽しむMが心配になった。


一九八五年暮れに契約を結び、一九八六年一月にかけて徐々に荷物を運び、M父母が初台マンションの一一階に越してきた。同じ建物のなかでエレベーターで行き来できるようになってMは喜んでいた。家賃は二七万円＋管理費五・五万円。また本多さんの負担が増える。M父は一〇時過ぎに五階に下りてきて昼は一一階でM母と食事。夕方まで事務所にいるようになった。

一九八六年秋、宝島社の石井慎二編集長から、ソ連をテーマに書かないかという電話が入り、別冊宝島『収容所社会ソ連に生きる』が一九八七年一月に刊行された。続いて私が、同じ別冊宝島の『道具としての英語』シリーズで『英語で雑談』編を出版（一九八七年五月刊行）させても

らった。発売に合わせて表参道の同潤会アパートにあった〔ギャラリー五・一〇四〕で銅版画の個展を開いた。同じ年の盛夏に、豪徳寺から代々木五丁目に引越したが、荷物整理の途中で下痢が止まらなくなった。Mの成城学園の先輩の櫻井蔚生医師（日本医大・消化器外科）に相談し、九月初めに検査入院。入院したとたんに下痢は止まったが、注腸造影や胆道検査を受けることになり、祝日が入ったため入院が長引いた。結局、原因はわからなかったが、Mはいそいそと、いろんな人を連れて何度もお見舞にきた。私も三六歳。ホルモンバランスが崩れていたのか、顔色が青黒く異様にテラテラ光り、鏡を見るのも憂鬱だった。早く出産したいと思うのだが経済状況が許さない。Mに訴えても困った顔をするだけだ。私は焦り、自分の不甲斐なさを嘆き、何度も「Mをヤメタイ」と思った。

当時、覚醒剤撲滅キャンペーンで、「覚醒剤やめますか？　それとも人間やめますか？」というCMが流れていた。私はMにaddictedなんだろうか。

「でも、四〇歳までに出産すれば大丈夫かもしれない……」。

こうして、節目けじめが苦手で、始めたことをやめられない優柔不断な私は、保留の袋をズルズルひきずりながら、忙しい日常に戻っていった。

暮らしぶりの再検討を促すと、Mは決まって、「僕は親の犠牲になんかなっていない」と言った。M家三子のうち男子は一人。たしかに、嫁いだ姉妹に両親を頼むわけにはいかない。どちらかが引き受けてくれたとしても、それに甘えて自分だけのうのうとはしていられない。

「でも、親の面倒みるのって人間だけよね。動物は親世代が先に死ぬもんね」と、私。
「だいたい、親子ってなんなのよ。例えば、クロレラは単細胞の緑藻でしょ？　四つの嬢細胞に分裂するとそれぞれが新たな個体で始めるわけよね。池や川で押し潰されたり、酸欠になったり汚染されたり捕獲されたりしないかぎり、永遠に分裂して新しく生まれ変っている。魚だって、そもそもA鰯とB鰯の顔、区別つく？　卵から孵化して無事に鰯になって、一緒の群れで泳いでいても、自分の息子や娘、同じ親から生まれた兄弟かどうかなんてわかってないでしょう。親兄弟を認識しているほど悠長なライフスパンじゃないってことかも。鳥だって、大事にひなを育てて飛び方教えても、巣立ったあとは空ですれ違っても、親子兄弟ってわかっているかどうだか。これは卵生だから？」

子どもは親を選べない。親も子どもを選べないが、少なくとも親になる覚悟をして産んでいる。子どもが育つ環境は、周囲の大人次第なのだ。

一九八〇年代、NHKの大貫さんと一緒にベスさんが初台をよく訪れた。数年観察したのちベスさんは、「Mさんは、お父さんにスポンジド・オフされている」と評価した。

sponge off は「子どもにすねをかじられる」などで使う表現。子離れしていない親が子どもの重荷になっているというのだ。ベスさんは、Mが時折見せる子どもっぽさを心配し、「子どもに、happy childhood をもたせてあげることは大人の責任だ」とも言っていた。「子どもらしい子ども時代を送ることができれば、その人はちゃんと大人になれる。子ども時代に子どもでいられなかった人（例えば、親が病気だったり、親に早く死なれ、幼い弟妹のために学業を諦めて働いた長男長女など）は、どこかで子ども時代を取り戻そうとする」というのだ。

私はMを見ていて、親子関係は親より子どもに大きく作用すると思った。過干渉や、過剰な期待、無視や放置、虐待といった極端な事例はもちろん、とりたてて問題がない親子でも子どもは親から影響を受けずにはいられない。M父母に期待され、自由に使えるお金もないMを気の毒に思っていたが、Mにしてみれば親に必要とされたり頼られることは嫌じゃなかったのかもしれない。名誉と重荷は背中合わせ、親孝行は生甲斐や功名心とも繋がっているのだ。

反発したりうんざりしながらも、子どもは必死に親の期待に応えようとする。それは、悲しいほどだ。なにか約束でもあるかのようだ。とにかく、子どもは親子関係を補うように、その一生を送るのだ。親子の絆は、強すぎても、希薄でも、皆無でも、どのみち辛いんだ。

後年、M妹に、「固定費のかかる経営で負債がたまった」と説明したところ、「お母さんもお姉さんも、お金を出してお兄さんを甘やかしたからいけないんです」という答が返ってきた。M母やM姉がMにもっと厳しくしていれば、Mも本気で会社経営を頑張ったかもしれないというわけだ。そうか。そういう認識か。Mも、アリのように真面目に努力すれば報われたのに、甘やかされたキリギリスだったというわけか。でも、大店を後継して潰すこともあれば、経営努力が実らずに倒産するケースなんてゴロゴロ転がっている。成功する保証など、どこにもない。

M母は、「なにが悲しくて、仕事なんかしなくちゃならないの？」とよく言っていた。

――階に越してきてからのM母の口癖は、

「お父ちゃまは、朝から晩まで、さんざん働かされて可哀相……」だった。

M家の人たちにとって会社とは何だったのか。働くって何だったのだろう？　M母もM姉妹も、会社なら利益が上がっていて当然、給料が順調に出てあたりまえだと思っている。

子どもは、誰が自分の身の回りの世話をしてくれ、心配してくれているか本能的に了解している。朝起こしてくれて食事を用意し、学校へ送り出し文房具を買ってくれ、お風呂に入れて着替えさせ布団を敷いてくれ、病気になったら病院に連れていってくれるのは誰か。誰が家庭生活を支えてくれているのか承知している。子どもにかぎらず、家族のメンバーは保護者の様子に敏感になって当然だ。毎日一緒だったら無理な経営だと気づくだろうに。男たちが家でなにも言わなくてもわかるはずなのに。誰も、Mの辛さを想像できなかったのだろうか。

危ういMのやり方やM父母の想像力のなさを激しく批判する私に、Mは何度か、

「君は頭のいい子だね」と溜息をついた。

そうか、観察や分析をするだけじゃ駄目なんだ。私が正しくてもMを変えることはできない。Mがもっとも評価するのがフットワークの軽さと立ち直りの早さだ。M妹は幼い頃から、

「気分を害しても、根にもたず、すぐにご機嫌を直すよう心がけなさい」

とMに言われて育ったおかげで、対立を避けて即謝るようになったという。とりあえず謝るなど、私にはできない。私はいつまでも怒りと悪感情をひきずり、分析して忘れない。

豊田の本多社長にとって、東京事務所は設立当初からお荷物だった。このまま全面的にお世話になるのはしのびないということで、一九八八年春、経理の橋本さんと関口君は辞職を決意。私にとっても、「Mをヤメル」絶好のタイミングだったが、結局離れることはなかった。

一九八八年七月、Mは自らが代表になって株式会社を設立。M姉とM妹夫が役員になり、M父が会長、M母が監査役。私にも役員になってくれという。迷惑をかけられるのは嫌だからと断ったが、結局判子を押した。

橋本さんが座っていたデスクにM父が座り、帳簿や出金伝票を書くようになった。MとM父と私だけになった事務所に、J社社長の親族でM父を慕う今井さんが自然食品の会社を辞めて加わることになる。一九八九年一二月、本多さんが脳出血で倒れ、手術を受けたが亡くなられた。六四歳でいらした。本多さん亡きあとも豊田の会社は続けてもらい、Mと今井さんはそこの社員として社会保険を頼ることになった。

4章　一九九〇年代混乱のロシアへ

現地取材と「援助／交際」

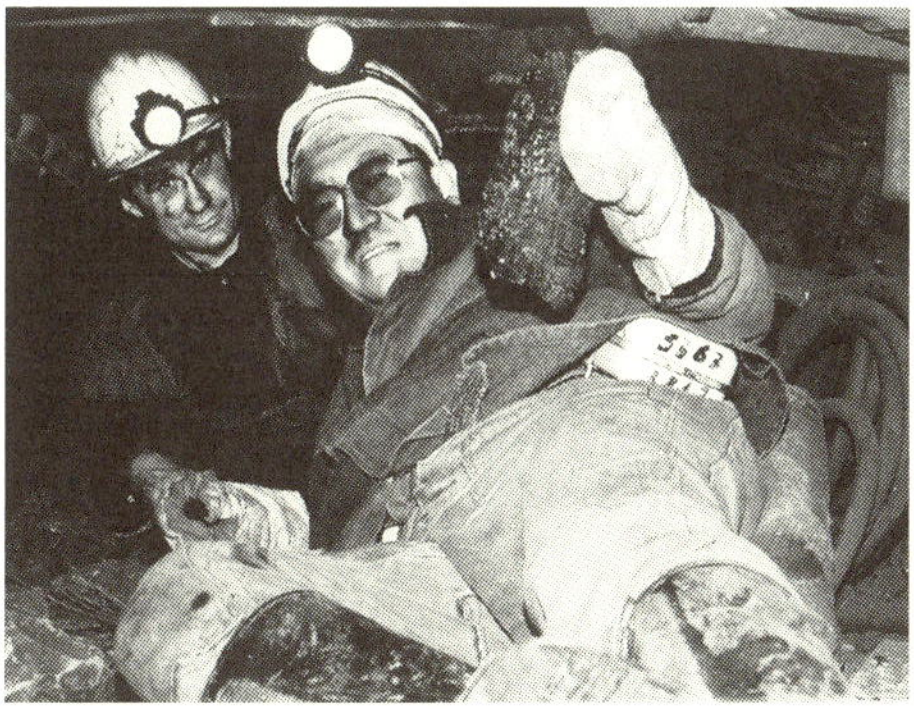

ドネツクの炭鉱で　1991 年

一九八九年一〇月、宝島社の石井編集長から「ソ連取材」の打診があった。一九八六年から都市部で始まった民主化運動は一九八八年になると地方に広がり、ソ連は大きく変わろうとしていた。企画は、当時新進気鋭のジャーナリスト岩上安身さん、ロシア通の古田光秋さん、Mと私の三組でロシア中を回り、有名無名を問わずインタビューをとってこようというものだ。石井さんの厳命は、「生活者としての視点を忘れずに」だった。

ソ連の庶民の暮らしぶりについては、地下資料で読み、西側へ出た活動家たちに話は聞いてはいたが、いまひとつわからなかった。地下資料は、逮捕や捜索の報告、裁判記録、監獄・収容所での様子、流刑地への旅、当局との衝突、抗議文や宣言など人権関連情報がほとんど。フェミニスト雑誌『女性とロシア』に、編集者の一人ヴォズネセンスカヤがアパートの間取りや広さ、家賃や部屋の交換条件などを載せていたが、ピンとこない。映画『モスクワは涙を信じない』（一九七九年製作、八〇年アカデミー賞外国語映画賞）に登場する労働者寮や4Kに四世帯が暮らす共同アパートで、どんなふうに暮らしているのか。ロシアの人びとは何を食べていて何が楽しみで、どんな悩みや夢があるのだろう。

一九九〇年五月、ペレストロイカ後のロシアへ

一七年ぶりにアエロフロート機に乗り、一九九〇年五月二五日の夕方、Mと二人、シェレメチェヴォ国際空港に降り立った。白タクのヴォルガと交渉して、なんとか無事にアルバート街近くのベオグラード・ホテルに到着してチェックイン。夕食は、支給されたクーポンをもって食堂へ。隣で食事をしていたチェコ人医師と雑談になった。いきなり、胎盤を治療に使うビジネス話だ。彼は、ソ連軍がチェコに侵攻した一九六八年にアメリカに移住。「医師になり、カリフォルニアで開業しているが、西側は規制が厳しいので、近視矯正手術で有名なフョードロフ医師の〔医療ホテル〕に参入するつもりだ」という。六〇年代の反体制作家シニャフスキーの幻想小説を地でいくような話で、初日から眩暈がした。

翌朝は、早起きしてキエフ駅近くの自由市場へ向かった。M姉夫から借りてきた（結局もらってしまった）一眼レフのキヤノンと自動焦点の小型カメラ、テープレコーダーをもち、何から撮ってやろうかとワクワク。メトロを出ると歩道に立売りの男女が並んでいる。人の顔ほどもある鮮やかな赤いダリアを掲げた元気なおばさんとMのツーショットを撮った。屋内市場も活気がある。牛肉の塊、豚脂身の塩漬け（サーロといい、ウォトカを飲み干したあと急いで口に放り込む）、木枠から巣ごと切り分けて売っている蜂蜜、五〇種ほどの香辛料、鉢ものの観葉植物、なにもかも珍しくて面白い。

ペレストロイカ後の初訪ソで、しかも各地に移動するので、共同通信の吉田さん宅に荷物を置かせてもらい、新聞社や商社の支局を表敬訪問。Mは嬉々として情報収集につとめた。

まずは、モスクワから〔赤い矢〕号で鉄路レニングラードへ。地下道で闇ドル交換をもちかけてきた若者二人をインタビュー。偶然入った画廊で話し込んで絵を二点購入（未だに、画廊に預けたままになっている）。〔文学カフェ〕では、隣の席からクランベリー・パフェを勧めてくれたナターリアさんが精神科医とわかり、彼女の勤務先〔ベーフチェレフ研究所〕を訪問。医師仲間が集まる自宅でのパーティにも招待された。同研究所は、ソ連で精神医学が政治的に悪用されていた一九六〇年代、反体制派を精神鑑定にかけ分裂病と診断して精神病院に拘禁していた〔モスクワ医学アカデミー精神医学研究所〕のスニェジニェフスキー学派と激しく対立した歴史をもつ。

モスクワへ戻り、一週間遅れて到着したサーシャとホテルで合流した。サーシャ・シチゴルツォフは、一九八二年に日本人女性と結婚し、東京でロシア語を教えている三児の父だ。Mは、ソ連取材にサーシャの里帰りが数日間重なるようスケジュールを調整していた。さらに、サーシャ父さんが息子と会うためにブリャンスク（モスクワの南西三八〇キロ）からモスクワ入りして加わり、四名での旅が始まった。

翌朝の国内線でボルゴグラード（モスクワの南南東約九〇〇キロ）へ飛ぶ。サーシャの親戚一家と親睦ランチのあと、抜け目なさそうなサーシャ従兄の自家用車で巨大石像があるママエフの丘など名勝を巡り、郊外の団地にある自宅で夕食をご馳走になる。四〇代前半の従兄夫妻と一〇代の娘と息子にこまごまとした暮らし向きの質問をし、近所のアパートや住人の写真を撮影させてもらった。「泊まっていけ」といわれたのだが、なぜだか怖い。夜中に寝首をかかれる妄想にかられ、「どうしても帰る」と私が譲らず、深夜に白タクを頼み、車で三〇分ほどの街のホテルへ帰った。夜中のホテルは静かで、従業員たちが寛いでいた。取材もかねてMが夜勤スタッフたちに一杯驕ることになり、厨房の料理人、警備の若者、女性支配人がロビーに集まって、シャンパンスコエで酒盛りになった。

南ロシアの初夏は暑くもなく寒くもなく、ゆったりとした気分。モスクワと違い、厚い漆喰壁に囲まれた広くて快適な部屋。お風呂あがりのMにカメラを向けると、大きな花柄のベッドカバーを身体に巻きつけてポーズをとった。キモ・ひょうきんで素敵な写真が撮れた。翌日は、新婚旅行中だという若いカップルを公園でつかまえて仕事内容を聞いた。

次は、サーシャの恩師が住むというクラスノダール（モスクワの南一五四〇キロ）へ向かう。なんて美しい町！　シャガールの絵画に迷い込んだような街並み。斜めに傾いだ小さな家が現実にある。部屋の決まった場所で火を炊くため年月が経つにつれ壁の乾燥具合で歪みが生じ、家が傾いてくるという。とくに街灯がともる夜は幻想的だった。クバン発電所近くの池は水温が高いので、巨大な魚が育つ。一メートルもありそうなヘラブナを草むらに寝かせ、「大きな魚は狡くてつかまえにくいんだ」と、日焼けした釣師は満足そうに笑った。

再びモスクワへ戻り、空路キエフ（モスクワの南西七六〇キロ）へ。夕刻なのに真昼のように明るく、広場で人民戦線組織〔ルフ（運動）〕による市民集会が開かれていた。三〇〇〇人ほどが集まり、ウクライナの独立と共産党支配からの脱却を訴える演説。黄色と空色のウクライナ国旗が無数にはためいていた。ルフの本部を訪ねて活動家をインタビュー。翌日は、ドニエプル川のほとりで、モルダヴィアから来たというトラック運転手に話を聞いた。チェルノブイリの原発事故から五年経っていたが、日本から借りてもってきたガイガーカウンターを空中にかざしたり、道端の植物に近づけていると、人びとが集まってきた。

もう一度モスクワに戻り、一九九一年四月に神宮前・馬里邑美術館で開催予定の『ソビエト民族衣装展』のコーディネーター、グローモフ氏に連絡をとり、夫人と四名で歴史美術館を訪問。来日予定の女性学芸員お二人に挨拶をして、一九二〇年代のアヴァンギャルドなテキスタイル・デザインの見本帳やスカーフの実物を見せてもらう。私はこの時代の作品が大好きなので狂喜した。グローモフ宅ではグルジア料理の歓待を受けた。

ホテルのレストランで知り合ったハンガリーとモンゴルからの女子留学生は、それぞれの国の共産党幹部の子女で、すこぶる聡明。彼女たちがいつか行ってみたかったという中華料理店〈メイホア〉で会食し、人気のランコムのクリームを買いたいというので一緒に行列に並び、大学の寮にまで押しかけた。

同じくレストランで知り合った一八歳のリエナは、学生結婚したものの二年で離婚。大学に入り直すために勉強中だという。若いのに成熟した女性の落ち着きがある。二度目にリエナと会ったときは、路面電車を乗り継いでいく自宅に案内された。都心から少し離れた高層団地の一〇階。家族は仕事で留守だ。小さいけれど快適なキッチンで、蕗のコンポルトをご馳走になった。コンポルトは、果物や野菜を水で短時間煮て、砂糖やドライフルーツで甘みをつけたソフトドリンクで、冷していただく。お礼にホテルで夕食をご馳走し、話を聞いた。ルーブルの価値が日に日に下落。ロシア人でなくても、先行き不安になる。リエナは、「この国は混乱しているし、辛いのもたしかよ。けど、同情はいらないの。ただ、私たちをしっかり見ていてね」と笑顔で言った。

クレムリン近くで幼女を連れた男性に道を尋ねたところ、画家だという。「すぐそこに住んでいるから、寄っていらっしゃい」と言われ、自宅にお邪魔する。古いアパートの三階。上がっていく大理石の階段の摩滅した曲線が美しい。五歳だという娘と画家をアトリエで撮らせてもらい、油絵の小品を頂戴した。

少し前までこんなことは考えられなかった。外国人を自宅に招じ入れたり、話したりなど、まったくできなかったのだ。なんだか活気がある。「混沌《ハーオス》だ！」「最悪《カシマール》！」と日に何度も毒づきながらも、皆、やけに明るい。

Mにとっても二〇年ぶりのロシアで興奮気味だ。面白そうな場面や人を見つけては近づいていった。ナンパするみたいに初対面で自宅にお邪魔するのは、Mがもっとも得意とするところ。人懐っこい笑顔と、気をそらさない会話。Mは誰ともすぐに打ち解けた。私は、フィルムやテープ、ノートや書類、お土産を入れたバッグを抱え、風景や道端の写真を撮るので遅れがちになる。赤信号の横断歩道や信号のない道を違法横断して走るMについていくのがやっとだ。無愛想な私とのコンビで、むしろ怪しまれなかったのかもしれない。もっとも、ナイトクラブでのショーや、ホテル・コスモスのディスコにたむろする男女は十分にいかがわしかった。

二度目の旅は一九九一年二月。寒波襲来でモスクワでも零下三四度まで下がった。精神医学の政治的乱用の実態を『懲罰医療《カラーチェリナヤ・メヂツィーナ》』（一九七七年刊行）に著して逮捕され、投獄・流刑から戻った人権活動家ポドラビーネクが一九八七年から活動を再開しており、新たに『時事日誌《フロニカ》』を発行している拠点が、たまたまホテルの近くだったので表敬訪問した。若者を中心に十数人が出入りし、資料やチラシを作っている。

編集部が入っている建物はいわゆる労働者寮で、大部屋をカーテンで仕切って何世帯かが共同で住んでいる。上の階にいってみると、部屋のドアは開いたままで、幅広廊下に張ったロープに洗濯物が干してあった。数部屋が共同で使う台所とトイレはフロアのはずれにある。『時事日誌』の編集部は一階にあり、本来一世帯用の3LDK全部を使っていた。ソ連の物資不足、とくに石鹸や砂糖の欠乏については日本でも報道されており、お茶の時間になると、たしかに皆で少ない砂糖を分け合っていた。

地下階には、労働者寮の住人たちが使うシャワーの個室が六つ並んでいる。狭い通路に裸電球がまばらにあるだけで薄暗いが、お湯はたっぷり出るようだ。給湯管の穴から蒸気が洩れて、地下階全体が温かかった。見るものすべてが新鮮にうつる。街行く人の服装や車、通りに置かれたゴミ箱や散乱したゴミ、集合住宅の一階に並ぶ郵便受けや、陶製便器に木製便座がついているトイレまで、あらゆるものをカメラにおさめた。美術家イリヤ・カバコフも、『トイレ』（一九九二年）なるインスタレーションをカッセルで開催された〈ドクメンタ七〉に出品しているが、文学でも美術でも、秘密のヴェールを剥いだだけで作品になるような時代だった。

アジト風の編集部で、流暢に英語を話す背高細身一九歳の青年と出会った。その青年ユーラはスモレンスク（モスクワから西南西三六〇キロ）出身で、ルムンバ大学外国語学部の学生。大学にはアフリカの社会主義国の有力者の子弟留学生が多く、皆モスクワで遊びまくっているという。

彼は寮に私物を置いたまま、サムイズダートの編集や英訳をしながらアジトで仲間と寝食をともにし、そこから大学へ通っていた。静かで賢い話しぶりと的確な対応、ときどき見せる屈託のない笑顔とシャイな物腰に好感がもてた。Mは一九九一年だけで七回ソ連へ行っている。そのたびにユーラを呼び出し、取材や旅に同行させた。

一九九一年三月、ウクライナ、アゼルバイジャン、グルジアへ

一九九一年三月、Mがテレビ朝日のプロデューサーに会ったのがきっかけで、『ニュースステーション』の取材をすることになった。生活苦を訴え民主化を求めてストを決行しているウクライナの炭鉱と、独立気運が高まるなか、ソ連軍が民族紛争に介入し多数の死傷者や難民を出している南カフカスの共和国へ行く。受け入れ先の人権組織にMが事前に連絡をとり、現地での調整を頼んだ。日本からは、番組ディレクターK氏とカメラマンY氏、音声&撮影助手のO君の三名、Mと私。今回もモスクワを拠点に国内線で共和国を往復するので、ソコーリニキ公園近くの音楽家コースチャ宅に五人分の荷物を置かせてもらった。コースチャことコンスタンチン・イワノーフは当時〔アンサンブル金沢〕に招かれていたヴィオラ奏者で、感じのいい夫人と娘二人が歓迎してくれた。Mの提案で、ユーラとその友人で写真家のミーシャ、ユーラの恋人オーリャまで同行することになり、総勢八名で取材の旅は始まった。空港では発着のたびに機材チェックで揉め、国内便旅客機は予定通りに飛んだためしがなかった。

まず、ウクライナは炭鉱の町、ドネツク（モスクワの南八五〇キロ）へ。四泊する。ドネツクは、街中が煙っていた。微小な炭塵が舞っているようなきな臭い空気。なにかの拍子で着火して、町ごと爆発してしまいそうだ。宿舎は地元のホテルだが、警備が厳しく、出入りのたびに詮索するような目で見られる。ストライキ委員N氏の手引で、炭鉱の集会へ。経営側と労働条件を巡って毎日開かれている。労使交渉の集会では一〇〇人ほどが集まり、賃金アップ、安全確保、労働条件改善、生活が苦しいことなどを訴えていた。

二日目の夜は八七〇メートル地下まで下りた。石炭屑だらけになるので、下着も脱いで白いつなぎに着替える。柔道着ほどはある厚手の綿だ。炭鉱では女性も大勢働いているので、もちろん女性用の更衣室がある。洗濯済みのつなぎが宇宙服みたいにたくさんぶら下がっていた。案内の坑内作業員たちと賑やかにエレベーターで下り、そこからはトロッコで『インディ・ジョーンズ』みたいに下っていく。ストライキ中なので坑内で仕事をしている人は少ない。切羽で労働者をインタビューして撮影。Mは切羽の先端の五〇センチほどの隙間に入り、顔まで炭だらけになって興奮していた。ストライキ委員会に集まる坑内作業員たちはきさくで皆いい人たちだ。

取材許可を得て、ストライキ委員会のメンバーの自宅を訪ねた。炭鉱住宅の一つだ。二部屋六〇平米ほどの木造平屋。色とりどりのキルトで部屋中覆われ、居心地のいい住まいだ。三〇代の夫婦と五歳女児、三歳男児の四人家族。インタビューのあと、近くの市場へ一緒に出かけた。主婦は高くて食料が買えないと嘆いた。

そこで驚いたのは、炭住地区の泥道。まるで波の彫刻だ。ロシア文学にときどき登場するどうにもならないぬかるみを、この目で初めて見た。雪解け直後の四月だったからか。幅五メートルほどの道が、大型車のタイヤや馬車の轍のまま、泥が五〇センチほども盛り上がり、波形になって固まっている。道の両側に家が並んでいるのだが、反対側へ渡ったら膝下まで泥だらけになる。晴着の女性は屈強な若者にお姫様だっこをしてもらうしかない。雪が積もって凍っているほうが格段に歩きやすい。こんな道が実際にあるんだ。

モスクワへ戻って、今度はアゼルバイジャンの首都バクー（モスクワの南南東一九〇〇キロ）へ飛んだ。空港で受け取ったカメラマンのトランクがバールでこじ開けられていて慌てたが、機材は無事だったのでよしとする。タクシー二台で舗装道路を市内へ向かう。両側に油田が広がり、遠く近くの細い煙突からガスの炎が間歇的にボッボッとあがり、幻想的だ。ホテルにチェックインしたのが深夜一時。六泊の予定だが、実際に動けるのは四日半だ。バクーは「風の町」と呼ばれる。ホテルの窓を開けても、レストランの食堂からテラスへ出ても、カスピ海から吹いてくる早春の風がヒューヒュー音をたてている。食事中に、ウェイターたちから何度も「キャビア買わないか」と声をかけられた。

まず、〔アゼルバイジャン人民戦線〕の本部にエリチベイ議長（当時五二歳）を訪問して、インタビュー。アゼルバイジャンは、ソ連支配からの脱却と自由と民主化を求める気運が強い。一九八九年夏に設立された人民戦線は、さまざまな政治的傾向をもったグループの連合体らしかった。半武装した屈強な若者たちが大勢出入りし、快活で自由な雰囲気だ。エリチベイは政治家を輩出しているナヒチェバン自治共和国（南部でイランと国境を接する）出身で文学者。通された部屋は、活動本部というより書斎然としている。若者たちに信頼され、慕われている様子と、話しぶりから静かな情熱が伝わってきた。

人民戦線の案内で、一九九〇年一月二〇日に起きた〈黒い一月事件〉の現場へ行く。事件発生から一年以上経っていたが、バクーの中心街の住宅の外壁に無数に残る弾痕が生なましい。ソ連軍と内務省軍の侵攻で少なくとも市民二〇〇名が殺され、負傷者、行方不明者は数百名、遺体はカスピ海に捨てられたという。墓地には大勢が訪れ、墓前で泣き崩れる人もいた。

スムガイト（バクーの北西三〇キロ、カスピ海に面した化学工業都市）では、アルミやゴムなどを製造する化学工場からの汚染被害が深刻で、病気や新生児の奇形が多いという。環境学者のフィクラートフ氏がゴミ捨て場や油田を案内してくれた。見渡すかぎり掘削用のやぐらが林立し、地面も油井横の小屋のなかもヌルヌル滑り、設備も事務所も労働者の作業服も、なにもかもが原油で青黒く光っている。あたりに草木の緑や土の茶色がまったく無く、近未来映画に出てきそうな一面黒の世界だ。曇った空を油臭い風が渡る。

二日目、テレビ朝日のクルー三名とＭとユーラは、タクシー二台でナゴルノ・カラバフ自治州へ入り、アゼル人の民家を取材してきた。今回、「白人女性は南へ行くとさらわれる」からと、オーリャは来ていない。バクーで待機組の私とミーシャは、街のレコード店で放映時のＢＧＭに使えそうな民族音楽を探した。

またまたモスクワへ戻り、今度はグルジアのトビリシ〔モスクワの南南東一六五〇キロ〕へ向かった。四泊する。初日、〔ナショナル・デモクラティック党〕リーダーのチャントゥリヤー〔当時三二歳。三年後の一九九四年末に妻ともども暗殺された〕をインタビュー。指定された場所は、コンクリート打ちっぱなしで椅子しかない殺風景な部屋で、護衛がついてきた。

グルジアでは一九八〇年代後半から政治的な混乱が続いていた。グルジア領にある南オセチア自治州やアブハジア自治共和国では、グルジア語の使用を強制するなどグルジアの強硬な姿勢に反発し、グルジアからの分離独立運動が激化。両地域はソ連に加勢を求め、グルジアが送り込んでくる武装集団に対抗するようになる。

一九八九年四月、トビリシで開かれた集会でソ連内務省軍が発砲し、市民二〇名が死亡。民主派のチャントゥリヤーや反体制派の英雄メラブ・コスタヴァが参加していた急進野党連合〔円卓会議・自由グルジア〕の人気が高まり、一九八九年一〇月に選挙で勝利、代表のガムサフルディアが一九九〇年一〇月の最高会議選挙で大統領に選ばれる。しかし新大統領は極端な民族主義的行動に旋回。一九九一年一月に南オセチア自治州のツヒンヴァリに六〇〇〇人の武装集団を送ってオセチア人を弾圧、三月には八割の住居を破壊する暴挙に出る。その後コスタヴァは交通事故で死に、チャントゥリアーはガムサフルディアと一線を画すようになる。

混乱に乗じて、紛争地への出兵を条件に放免された犯罪者などを組織した愛国民族主義軍団〔ムヘドリオーニ〔馬上の人〕〕や、キトバニ将軍率いる〔国家保安隊〕など、武装集団がグルジア各地で暗躍。略奪や乱暴を働き、国は無政府状態、街は騒然とし、人びとは怯えていた。当時、指導者イオセリアーニが投獄されていたムヘドリオーニは、その釈放を求めてストライキ中だった。グルジア取材二日目は、彼らのスト拠点である街なかのテントを撮影。三日目は、テレ朝三名とMとユーラは、紛争地域の南オセチア自治州のツヒンヴァリ（トビリシの西北九〇キロ）へ向かった。さすが、「熱い南の血」が滾《たぎ》るグルジア。政治家や活動家のキャラクターの特異さが尋常でない。

私とミーシャはタクシーを雇ってスターリンの生地ゴリへ行った。帰り道、見通しのいい二車線ずつの道路なのだが、車線を無視して正面から向かってくる対向車がいる。タクシーが急ブレーキをかけたため、後続車に追突された。対向車は止まらずに本来の車線に戻って走り去り、私たち事故車二台も故障や怪我人が無いことを確認して即解散。対向車が車線を越えて向かってくることは、よくあることらしい。

オセチア取材組も帰ってきたので、クラ川のほとりにあるレストラン〔カラークリ〕で食事をすることになった。南国グルジアでは金髪白人女子は危ないはずだが、なぜか今回オーリャが一緒に来ている。案内役を頼んだ現地の人権組織のトマス氏も加わり、一〇名で大きなテーブルを囲む。料理の注文が終わらないうちに、開栓した白ワイン二〇本をワゴンでガチャガチャいわせながらウェイトレスが運んできた。一人当たり二本、水代わりなのだ。

用事があっていったんホテルに戻った私は、レストランへ引き返すために白タクを拾った。配送用の大型ワゴンで、ドライバーは仕事を終えて家に帰るところだという。買ったばかりらしい玉子の紙パックをどけて空けてくれた助手席に座ると、彼はいきなり、

「いくらだ？」と聞いてきた。タクシー代は乗る前に交渉済みだ。

「そういう商売はしていない」と言うと、

「わかった、わかった」と笑いながら車を出した。

四日目の昼、トビリシの宿舎のホテルに戻ると、部屋のドアが開いていて職人たちがトイレの床を壊している。何をしているのか聞いたら、

「あなた、生理用ナプキン流しましたね？　排水管が詰まったので修理します。弁償してもらうことになる」

「まさか！　私は何度もロシアに来ていて使った紙は流さないでわきの箱に入れることくらい知っている。悪質ないいがかりには断じて応じない」と怒ったら、作業途中で出ていった。

また、各階にある帳場デスク前のソファーで休んでいると、フロアサービス兼見張番の女性に、「女の人はしっかり休養しないとね」と忠告された。市場でも、ザクロジュースを勧められ、「女の人は休まないとね」と同じ台詞。ここはよほど女子が働く土地柄なのか。「女は休め」が挨拶がわり、女性同士が労わり合うのだ。

フロアサービス兼見張番の女性に紅茶を頼んだら、笑顔で部屋まで届けてくれた。大ぶりのティーポットに、「紅茶葉半箱入れました。大サービスよ！」と、チップをねだられた。

収容所発の地下文書には恐ろしい記述が山ほどある。収容所では紅茶葉や煙草など嗜好品はほとんど貨幣と同様の役割を果たす。紅茶は大量の葉で濃く淹れるとドラッグに似た作用があり、とくに人気が高い。ウォトカは、収容所の外で作業があるときに隙を狙って手に入れ、まばらな

歯にコンドームをひっかけてウォトカを流し込み、胃をタプタプさせながら収容所内に持ち込む。コンドームが裂けて死んでしまった囚人もいたという。

取材先で、ニューヨーク・ベースの若いグルジア人ジャーナリスト、ズーラブと知り合った。以前撮影した映像を資料ビデオとして番組用に貸してくれるという。しかし、グルジア滞在中に受け取ることができず、モスクワで渡してもらうことになった。写真家ミーシャが連絡役になったので、Mは何度も催促し、帰国ぎりぎりまで待ったのだが結局ビデオは入手できなかった。私たちが残念がっていると、ミーシャは、

「皆、それぞれ頑張った。努力したんだ。それで駄目ならしかたないよ。誰も悪くない」

と、慰めとも言い訳ともつかないことを言う。ロシア人が諦めるときの典型的な台詞だ。Mと私は詰めが甘かったと反省した。私たちは目的があってロシアに来ている。短期間で課題を達成しなければならず、滞在中は寸暇を惜しんで動いている。ユーラはそれを理解して同じように動いてくれるが、二〇歳のオーリャに至っては、

「シンイチ、なにをそんなに焦っているの？

私たちは、休むためにこの世に生まれてきたのよ」と、私たちを諭す始末だ。

一九九一年五月、サハロフ会議でナゴルノ・カラバフへ

一九九一年の春、Mに招待状ファクスが届いた。サハロフ博士（一九八九年一二月に急逝）の誕生日の五月二一日から五日間、夫人のエレーナ・ボンネルが、博士の生誕七〇周年を記念して第

一回〔国際サハロフ会議〕をモスクワで開催するという。モスクワでは、三月末にゴルバチョフ批判・エリツィン支持の数十万人規模のデモがマヤコフスキー広場を埋め、急進改革派〔民主ロシア〕への期待が急激に高まっていた。

私たちがモスクワに着いたのは五月一九日。その民主ロシアの本部が何者かによって爆破された直後だった。会議場で宿舎でもあるロシア・ホテルはクレムリンのすぐ脇にある。サハロフ存命中から連携してきた内外の歴史家、政治学者、物理学者、人権活動家ら、およそ二〇〇〇名が集まった。二〇日は民主ロシアの集会に参加し、そのまま、チカーロワ通りのサハロフ宅のある建物前まで一〇〇〇名ほどのデモ行進になった。会場や路上で、これまで文書や写真だけで知っていた反体制派や、亡命中に欧米で会った活動家たちと旧交を温め、親しく話すことができた。

初日はサハロフ記念館の前庭に集まり、バスを連ねてワガンコフスコエ墓地へ。夜はモスクワ音楽院大ホールでリヒテルとロストロポーヴィチの演奏会があり、ゴルバチョフやエリツィンもやってきた。翌日の総会はボンネルの挨拶で始まった。四日間にわたり数ヵ所の会場で分科会がもたれ、食事のたびに各国の活動家やジャーナリストたちと意見交換ができた。三日目の夕方には、オペレッタ劇場で『天地創造』のバレエ、最終日はアメリカ大使館でパーティもあり、連日深夜まで活動家たちの自宅での集会に参加した。

会議の最中に、アゼルバイジャンとアルメニアの国境でソ連軍が民族大量移送作戦を展開した結果、数十人の死者、数百人規模の村民の強制移住、難民が数千人規模に達しているというニュースが届いた。会議の日程と記者会見を終えた五月二五日、ボンネルの提案で、サハロフ会議からナゴルノ・カラバフへ民族紛争調査団を送ることになった。

メンバーは、ボンネルの息子アレクセイ、地質学者のサマドゥーロフ（サハロフ会議議長）、秘書のゴルジン、イギリス勢四名、アメリカ勢四名、ノルウェーから一名、日本からMと私。団長は英国上院副議長のキャロライン・コックス女史がつとめた。両国に入るためのビザはとれたが、アゼルバイジャン政府からは「安全を保障できない」との回答だったため、アルメニアから入ることにし、一五名で国内線に乗り込み、夜中の二時に首都エレヴァン（モスクワの南南東一八〇〇キロ）に着いた。

翌朝、アルメニアの首相と会ったあと、二手に分かれて国境の紛争地域へ。Mはゴリスへ向かうグループに、私はヘリコプターでヴォスケパール（四月末から五月初めにかけて集中的に攻撃された村）へ行く組に入った。実質三日間で国境の村々一六ヵ所を調査、ソ連軍の攻撃で家を破壊された人びとが収容された難民キャンプで話を聞いた。国境の村ではつい最近まで近所仲良く暮らし、民族や国境を気にせず結婚もしていた。それが突然、アゼルバイジャン領からソ連軍が国境近くのゴリス地区、ヴォスケパール地区の民家をロケット弾で攻撃。戦闘用ヘリが頭上五〇メートルで旋回し、テレビ塔や民家、走行中の車、農民を狙い撃ちした。肉親が死に、家畜や家財を奪われ村を追われた住民は、難民キャンプで暮らすしかなくなる。

アルメニアでは一九九一年に土地改革が実施され、すでに八〇％が私有化。独自路線で市場経済へ移行しようとしていた。世界各国からの企業誘致を進め、九月にはソ連からの分離独立の是非を問う国民投票が予定されていた。ゴルバチョフ大統領は連邦存続のための『新連邦条約』に調印させるべく中央アジア諸国に迫り、九ヵ国は応じる姿勢だったがアルメニアは拒否。そこで、一九九一年四月末から、アゼルバイジャン大統領ムタリボフの要請に応じる形でソ連軍と内務省軍がアルメニア制圧に加担。両軍の協力の下、アゼルバイジャン政府はナゴルノ・カラバフ自治州に近接する地区の村からアルメニア人を強制退去させる作戦を展開したのだった。

アルメニアはエネルギー不足で、首都エレヴァンでさえ電力制限下。街は暗く殺風景で、ホテルはお湯も出ない。人も車もまばらな通りで、「アズナブール・プール・アルメニア」（歌手シャルル・アズナブールはアルメニア出身）と書かれたカーキ色のジープが走っているのを何度か見かけた。街なかで若者が暇そうにしている。アテンドのアルメニア青年が謙虚で、実に優秀だった。手先が器用で勤勉なところは日本人に似ているという。

五月二七日夜、アルメニア議会でテルペトロシャン大統領（二一日からミッテランに会いにフランスへ行っていた）と会見。そのあと、アレクセイたち三名はナヒチェバン（アルメニア人が大勢住むアゼルバイジャン領内の自治共和国）へ向かい、夜中にエレヴァンに戻ると徹夜で報告と声明文を作った。三日目、今度は私たちのグループがゴリスへ向かい、白旗を掲げながら国境地域へ。なだらかな山並みが続く緑の草原だ。砲撃がないかぎり、静かでのんびりしている。両国の民警、KGB将校、国境に配置されたソ連軍兵士の話も聞いた。

五月二八日午後八時、まだ夕方のように明るい草原の国境地域から徒歩でゴリスへ戻り、地元の民警で車を二台手配してもらって夜の一一時に出発、カラバフの山を下る。空港まで四時間の道のりだ。Mは一台目の車に乗っている。峠のカーブにさしかかったとき高原に大きくて丸い月が昇った。その美しさに胸を打たれた。カラバフの夜空に浮かぶ満月を見ている自分が不思議だった。私一人なら、お金もないし時間もないし、そもそもこれほど頻繁にソ連に来られない。臆病だから紛争地域になど来ようとも思わない。カラバフで月を見ることはなかったと思う。よくわからないMの情熱が、私をこんな遠くにまで連れてくる。

翌朝の飛行機でモスクワへ戻ると、空港からクレムリンに直行。当時最高会議議長だったルキヤーノフに会見し、ソ連軍に善処を求める声明文を渡す。午後から『アガニョーク』編集部で記者会見がもたれ、Mも意見を述べた。

その後、六月三〇日、テルペトロシャン大統領が乗った車が襲われたのを契機に、「アルメニア民族自決同盟」が声明を出し、「数十年間、防衛はソ連軍に任せてきたが、国境の不可侵と人民を守るため、自衛軍を作る」と法整備を開始。それに対し、アゼルバイジャン・オモーン（内務省特任部隊）とソ連軍がアルメニア攻撃を再開したため、七月一三日にサハロフ会議は調査団メンバーを招集。今度は、アゼルバイジャン側からの取材を敢行することになり、Mは再びナゴルノ・カラバフを訪れ、一九九一年一〇月号『月刊プレイボーイ』で報告した。

バクー油田は一九世紀末から豊富な埋蔵量で注目されていた。石油産業にとっては、大半が農民であるアゼル人よりアルメニア人労働者のほうが重宝だった。そのため、ナゴルノ・カラバフ（人口約一九万の七割強がアルメニア人、広さは山梨県ほど）もナヒチェバンも人口構成ではアルメニア人の比率が高いのだが、自治州や自治共和国としてアゼルバイジャン領内に飛び地のように置かれた。「工場で一緒に働いていても、工場長になるのはたいていアルメニア人で、アゼル人の嫉妬を買う」とは、「へべれけ」サーシャの説明。平和時には問題ないのだが、ひとたび事が起きると排斥や強制移住で犠牲者や難民が大量に出る。

ゴルバチョフの書記長就任後、一九八七年半ばから、ナゴルノ・カラバフ自治州はソ連中央に対しアルメニアへの帰属移管を要求。同州およびアルメニア国内に住むアゼル人を排斥する動きが強まり、迫害を逃れたアゼル人二万人が、難民となってアゼルバイジャンに流入してきていた。一九八八年二月、アルメニアの首都エレヴァンでの集会には一〇〇万人以上が集まり、ナゴルノ・カラバフ州都ステパナケルトでも四万人集会が開かれ、帰属替え要求は熱を帯びる。アルメニアは国土が狭く、資源も乏しく、地震もある。一九一五年に、六〇万とも一五〇万もいわれるアルメニア人がオスマン帝国に虐殺された悲劇的な歴史をもち、革命後もアゼル人にアルメニア人農民が多数殺され、難民は世界中に散らばっていった。いっぽう一九四五年には、アルメニアが一〇万人のアゼル人を追放、「アゼル人はトルコ人だ」と敵愾心を煽ってきた。

アゼルバイジャンでもアルメニア人への暴行や墓地の破壊など排斥がエスカレートするなか、一九八八年二月二六日、工業都市スムガイトで暴動が起きる。警察は傍観し、報道が民族対立を煽り、混乱は三日間続いた。この暴動でアルメニア人等三二名が殺され、二〇〇名が負傷、バクーからアルメニア人がいなくなったといわれる（この事件にはソ連陰謀説やアルメニア自作自演説が根強くある）。スムガイト暴動に続く二年間で、アルメニア人二二万がアゼルバイジャンを去っている。

アルメニアとの抗争を抱えるアゼルバイジャンに、一九八九年六月の〈フェルガナ暴動〉（ウズベキスタンで起きたトルコ系メスフ人排斥）を逃れた難民五万が押し寄せる。経済は混乱、民主化は進まず、汚職がはびこり、貧富の差は広がるいっぽう。「こんなにひどいのはアルメニア人のせいだ」と思わせるのに、民族対立は政府にとって都合がよかった。一九八九年八月にアゼルバイジャン人民戦線が組織され、暮れから九〇年にかけてナヒチェバン自治共和国ではイランとの国境自由化を求めた集会に二万人が集まり、一月には独立を求める大規模デモが行われた。混乱が深まり、人民戦線が勢力を拡大するなかで、「民族浄化の被害を受けているアルメニア人を救う」名目で、バクーにソ連軍と内務省軍が侵攻、黒い一月事件が起きたのだ。ゴルバチョフとソ連のヤゾフ国防相は、のちに「バクー侵攻は人民戦線を潰すためだった。中央アジア諸国の独立や民族的な動きを牽制するための見せしめだった」と認めている。人民戦線の勢いを抑えたいアゼルバイジャン政府がソ連軍を頼み、クレムリンは各地の民主化の動きに冷や水を浴びせるために協力したのだ。その後エリチベイは、一九九二年六月に大統領に選ばれるが、一年後ロシアが支援するクーデターで失脚した。

Mの分析はこうだ。カフカス諸国の独立と民主化をコントロール下に置きたいクレムリンは、アルメニアに加勢したかと思うとアゼルバイジャン政府を応援。グルジアでは、グルジアからの分離独立を求める（グルジア領土内の）自治州や自治共和国の後ろ盾になるなど、民族紛争を政治的に利用している。静かな村を内戦状態に陥れ、恨みや悪意や孤立感を煽り、さらに、略奪や制裁に地元民を巻き込むことによって対立の根を深くし、抗争を長期化させるために、ソ連軍、内務省軍、KGB将校を派遣している。

黒い一月事件では、ソ連軍が数百名ものアゼル人を殺し、アゼルバイジャン政府に打撃を与えているかに見えるが、実はアゼルバイジャン国内で人気が増している人民戦線の勢力拡大を喜ばない共和国政府と、クレムリンの思惑が一致した結果、非情にも一般市民を犠牲にしたのだった。住民を威嚇して常に非常事態におき、民主化のスピードを落とすのがクレムリンの狙い。ゴルバチョフは、「ソ連は大変なことになっている。援助をよこさないとソ連は爆発して世界中に迷惑をかけるぞ」と西側を恐喝していたのだ。

釈放された反体制派を取材

モスクワでは、Mと私はホテルに泊まり、テレビ取材や、雑誌のためのインタビュー、会議への出席、知人の家での会食に、常にユーラを伴っていった。活動家、政治家、作家、出版社、画家、企業家、実にさまざまな人に会った。エイズ撲滅キャンペーンの事務局長を取材したときのこと、事務局は政府系出版［プログレス］社の建物の一室だった。インタビューも終わり、そろそろ退社時刻。なぜか皆、そわそわニコニコしている。いきなり事務局長に、「今日は、蟹がくる日なのよ。ほしい？」と聞かれた。Mが断るはずがない。大きな蟹を二尾わけてもらった。帰り道、キオスクでシャンパンスコエをゲット。ホテルの部屋で宴会になった。ユーラはほとんどお酒が飲めないが、楽しそうに、遅くまでつき合ってくれた。

いくつかの取材で一緒に動いたあとで、Mはユーラに、「家賃その他経費は出すので、僕たちがモスクワに来たときに泊まることができるような部屋を借りてくれないか」と、話をもちかけた。地方出身の若者がモスクワで部屋を借りる際に必要な手続き、家賃の相場、車の購入、免許取得、ファクス電話やパソコンをつなぐこと、食費やガソリン代など、慎しい新生活にいくらかかるのかにも関心があった。

会ってから半年後の一九九一年九月、ユーラはモスクワ市の南西に位置するカルージスカヤ駅から徒歩二〇分ほどの大きな団地の一一階建て棟の九階に部屋を借りた。一フロアに五世帯、同じ規模のアパートが一〇棟ほどあり、敷地内に運動場や幼稚園、食料品店がある。ユーラの棟はバス通りに面した南端にあり、メトロの駅までほとんど建物がないので遠くまで見渡せた。間取りは1DKで六〇平米ほど。玄関は厳重な二重扉、押し入られないよう外側は厚い鉄製だ。三種類の鍵を開けて入ると小さな玄関ホールがあり、そこでコートを脱いでスリッパに履き替える。右手に大きなバスタブ付きの浴室、その隣にトイレがあり、つきあたりのガラス嵌め込みドアの先が四畳ほどのダイニングキッチン。四人がやっと座れる小さなテーブルと椅子、小さな冷蔵庫を購入。キッチンの南窓に小さなバルコニー。雪が積もる冬は冷凍庫がわりだ。

玄関から左手のドアを入ると、一二畳ほどのリビング。ベッドとソファーベッドと小さな勉強机。カトリック教会に通い始めたばかりのユーラは、ベッド脇の本棚に小さな祭壇を作っていた。アパートには、取材に同行したシベリア出身のオーリャがすでに同居していた。ユーラは学業と編集仕事のあいまに運転免許をとり、一年後に中古の青い〔ザポロージェッツ〕を購入。Mと私は、修理工場との交渉やセルフサービスのガソリンスタンドへも同行した。

一九九一年八月、月刊誌『バッカス』の取材で、かつての反体制派を訪ね、今のロシアで何をすべきかをインタビューした。一九八九年に〈独立精神科医協会〉を設立し、精神医学の乱用を監視する活動を続けている精神科医のユーリー・サヴェンコは、Mと私を警戒してか、初回の会見は公園のベンチを指定。あらためて自宅に案内され、床に本が山積みの書斎でインタビューと撮影をさせてもらった。

「経済混乱のなかで、精神を病む人や自殺する人が増えたのではないか?」と尋ねると、「いや、とくに増えたということはない。自殺者や精神異常者は、どの時代もほぼ一定の割合だ」という答だった。

現在サヴェンコは、チェチェンから帰還したロシア軍兵士が精神的に問題を抱え、家庭内暴力を起こしたり無気力になったりしていることを指摘。無益な戦争をやめるように呼びかけている。

人権擁護活動に携わったとして一九八〇年に逮捕、五年間流刑されていた地質学者のマリヴァ・ランダには、ユーラのアパートに来てもらってインタビューをした。一九六八年チェコ侵攻抗議デモで逮捕されたラリーサ・ボゴラスは、お宅に訪問。三〇代の息子がキッチンの簡易ベッドで休んでいた。ラリーサの元夫は、『こちらエレヴァン』を書いた作家ダニエルだ。

一九六六年にシニャフスキーとともに文学者裁判で有罪とされ、強制労働五年に処された。小学校教員だったタチヤーナ・ヴェリカーノワは、人権擁護の地下情報誌『時事日誌』に関わっていたとして一九七九年に逮捕、投獄、流刑。一九八六年に釈放され、娘家族と同居、元気な孫たちと賑やかに暮らしていた。話しぶりも冷静で穏やかで、『強制収容所へようこそ』で描かれた人物像と寸分違わない。一九八〇年逮捕された数学者アレクサンドル・ラブートは見るからに好人物、自宅で夫妻と話した。かつての反体制派が口を揃えて言ったことは、こうだった。

「今、一番大事なのは子どもの教育、そして年寄りや弱者を見捨てないこと」。

飢えるロシアを取材

一九九一年の八月九月は、やはり『バッカス』誌で、ロシアの食糧危機を取材した。飢えるロシアの報道が流れ、盛んに援助が叫ばれていた時期だ。ユーラの故郷スモレンスクへ行き、実家を拠点に近くのコルホーズや別荘《ダーチャ》の菜園を訪ねた。実家は市内の集合住宅だが、3ＬＤＫで間取りもゆったり、天井も高い。日のあたる二重窓のあいだにトマトや胡瓜から採取した種が干してある。ユーラ母がおやつにと部屋までもってきてくれたのは、生ニンジンの千切りにサワークリームとグラニュー糖をかけたもの。シャキシャキで甘く、なんとも美味しかった。

収穫が終わったばかりのコルホーズの広大なジャガイモ畑へ行くと、機械掘りでとりこぼされた傷イモや小イモを拾う人たちが何組かいた。畑や草地のかなたに、体育館ほどの屋根だけの倉庫が、遠く近く、視野に三つほどある。山のように積まれているのは麻で、乾燥させているという。水たまりに健康そうな牛が何十頭も集まり、のどかな農村風景だ。

ロシアでは、勤労者家族も週末は別荘の菜園で農作業に精を出す。ゴルバチョフの農地賃貸借容認で菜園は増大。八月九月はジャガイモの収穫で忙しい。ユーラの家から別荘へはバスで行く。ユーラの母方の祖母が、別荘に泊まって畑仕事をしていた。隣の別荘には別棟のサウナがある。たいていは近所と協力して建てる。丸太と丸太のすきまを乾燥亜麻で埋め、風呂場で熱する石も拾ってくる。脱衣所を兼ねた小部屋にはベンチと小さなベッド。サウナ小屋には、おじいさんが寝泊りしていた。

雪は降るが地震も洪水もない。春には一斉に花が咲き、夏には果実が豊かに実る。別荘の前に、ミントが一メートルほどの高さに茂っていた。菜園では、トマト、胡瓜、ジャガイモ、ズッキーニ、ニンジン、円盤形の観賞用スクワッシュの類。夏は森で木苺やクランベリーやスグリを採り、砂糖漬けにしておく（保存食のジャムを作るために砂糖を大量に使うので、砂糖不足は深刻な問題だったのだ）。胡瓜は瓶に酢漬けする。別荘の地下室にはジャガイモが山のよう、瓶詰野菜も並ぶ。秋に採取した茸は糸を通して吊るして乾燥させ、スープや肉料理の付け合せにする。キャベツは紙に包んで保存。粉も豆も確保して冬に備える。

別荘での作業を終え、月の出ていない薄暗い森のなかを一列になって歩いた。ユーラ父が先頭を歩き、私とMが続き、ユーラが最後尾だ。大柄なユーラ父は重い荷物を両手にもち、しっかりした足取りでぐんぐん進む。頼もしい。「お父さんはこうでなくちゃ……」と心のなかで拍手する。屈強な男。お父さんの理想像だ。

ユーラの実家に滞在中、ユーラ父がよくお茶を淹れてくれた。子どもの頭ほどの大きなティーポットに紅茶葉と乾燥ミントをたっぷり入れ、大量に淹れる。ユーラ父は頃合をみて、執事みたいに良い姿勢で、赤糸で刺繍した白い麻布を腕にかけ恭しく大ぶりの茶碗に注いでくれる。いい香りの湯気があがり、全員に注ぎ終わるのを待つときの幸福感。ユーラ父母とMと私はそれほど年が違わないのだが、なんだか子どもになったような気分だ。

ユーラ父はエンジニアで、ユーラ母は大学の教員だ。ユーラ母が勤務する大学の学生手帳を見せてもらった。「一日二五〇〇キロカロリー摂取するように」とある。

「二五〇〇キロカロリーとるようにって……、いったい何からとればいいの?」と、ユーラ母。大学ではこのところ食堂も閉じている。ユーラ母はランチ用に胡瓜のサンドイッチを持参している。カロリーは、紅茶にたっぷり入れる砂糖で摂取する。だから太るし糖尿病が多いのだと嘆く。同じ学生手帳に、「睡眠は一一時間とるように」とあって、驚く。

たしかに、皆よく眠る。ユーラもオーリャも、私たちが起こすまで熟睡している。

ロシアでは、まともに仕事ができるのは春の四月五月だけ。六月七月八月は夏季休暇で、別荘での畑仕事が忙しい。九月はもう寒く、雪も降る。一〇月一一月は黄葉がきれいだが、一二月から三月は厳寒で日が短く、午後三時頃から暗くなるので戸外での作業は難しい。

そういえば、ロシア語では「夏」で年を数える。

一九九二年一二月頃から、サーシャの知人の知人、バフタング(愛称バッホ)宅もよく訪れた。一家は、グルジアのトビリシからモスクワに移り住んでまもない。バッホは四〇歳前後でジョージ・クルーニー似、投資会社で働いている。妻リータは髪の長い美人で、一男一女は一〇代。

リータ母やバッホ弟とその婚約者、バッホ従妹と、親族がすぐに集まる。親戚がシリアで食品のビジネスを始めたからとリータがしばらく出稼ぎにいったり、バッホも様子を見にいくなど、仕事が定まらず大変そうだが、素敵な一家だった。毎回、素晴らしい料理でもてなしてくれ、グルジア料理についていろいろ教わった。

カフカス山脈の南、黒海に面したグルジア。ここ数年ロシア軍との紛争で人びとは親族や家財を失い、一家離散や難民生活に呻吟している。しかしそもそもは豊かな国で、男女ともお洒落で美しい。ピロスマニの絵画や映画監督パラジャーノフ〔トビリシ出身のアルメニア人〕の華麗な作品は、濃厚で多彩なグルジア文化そのものだ。グルジア料理は素晴らしい。まずは、とろりとした胡桃ソースに漬かった若鶏の冷製〔サツィーヴィ〕。〔ハルチョー〕は牛肉を柔らかく煮込んだ贅沢な主菜。赤や白のインゲン豆〔ロビオ〕は、サラダにしたり、肉と一緒に煮込む。〔ハチャプリ〕は、バターたっぷりの生地にチーズを挟んで焼いたパン。トウモロコシ粉のもちもち粥〔ママルイガ〕は、お皿に盛って、熱いうちにチーズを押し込んでおき、とろけたところで混ぜて食べる。〔スルグン〕というカッテージチーズはそのまま食べても、ハチャプリに入れても美味。ヨーグルト〔マツォーニ〕は、ロシア製〔ケフィール〕よりずっと強力だ。ワインはさっぱりとした白の〔ツィナンダーリ〕、スターリンが愛した濃厚な赤〔キンズマラウリ〕や〔フバンチカラ〕。日本のように手酌で勝手に飲むのは作法に反する。宴席の仕切役〔タマダー〕が、「遠く離れた肉親の幸せ」や「戦火の終り」を祈り、また「今日のホステス役」を労う言葉を述べ、その都度乾杯の音頭をとる。

Mとユーラが酔払って困ったことがある。一九九三年三月、作家ソロウーヒンをモスクワ郊外ペレヂェルキノの別荘に訪ねた。春まだ浅い雪道を、ワーレンキ（フェルト製の長靴）に履き替えた作家と大きな飼い犬を連れて、散歩がてら雪解け水を汲みにいった。そのあと、まだ明るい午後の陽射しが入る二階の客間で、茹でたジャガイモとサラミでウォトカの杯を重ね、三人とも泥酔。車を呼んでもらって、夜の会合場所の都心のレストランに入ったものの、「へべれけ」で話にならない。早々にきりあげて白タクで帰った。ところが、ユーラが支払いのときに助手席に財布を落としたらしい。渡したばかりのお金を全部失くし、被害が大きかった。

広場でMが酔って大きな声で話していて、民警に連れていかれそうになったこともある。街なかやメトロ駅で騒ぐと、つかまって虎箱に入れられる。「へべれけ」の代償は高くつくのだ。夜道を歌いながら一人で歩けば襲われる。しらふでも夜道の一人歩きは危ない。誰もが用心して、必ず連れと歩いていた。

〈エクイリーヴル〉は、サハロフ会議の周辺でときどき連携していたフランスの人権組織だ。モスクワでは、使われていない学校にソマリア難民を仮に住まわせ、食堂で食事も出していた。Mは、困っている人たちに直接届く援助をしたいと考えていた。となると、なんといっても無料食堂だ。外国の組織が運営している食堂がどういうシステムで動いていて、ロシア側のパートナーとのあいだでどんな問題があるかを、Mは知りたがった。

難民キャンプを案内してくれた感じのいいフランス人たちと仲良しになり、Mと私は週末に同僚たちが集まる自宅でのパーティに招かれた。彼らは、本国の組織からモスクワに派遣され、宿舎として都心の立派なマンションを与えられ、小さな子どもも連れて家族で赴任してくる。パソコンやファクスなど機材が揃ったオフィスで夕方五時まで勤務して給料をもらい、難民の世話や支援活動をしていた。夜は自由時間で、オペラやバレエの鑑賞だ。支援事業で働き、帰国すればロシア滞在はキャリアになる。

わかっている。私のヤッカミだ。

Mと私はいったい何をしているのか。自分の生活も覚束ないのに、援助なんて。そんな資格もないし、支援なんて分不相応だ。これは、Mの行動パターンだ。家庭を築くことも子どもをもつこともできないのに、ロシアが窮乏しているから人助けしようという。個人ベースで必死でお金を工面して、Mは「一番困っている人のところに駆けつける救急車になるのだ」という。Mは、いつからか自分を「セルゲイ」と名乗るようになった。親一も、「誠実な」とか「心から」という意味だから同じだと説明し、愛称の「セリョージャ」と呼んでもらっていた。

You can fix someone. 映画『ペイ・フォワード 可能の王国』に出てくる台詞「誰もが誰かの天使になれる」。ロシア経済は混迷を極め、内外価格差があるので費用対効果は大きい。たしかに今なら、Mはロシアでエンジェルになれる。でも私は、「もっと私をフィクスしてよ。もっと自分をフィクスしなさいよ」と不満だった。

私たちのロシア援助プロジェクトは、日本の新聞やテレビ局にとっては「取材してあげてもいい」対象で、日本大使館にとっては「肩代わりしてあげてもいい」わずかな額で動いていた。記者も外交官も自分の懐は痛まない仕事動き。自腹で援助のプロジェクトを始めることはない。わかっている。私のヤッカミだ。

一九九三年夏から、学校を拠点にランチ宅配と無料食堂

サハロフ会議議長のサマドゥーロフに、援助先を紹介してもらうことにした。一つは開校まもない私立の小中学校〔方舟《カフチェク》〕、もう一つはカトリック教会系の無料食堂〔マリアの家《ドム・マリー》〕だった。

最初に学校を訪ねたのは一九九三年七月。四階建ての建物の半分を使っているらしい。とても入口には見えない重い鉄の扉を開け、暗い一階から階段を上がると、踊り場で階段が左右に分かれ二階に上がると観音開きの木の扉が一つ。開けて入ると、広い廊下だかホールの正面に長めの折りたたみ机だけが置いてあり、そこで校長と教頭に会見した。夏休みなので生徒の姿はなく、工作室で二人ほど男子が作業をしているのと、モップで石の床の雑巾がけをしているおばさんが笑顔で挨拶する。二階と三階で一〇ほどある教室のいくつかを見せてもらったが、机や椅子もまばらで、本も少ない。生徒の作品だという図画と大きなキルトはなかなか魅力的で、撮影した。

ユーラのアパートに帰ってから、Mと協議。

「あそこは、実は学校なんかじゃなくて、偽の校長と教頭役の誰かがやってきて芝居を打ったんじゃないか。騙されているのかもしれない」と怪しんだ。

しかし、たっぷりした体格の女校長はおそらくMと同年代、とても悪人には見えない。長身の教頭も知的で笑顔が上品だ。あとで知ったのだが、当時すでに〔方舟学校〕はシュタイナー教育

を掲げるドイツの団体から支援を受けていたし、アメリカの宗教団体からも援助の申し出があったらしい。しかし、援助をするかわりにシュタイナー教育を徹底するよう指導がある。家庭でテレビを見せてはいけないとか、女児はスカートを履かせるようになどかなりうるさい。いっぽうアメリカの援助は、教団からの教師の受け入れなど抱き合わせの制約や義務があったようだ。校長も、得体の知れない日本人男女が何を言い出すのか警戒していたのだろう。援助額は多くないが、Mと私は個人だし、イデオロギーや宗教的な背景はない。

ドム・マリーの代表ミーシャに会ったときも、「どうして個人が……」と怪訝そうだった。すでにドイツの人道組織からトラックで陸路援助物資が運び込まれ、衣類や毛布やシーツ、雑貨を渡すカウンターも設置されている。一階の礼拝堂の椅子を動かし、週に三回ランチの無料食堂を開いている。布教のためバチカンから送り込まれた各国の支援スタッフが二階の宿舎に泊り込み、ロシア人スタッフを手伝っていた。サマドゥーロフは食糧庫で、

「援助してくれるっていうんだから、大型冷蔵庫でも買ってもらったら？」

と、こっそりミーシャに助言している。Mは、

「そうじゃなくて、スープ・キッチンの食事と麻薬更生施設の建設を援助する」と申し出た。

ミーシャもほぼMと同年代だった。アルバート街に近い自宅兼事務所を拠点に、無料食堂、看護婦巡回、麻薬更生施設、作業所の運営など、精力的に動いていた。

そもそも地質学者のサマドゥーロフがMの何者たるかを知るはずもなく、じっくり話したこともないので怪しむのも無理はない。その後彼の自宅を何度も訪れ、サハロフ会議での活動も重ね、

信頼関係を築くことができた。サマドゥーロフは、モスクワの外環道路沿いの大規模団地に住んでいた。夜遅く彼の家から帰ろうとしてバスの便がなくなってしまったことがあった。夜中の一時過ぎ、つかまえようにも車がほとんど通らない。人気《ひとけ》のない夜道でユーラと三人で途方に暮れていたら、ライトを消して停まっていた路線バスが近づいてきて、「乗せてくれる」という。二両連結のバスだ。深夜のモスクワを、車内灯を消した真っ暗なバスに私たち三人と運転士だけ。星空の下、ユーラが住む団地の前まで送ってもらった。

一九九〇年代、どんな車も手を上げれば停まってくれた。目的地の方向と料金が折り合えばどこへでも乗せていってくれる。ウクライナのドネツクでは救急車に乗せてもらったし、モスクワの中心で政府高官用の〔ジグリ〕を拾ったこともある。野菜を山積みした車や、家族三人が乗っている車に頼み込んで無理やり乗ったこともある。プライベートの延長のような自家用車を、日に何度もつかまえる。何百台もの他人の車に乗るなんて、普通ならありえない。

一九九三年の夏から、方舟学校で小中学生による宅配プロジェクトを始めることにした。地元の独り暮らしの年金生活者にランチ（ロシアでは昼食が一番主要な食事）を届けるのだ。早速、近所の年寄りたちに公園に集まってもらい、聞き取り調査で対象を決め、八〇名から始めた。学校がある地域は工場地帯で、夫に戦死され共同アパートの一室に住む七〇代の女性が多く、支給される月額一六〇〇～二九〇〇円の年金で暮らしていた。

週に四日、一四～一五歳の出前の生徒たちが一一時頃に出発する。三段重ねのステンレス容器の一番下にお粥かスープ、中段にパスタと料理、上段にパンと砂糖が入っている。お年寄りの部屋を訪ね、お皿に移して容器は持ち帰る。最初は給食コンビナートから料理を買っていたが質が悪いのでやめ、市場で大量に野菜などを仕入れ、学校の調理場で作るようになった。それでも、食材をへつったり、くすねるスタッフがいて、校長は頭を抱える。結局、信頼できるスタッフだけで固め、教師も調理を手伝うようになる。一九九三年夏には一食あたり一二円だったのが、二〇円、五〇円、一〇〇円になり、一年後には一二〇円に上がった。

生徒のなかには自宅で満足に食事ができない子どもも多く、とくに低学年のクラスでは教室で一〇時に朝食を食べてから授業を始めていた（のちにユーラが就職した通訳・翻訳の会社も、出勤すると、一〇時頃オフィスで朝食を食べてから仕事にかかるのだという）。昼は、食堂でスープやお粥など温かいものとサラダとパンを食べる。夕方帰宅前にも、子どもたちは食堂のテーブルのパン籠からパンを食べたり、持ち帰ったりしていた。

いっぽう、裕福な父兄からは、砂糖や蜂蜜、すぐりのジャムやソーセージ、マカロニなど、食料の差し入れがあった。ときどき味見をさせてもらい、食材によっては日本に持ち帰ることもあった。蜂蜜やジャムは素晴らしく美味しかった。

ランチ宅配を始めてまもなく、「日本人が老人たちに毒を盛ろうとしている」という噂が流れた。当時、都心で再開発が始まるということで部屋の交換が盛んに行われていた。古い住人を騙して部屋を奪う事件や、老人を殺して部屋を手に入れるあくどい事件が頻発していた。もちろん、謂れのない嫌疑はしばらくするうちに消えた。

かと思うと、老人たちからは、「ソーセージが腐っていた。肉が少なすぎる。子どもが途中で肉を食べているんだろう」といった不満も出た。校長が、「清浄な食材を使って、学校の厨房で丁寧に作った食事」であると説明し、肉やソーセージを入れるのをやめた。

運ぶ生徒たちには、回数に応じてバイト代を払う。多い生徒で月三〇ドルほど。授業料を払えない貧しい家の子どもが、喜んで手伝ってくれた。情緒不安定な子どもには、老人宅を訪れて礼を言われると、いい影響があるという。老人たちも、定期的に子どもたちが来てくれるのを楽しみにしていた。

校長のアレクサンドラは賢い人だった。何年かのちに話してくれた。

一九九三年、私立学校が各地に雨後の筍のようにできた。親たちが、形骸化した公立学校とは違う教育を子どもに受けさせたいと思ったからだ。しかし、個人宅で塾のように始めた学校は、どれも一年ほどで消えていったという。方舟学校は、公立学校の教師たちが自分の子どもを自分たちで教育したいと思って設立した学校で、耳が不自由な子どもたちと自閉症的な傾向のある子どもたちを最初から受け入れていた。校舎として半分使っていた建物は地元のクラブ会館で、家賃を払って借りていた。拠点を確保するためには、学校が地元に必要な存在であることをアピールする必要がある。そこで校長は私たちのランチ・プロジェクトを利用した。老人たちは、地元当局に「子どもたちがランチを運んでくれて有難い」という手紙を書き送った。また、クラブ会館の四階には、地元の一八～二九歳の若者が夕方から集まる夜間クラスがあった。校長はこの若者たち五〇人にも週に四回食事を出し、方舟学校の認知度を上げげたのだ。

市当局は、地域の老人へのランチ宅配事業と夜間の青年クラブに夕食を提供していることを評価し、その存在意義を認め正式にクラブ会館を使うことを許可。方舟学校は学校として認められて登録番号を獲得し、モスクワ市から補助金をもらえるようになった。

ロシア行きは、いつもMが決めた。私はお金もないし、連載や短いスポット原稿の締切を抱えているのでなるべく動きたくない。行くことになれば最低数十万円用意しなければならない。航空券も十数万円かかる。いつもMが日程を決め、ビザの申請や航空券の手配をした。私は自分の航空券代とロシアでの費用と、援助先に渡す額をドルに両替する。フィルムと電池と録音テープを用意し、お土産を買う。

Mはいつも私に相談せずにロシア行きを決め、誰かとの電話で「聞かせ」をした。「来月初めには、ロシアへ行く予定です」と、Mと誰かの会話で間接的に知らされ、「ちょっと待ってよ、無理、無理」と抵抗しながら、結局日程を調整することになる。

ロシアへ立つ前日はぎりぎりまで仕事をしていて、二〜三時間睡眠で昼前のフライトに乗ることが多かった。機内でひたすら眠り、モスクワの空港に降り立つのは夕方だ。うす暗い到着ロビーの澱んだ空気と煙草の臭い。カートにトランクを乗せ、群がる白タクの誘いをふりきって外へ出ると、ガソリンと排気ガスの臭い。レニングラード街道へ出てから市内まで車で一時間余り。都心に近づく頃には日がとっぷり暮れ、帰宅を急ぎバスを待つ人たちが車道にまで溢れている。橙色の街灯が夜気に滲んで景色がぼやけて見える。モスクワに無事着いた安心と、これからすごす数日間を思って緊張する時間だ。走り去る風景のなかに、ときどき、「РЕМОНТ《レモント》 ЧАСЫ《チャスィ》」の看板を見かける。「できるものなら修理してほしいよね、時間を。私の青春を返して……って感じ」。

Mと行動するようになって、時間の流れ方が速い。あっというまに何年も経ってしまった。もちろん、看板の意味は『時計修理』なのだが、ひょっとしたら、「失われた時間を繕ってもらえるかもしれない」などと、センチメンタルな気分になる。

一九九三年夏、ユーラが大学を卒業し、外資系企業の翻訳部門に就職が決まった。

ホワイトハウスが一九九三年一〇月四日に炎上する。

前日の三日から街は騒然としており、アクチャーブリ（十月）広場でデモ隊と機動隊が睨み合い、オスタンキノTV局への襲撃も始まったと噂が流れた。夜中、Mとユーラと三人でホワイトハウス周辺の公園を歩いて回ったところ、あちこちで焚き火をしている。革命前夜になるのだろうか、なにかが起こりそうな気配が充満していた。

四日、ユーラは会社があるので、代わりに友達のニコライが一緒に都心へ行ってくれるという。ホワイトハウスの近くまで行くと黒煙が上がっていた。近くのアパートやオフィスビルでは人びとが屋上や高層階から不安そうに見ている。周りの道路は群衆で溢れていた。ノーヴィ・アルバート通りへ行くと、高い建物から狙撃兵が乱徒を狙っていると叫ぶ者がいた。それを聞いてパニックに陥った群衆が一〇〇人規模で逃げ惑う。さすがに、「こんなところで死ぬのはいやだ！」

と思った。Mも緊張していたのか、言葉少なだ。

なんとか無事にその場を逃れ、いったんユーラのアパートに戻ってニコライと別れ、夜は都心にあるゴルジンの自宅でCNNの実況中継を見た。すぐそばで起きていることをテレビで見ている。夜になるとホワイトハウスは赤く燃え上がった。結局、死傷者数はわからずじまい。建物のなかには無数の黒焦げ死体が重なっていたという噂でもちきりだった。

この頃になるとユーラとの関係がぎくしゃくしてきた。一緒に行動する機会が減ると同時に、その時間を時給で計算するようになったのだ。ユーラも自立するときがきたようだった。

ドム・マリーに寄宿して無料食堂を手伝っていたのは、バチカンの指令でさまざまな国から派遣されてきたカトリック教徒だった。トリニダード、アメリカのテキサス、インディアナやデンバー、それにチェコの出身だ。カフカスから来ている神父は五歳の息子と近所にアパートを借りて住んでいた。

Mと私も、二段ベッド二つと小箪笥が二つだけの小部屋で寝泊りした。ストーヴがなくて寒く、中央暖房のラジエーターに衣類や靴下を乗せて暖をとった。スタッフが集う一〇畳ほどの食堂の一〇人ほどが座れるテーブルで、居合わせたスタッフや客人と一緒にお茶や食事をする。食べものは街で買って帰ったり、たまたま残っている料理や誰かの差し入れをご馳走になったり、Mが作って供することもあった。

一九九三年初冬から、校長が住んでいる共同住宅で校長宅の向かいの一室を借りて寝泊りするようになった。資料や小説でだけ知っていた共同アパートの部屋だ。校長の自宅は2LDKを家族四名と居候一人で使っていたが、向かいは似たような間取りに単身者三世帯が住み、風呂とトイレ、台所と廊下にある電話を共用していた。四畳半ほどの台所には小さな流しと食器戸棚、ガス台が三世帯分配置されている。小型冷蔵庫は個室に置き、調理だけ台所でする。各部屋に小さな流しとガス台がついているアパートもある。

単身三世帯は、六〇代男性と、二〇代と八〇代の女性だった。若い女性は朝七時には出勤。六〇代男性は昼も部屋にいるようだが顔を合わせることはなかった。お風呂を使うときはタオルと石鹼をもってバスルームへ行き、使用後バスタブを掃除する。部屋の出入のたびにドアに鍵をかけるので、部屋の鍵と玄関の鍵を常に持ち歩くことになる。

二部屋を家族世帯が使い、一部屋に単身のおばあさんという組み合わせだと、子どもを預かったり、逆にちょっとした買物を頼んだり、食べ物や小額の貸し借りもある。もちろん住人のあいだに摩擦もあり、泥棒、暴力、部屋の乗っ取りなど、さまざまな事件が報道されていた。Mと私が泊まったのは、遠くに住む息子の家に短期滞在中のおばあさんの留守宅だった。ベッドとソファー、丸テーブルに椅子、洋服簞笥と食器戸棚、ベッド脇の壁に絨毯を飾る。昼は、ベッドの上に寝具をたたみ、クッションを並べておく。巡回看護師に同行して独り暮らしのおばあさん宅を何軒も訪問したが、どの部屋も清潔で、整理整頓され、快適に暮らしておられた。

一九九四年、モスクワと東京でチャリティ・コンサート

総合労働研究所の本郷さんをはじめ周辺の方たちが、Mのロシア・プロジェクトに賛同してくださり、あらためて「SOSフォンド」を結成しようということになった。そもそも一九八〇年代に、Mがソ連の反体制派を支援するグループを作り、サハロフ・オルロフ・シチャランスキーの頭文字からSOSフォンドと命名。ソ連から発せられたSOSに応えるという意味合いもあった。一九九三年夏、新規SOS《ソス》フォンドの発起人が集まり、九月末から主要メンバー一〇名が毎月会費を出してくださるようになった。本郷さんが各界に声をかけ、年末には会員一〇五名。Mは、一一月の結成ミーティングで「救急車のように動く」、「一番困っている人を助ける」んだと、情熱的に語った。

東京新聞にモスクワでのランチ宅配活動が紹介されたので、全国五〇名余りから賛同・激励の手紙や現金・小切手・郵便切手など援助が寄せられた。定期的に送金してくださる方も多かった。M姉夫妻やM妹夫母をはじめ、食品関係有志、編集やアート関係の方たちも支援してくださった。カンパは有難く使わせていただき、きちんと収支を報告した。

サポーターに明治製薬の方がいらして、「ロシアへ行くたびに明治のアーモンドチョコレートをたくさん買っていくんです」とお話したところ、お土産用にと段ボールでいただいた。

当時モスクワ勤務でいらした東郷公使夫人のトモコさんが、M姉の先輩にあたることが縁で、Mに公使邸で外交官夫人たちにモスクワでのプロジェクトについて講演する機会が与えられた。その後四年間、外交官夫人たちによるクリスマス・バザーの収益金の一部をSOSフォンドにご

寄付いただいた。実際に、外交官夫人たちに方舟学校のランチ宅配に同行を頼み、ドム・マリーで配膳の手伝いもしてもらった。宅配を始めて半年ほどで、子どもたちがステンレス製三段容器で配達する姿が定着し、地元で、「どうやら、日本人がやってくれているらしい」と評判になった。そうなのだ、ここで認知されるのはMや私でなく、「日本人」なのだ。

一九九三年暮れに出た『月刊プレイボーイ』二月号に、ランチ宅配プロジェクトの記事を書いたところ、モスクワ大学で研修中の商社マン、原伸一さんから、「協力したい」との連絡があった。たまたま、千葉商科大学で教えておられた元東京新聞の高橋正さんから、「卒業旅行で学生二五名をヨーロッパへ連れていくが、モスクワに寄るので、学生たちになにか手伝わせてほしい」という依頼があった。それならドム・マリーと学校を巻き込んで、コンサートをしようということになった。学生たちは一九九四年二月二六日にモスクワに到着し、翌日から動いた。孤児院で子どもたちと遊ぶ組、ドム・マリーの壁を修理する組、学校で調理や配達を手伝う組の三つに分かれて労働奉仕。ドム・マリーで壁修理の指揮をとったミーシャは日本人学生の働きぶりに目を瞠り、学生たちはロシア人スタッフと仲良くなって大喜び。

Mと私はコンサートの準備だ。Mは読売新聞の浜崎紘一支局長に相談し、夫人の悠子さんに同行を頼んで日本人学校から生徒が描いた絵を借りてきて会場の壁に展示。方舟学校の生徒たちは千代紙を貼った大きなポスターを作ってくれた。プログラムは、私がイラスト入り原稿を書き、支局でコピーさせてもらった。司会は、支局のレギーナさんにお願いした。

三月一日、コンサートはクレムリンに近い〔学生劇場〕で午後七時開演。入場は無料だが、カンパ箱を設置。原さんがオリジナルの歌をギターで弾き語り、モスクワ在住の山田みどりさんによるお琴の演奏。方舟学校の音楽教師ユリアン先生とOB女学生のバイオリン合奏、着物みたいな薄物衣装を着たロシア人生徒たちが縦笛で『さくら』の合奏、バレエ『くるみ割り人形』から愛くるしい『中国の踊り』、千葉商大の有志が空手の型を披露し、女子学生たちが浴衣に着替え、学生全員で『赤とんぼ』などを合唱した。最後、孤児院の子どもたちがロシア人養護教諭と一緒に歌った歌が、観客の涙を誘った。三〜一〇歳の男女九人がステージに横一列に並び、讃美歌なのだろう、上を見上げてたどたどしい言葉で歌った。

神がこの子たちを見つけてくれるのだろうか。この子たちが神を見出すのか。

一九九四年五月、方舟学校の先生たちと田舎へ行こうということになった。音楽教師のユリアンがブルイリョボという村に別荘をもっていた。英語教師ターニャと、数学教師ターニャ、理科教師オリガにMと私が加わり、一行は六名。モスクワで肉やバター、スパイス、お酒など買い揃え、夜八時三〇分にレニングラード駅に集合、長い列車の真ん中あたりの客車に乗り込んだ。本来、外国人旅行客が滞在予定都市から離れるにはオヴィール（内務省管轄の役所）に届け出る必要があったが、手続きはしていない。車掌が回ってきたら、カザフスタンかアゼルバイジャンから来たロシア語が話せない人のふりをすることに決めていた。コンパートメントで食べたり飲んだりお喋りしながら、六時間ほど。車両の端のトイレにも行ってみた。個室は広いのだが、激しく揺れるので、ステンレス製の便座に逆向きに乗り上げ、壁で身体を支えないとふり落とされそうだった。

　五月とはいえ朝の四時三〇分はまだ暗い。車内放送や告知もないが、着くというので降りる準備をした。汽車は停まったが、ホームらしきものはない。先に降りた人に荷物を受け取ってもらい、一メートルほど下の敷石に、鉄のステップを伝って下りるか、飛び下りる。線路脇に小さな木造の建物があり、そこにだけオレンジ色の常夜灯がともっていた。建物は駅舎だった。ただの四角い部屋で、三辺にベンチが配されている。全員、思い思いの場所に腰掛けてゴム長靴に履き替える。スニーカーではズボンまで泥だらけになってしまう。ユリアンが私たちの長靴をもってきてくれていた。

　歩き始めてしばらくすると空が白んできた。Mは長時間歩くのが好きではないが、歩かないことには着かない。村への一本道をひたすら進んだ。途中、靄のなかに朝日が昇った。草におりた朝露が光り、小さな花々に鳥の声。まさにロシア絵本の世界だ。三度の休憩をはさみ、朝七時頃村に到着。一五人ほどが暮らす小さな村だ。村人たちは朝の仕事中だった。挨拶を交わしながら、ユリアンの別荘へ向う。途中で、一日先に着いていた教頭と会った。教頭はレインコート姿で馬の世話をしていた。Mは教頭と一緒に馬の鼻をなでてご機嫌だった。

　別荘に到着したが、私はへとへとで猛烈に眠い。なにはともあれ皆でお茶を飲み、私だけ一眠りしていいことになった。藁布団が重ねて置いてある部屋へ行き、布団のあいだに入り込んだ。藁が突き出ていて、チクチクして顔がかゆい。頭がガンガン痛い。眠るリズムが崩れるといつもこれだ。脈打つ頭痛をなんとかやりすごしたい。隣の台所から洩れてくる皆の声を聴きながら、眠った。小一時間眠って起きると、もう台所のペチカに火が入っていた。居間兼台所の大半を、上で二人が横になれるほど大きなペチカが占めている。イタリア料理店のピザを焼く石窯の四角くて大きいのが部屋の中央にあると想像してほしい。鍋に水を入れて、パチパチ燃えるペチカのなかに入れれば、お湯が沸く。鍋に水とジャガイモを入れておけば、ジャガイモが茹る。女先生たちは粉を練って生地を作り、ピローグ（具入りパイ）を焼く準備だ。生地にドライ・クランベリーを混ぜ込んで四角く平らに成型し、紐状に伸ばした生地で表面に葉っぱや茎や花の模様を描く。皆で歌いながら作業していた。ピローグは、ペチカの奥のほうに置き、盾のような鉄蓋をして完了。塩コショウをすり込んだ一口大の牛肉を、スライスした玉葱と混ぜて揉んで漬け込み、シャシルイク（串焼肉）の準備もできた。

食事の仕度が終わったので、皆で散歩にいくことになった。牛や羊が草をはむ原っぱを抜けて、葉っぱがまばらで明るい白樺の林に入る。しばらく歩いていくと音を立てている清流があった。少し回り込んだ流れを岩の上から眺めることができるあたりで、ひと休み。草が生えているところで車座になって座ったり横になったり。そこでしばらく寛いだ。

『さあ横になって食べよう』という本があるが、昔は横になって食べたりしゃべったりしていたのだ。ロシアでも土はすべてのはじまり、「母なる大地」だ。皆迷わず、地べたに寝転ぶ。草むらで眠る。土に近い。地べたに横になる習慣は、チェルノブイリ事故後しばらくして禁止された。土が汚染されたからだ。しかし、誰も守らない。

散歩の帰り道は隣の林を通って草原に出た。三六〇度地平線に囲まれた丸い世界。透明な青空のドームの下で、私は突如、すべてを受け入れていいような、外界と一体になれたような、不思議な幸福感に満たされた。ロシアの田舎の名前も知らない小さな村で、ゆったりとした時間をすごしている。先生たちの小旅行に便乗して、食材や旅費やちょっとした経費を提供して、こんなところまで連れてきてもらって、一緒に遊んでもらっている。

方舟学校と関わるようになって一年足らず。支援しているといっても……ものすごい金額ではない。日本ではあくせく働き、贅沢はしていない。分不相応だと、いつも忸怩たるものを感じていたが、「ま、いいか……」という気分になった。

えっ、これって「援助／交際」じゃない？　援助して交際してもらっている。ODAはビジネスだし、外交や文化交流は役所の務め。公費を使い記録を残し、地位とキャリアと生活維持のための仕事だ。支援はしても、そのあとの交際はない。少なくとも二の次、目的にはならない。Mと私は個人ベースでロシアを少しだけ援助して、でも、しっかり交際している。

いつかSOSフォンドの人たちと一緒にこの村にこよう。

このアイディアに気をよくしたMと私は、草原を遠回りして別荘へ帰った。Mはおじいさんを手伝って羊の剃毛をやらせてもらい、私は、家の窓枠やひさしの下に描かれた素朴な壁装飾の写真を撮り、ランチのあとは別棟の二階の藁だまりで昼寝。まだ明るい夕方、サウナ小屋のあるお家にお邪魔して、女先生三人とお風呂に入った。束ねた白樺の葉が蒸気でいい匂いを立てる。日が暮れる頃から近所の人たちが集まり、おじさんのアコーディオンに合わせて歌って踊って、飲んで食べて、夜中まで騒いでペチカの上で眠った。

東京の生活から、なんと遠いことよ。糸が切れて解き放たれた凧のように自由な気分だった。


モスクワでのコンサートのあと、北沢タウンホールにたまたまキャンセルがあり、急遽六月一六日に東京版チャリティ・コンサートをしようと決めた。反核ジャズ・コンサートの主催者の一員で編集プロデューサーの杉本進さん（『月刊プレイボーイ』でサハロフ取材をしたときの担当編集者）とベース奏者でもある小杉敏さんに相談して、サンバ・グループに歌ってもらい、フルートの小宅珠実さんを中心にジャズ・クヮルテットの演奏、私が通っている体操教室の有志四名がジャズダンスを披露、初台マンションつながりで俳優の榎木孝明さんにロシア詩の朗読をお願いした。本郷さんご紹介の結城久さんが即興のピアノ演奏を添える。司会は、文化放送・緒方さん経由でTBSアナウンサーの宇野淑子さんが快諾してくださった。

ＳＯＳフォンドのメンバーたちがチケットを引き受け、支援金もくださり、全国からカンパが集まった。M妹夫母やM姉夫も多額の寄付をしてくれた。大きな垂れ幕を作り、照明と音響は本郷さん知人の牧野・石渡夫妻に頼む。当日は、千葉商大の学生たちやＫＥＮちゃん（初台マンション上階宅Iさんの甥）、Mの姪や甥たち、ＳＯＳフォンドのメンバー、アムネスティの若者たち、産経新聞の奥村さんや押田さん等五〇名ほどが会場の設営を手伝ってくれた。昼前に路上駐車した車がレッカーされるわ、榎木さんに渡すべき詩のコピーを私が事務所に忘れたため、Mが猛スピードで初台までバイクでとりにいくなどあたふたしたが、なんとか間に合った。

Mの支援者たちから昼食・夕食にとさまざまな食べものの差し入れがあり、七時の開演までホールのロビーはほとんどパーティ会場と化した。協力者のおかげで三〇〇余名が集まり、活動内容のスライド上映もでき、コンサートはなんとか無事に終了。三五〇〇円とチケットは高めだったが、もれなくロシア土産として小型絵本や陶製置物やスプーン、木製の人形や雑貨、小さなマトリョーシカなどをお持ち帰りいただいた。東京新聞が予告を載せてくれ、文化放送が実況中継してくれた。

一九九四年の夏、方舟学校のラーゲリ合宿に同行した。夏のあいだ、ズヴェニーゴロド（モスクワの西五〇キロ）のモスクワ川沿いの建物をまるまる借りて、生徒たちがすごすのだ。天気は上々、皆、水着に着替えて川辺へ走っていった。Mは泳ぎが得意なので、勇んで川に飛び込んだ。子どもたちや先生方は岸に近い浅瀬で遊び、歓声をあげている。川幅は二〇メートルほど、向こう岸の高台に立派な修道院が見える。Mはもぐったまま川下へ泳ぎ進んでいったきり、なかなか帰ってこない。Mがはしゃぎすぎて事故でも起こしたらどうしよう。川に水の精《ルサールカ》がいて、Mを引きずり込むかもしれない。待つうちにどんどん心配が募る。水死されたら困るな。手続きが面倒な国だし、どうやって連れて帰ったものか、考え始めると気が気ではない。そうこうするうちにMは無事に戻ってきた。

「いやぁ、意外と水が冷たかった。底は、流れが速いしね」。

ズヴェニーゴロドには校長の別荘もあり、翌年、先生や生徒たちと一緒に訪ねた。そこには校長の八〇代の母親が住んでいた。前庭に、キンザ（コリアンダー）が五〇センチほどに育っている。ガーデン・ランチでMは三〇ヵ所も蚊に刺され、校長の長女に痒みを鎮める草の汁をつけてもらった。玄関横の大きなナナカマドの木が赤い実をつけている。裏庭には果樹園や野菜の畑。翌日、デッキでのランチで饗されたのは、スヴョークラ（ビーツ）にスメタナ（サワークリーム）を入れ、刻みチャイブを散らしたロマンチックなピンク色の冷製スープだった。

短期間ロシアに滞在して日本に帰ると、どちらが豊かなのかわからなくなる。ロシアの住居は天井が高くて圧迫感がない。幹線道路沿いは排気ガス臭いが、小道に入ると緑がある。公園やいい匂いのする森がある。夏、雨が降ったあとは木々が匂ってむせかえるほど。アパートの植え込みの黒っぽい土はフカフカで、一〇センチもある太ったミミズがうようよいる。

ドム・マリーのミーシャは、カトリック組織の応援を得て無料食堂を運営するとともに、麻薬常習に陥った若者の更生施設を数年がかりでガガーリンカ村（モスクワの北東一〇〇キロ）に建てていた。一九九〇年代初め、まずバス通りとつなぐ道を作った。道路に一番時間とお金がかかったという。Mと私は、基礎工事の頃から何度か訪問していた。まず、一階にサウナと水風呂を作り、パン焼き器を設置して、パンを地元で売った。建設のための資材や機械や工具を置き、作業するための立派な別棟もできた。

一九九六年二月、完成した木造三階建ての立派な建物に初めて泊めてもらった。入所者は一〇代と二〇代の男子六名。めずらしくミーシャの奥さんも滞在中で、日に何回かのお茶の時間に出てくるリンゴジャムには感心した。加える砂糖の量と加熱時間で三種類ある。
①薄切りリンゴの形を残し、砂糖少なめのあっさり系
②砂糖も加熱時間も中ぐらいのヴァレーニエ
③砂糖たっぷり飴様ジャム
お茶を飲むたびに、「さぁ、今度はどのジャムにしましょうか」と、考える。

六月、モスクワではメンテナンスだとかで地区別に給湯が止まる時期があった。初夏とはいえ水のシャワーは冷たいので、お湯が出る地区にお風呂をもらいにいくことがある。読売新聞モスクワ支局を最初に訪問したときだっただろうか、支局長の浜崎さんに、「Mさん、よかったら風呂入る?」と勧められ、Mは、「はい、有難うございます」と、昼の時間帯にお風呂をゆっくり使わせてもらった。お風呂を勧める浜崎さんも浜崎さんだが、即喜んで応じるMもMだ。
Mはなにかにつけ支局を訪問し、応接室で電話を使わせてもらい、ランチを用意していただき、食事係のタマーラさんから密造酒《サマゴン》をもらった。浜崎さんには、何度もご自宅で美味しい和食をご馳走になり、高級レストランにも連れていっていただいた。遠出をするときにドライバー付きでパジェロを借りたり、ホテル内の快適な宿泊ルームを使わせてもらったり、全面的にお世話になった。

東京でも共同アパート生活

一九八八年から、かつてMが原稿書きや会議に使っていた一〇畳ほどの西北部屋に今井が寝泊りするようになった。住み込みは、自然食品の会社を辞めて転職してきた今井の希望だった。今井は昼間の渋滞と排気ガスを嫌い、夜中の一時頃に初台を出て運送会社の集荷所で委託製造先の愛知県から送られてくる乳酸菌入りのパンを受け取り、早朝にかけて配達して回った。深夜や早朝に動くので、初台マンションの駐車場で車上荒らしと出くわしたり、夜中の異変に気づくなど、防犯に役立つと感謝されていた。今井は朝九時頃に初台に帰り、自分の食事を準備する。会社では、無農薬の野菜や果物、玄米や梅干、お茶や調味料なども扱っていたので、お米や常備品を自分の消費分だけでなく家や親戚に送るために余分に仕入れていた。圧力鍋で玄米小豆飯を炊き、ヘルシー食材で鍋を用意するのだが、大量に作り大量に食べる。調理に九〇分、テレビを観ながらゆっくり嚙む食事に六〇分、あとかたづけに三〇分と、三時間キッチンを占領する。そのあいだ私はお湯を沸かすのも遠慮する。今井がいない時間にキッチンを使っていた。

一九九〇年からだったか、誰かの紹介で四〇代半ばの星野さんが五畳ほどの応接室に泊まるようになった。事業で失敗して借金を抱えたため妻子を埼玉に置いたまま東京で働くことにし、渋谷の宅配会社に就職したのだという。星野さんは、仕事が終わると初台の銭湯へ。商店街で買ってきた弁当と飲物を応接室のテーブルで食べ、夜一〇時には就寝。朝七時には出勤。時間通りに日課をこなし、週末は埼玉の家族のもとへ。どれほどの期間いらしたのだろう、数年後には埼玉に帰っていかれた。

今井が西北の会議室、星野さんが西の応接室、私が西南の六畳に机を置き、一つあるベッドに

Mが休み、私は床に布団を敷いて寝ていた。事務机を四つ置いた南向き一二畳のリビングでM父が事務をとり、Mが原稿を書く。三部屋で三者が個別の時間帯で動いている。まるで、ロシアの共同アパートでの暮らしだ。部屋の鍵をかけないのと土足じゃないだけの違いだ。

私は、一九八七年に豪徳寺から代々木五丁目に移り住み、さらに八年後の一九九五年の夏、西参道に近い代々木四丁目に引越した。岸田劉生が描いた『切通坂』の右側に建てられた古いマンションだ。八五平米で一八万円。バブルがはじけ、K汽船とK興産の役員寮だった二棟が賃貸に出たのだった。

M父の口癖は、「金はあるところからもってくればええ」だった。そして初対面で「この人はわてらの役に立ってくれるだろうか」と値踏みする。M父は利益の少ない商いを軽蔑していた。冷麦や蕎麦なんか売ってもいくらにもならん。

「教祖が一番じゃ」とも言っていた。

一九九五年にオウム事件が起きたとき、Mが面白がって指摘した。

「総務さん、オウム報道を熱心に見てるでしょ? 僕んちも似たような境遇にあったから」と謎めかした言い方だ。ワイドショーでコメンテーターの誰かが、

「信者って、横に並べて書くと『儲』かる、なんですよ」と言った瞬間、M父は、

「おおっ」と声をあげた。

5章　肺に転移

心が身体を召し上げる

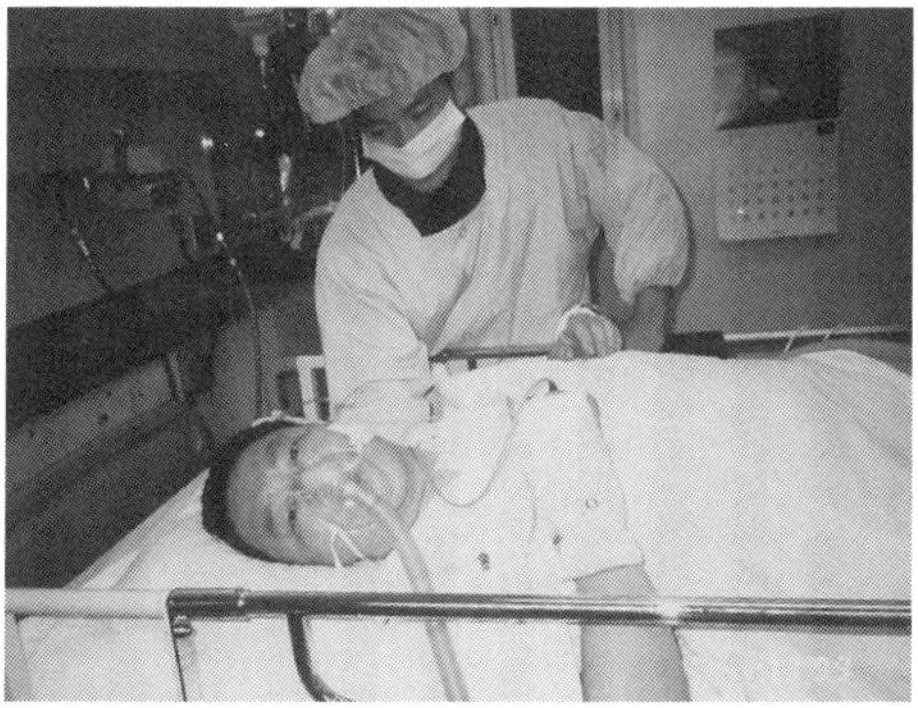

肺の手術後、ICUで　1999年

一九九七年秋、私は、皆がいなくなってしまうような気がして不安だった。

Mの手術と前後して、リンさんが自宅療養になった。日系アメリカ人女性で、私が翻訳の最終段階でネイティヴ・チェックを頼んでいた長年の相談相手だ。リンさんは、乳癌が骨に転移し、散歩中に転倒したため春に聖路加病院に入院。夏まで抗癌剤治療を受けていた。八六歳の本郷さんも七月末に心筋梗塞で倒れて以来、入退院を繰り返していた。M父も大腸癌の手術のあと脳梗塞を起こし、入院したままだった。

Mは入院中の本郷さんをよく見舞った。食が進まなくなった本郷さんに少しでも食べてもらおうと、新宿〔謝朋殿〕にフカ鰭スープを作ってもらい、中野の病院に届けた。Mが薦める料理は全部大好きという本郷さんのこと、とても喜んでくださった。しかし、しばらくすると、周囲に「もう、お食事は結構よ……」と言い、一一月四日に亡くなられた。カトリック教徒だった本郷さんの葬儀は、日曜礼拝に通っていらした渋谷の小さな教会で執り行われた。

いただきものが重なるお中元お歳暮の時期にかぎらず、MはM姉宅に呼ばれると、食品をはじめいろんなものをもらってきた。M姉夫のおさがりのブランド物のネクタイや衣類も喜んで着ていた。咽頭癌手術の傷も癒えた一〇月下旬、M姉夫からもらったワイシャツ仕立て券をもって新宿伊勢丹へ出かけた。普通のシャツなら二枚、上等な生地を選ぶと一枚といわれ、思いきって上等なのにした。珊瑚《コラル》ピンクの細番手コットンのエンド・オン・エンド（横糸が白）織で、なめらかな感触。タブカラーに決めた。素晴らしい仕上がりで、着心地も最高。Mによく似合い、皆に褒められた。

新調したシャツを着て、一九九七年一一月末、咽頭癌手術のあと初めてロシアへ行った。九月の手術に先立って、図解入りメッセージを校長の自宅にファクスし、校長から「学校の先生や生徒、おばあさんたちと皆で祈っているから」と電話をもらっていた。術後の報告もしていたが、実際に方舟学校に顔を出すと、皆がMを何度もハグして喜んでくれた。しかし、Mや私が病気の説明を始めると、「病気の話はしないほうがいい」と真顔で注意してくる。

ロシア人は病気の説明や手術の様子など聞きたがらない。

秋に自宅療養になったリンさんが一二月二六日に亡くなった。一〇年以上のおつき合いだったが、生前、年齢を話題にしたことはなかった。四一歳と知った。母親がサリドマイド剤を飲んだ世代であることを知らされており、人一倍体調に気をつけていただけに残念だ。葬儀は一二月二九日に聖路加教会で執り行われた。

親しい人たちが亡くなり、Mもあれこれ考えていたようだ。一九九八年の年頭に、「一一階を引き払い、家賃を今の半分にしなければならない」と決意のメモを書いている。しかし、そう簡単に引越しなどできない。一九九八年三月七日、大腸癌手術のあと九ヵ月ぶりに退院したM父は、一一階で自宅療養となった。退院翌日の真昼、初台マンション四階の留守宅から出火。配達から戻っていた今井は、大急ぎで一一階にいたM父を車椅子に乗せてエレベータで下り、駐車場の車のなかで安全を確保した。マンションの住人たちは火事場から離れたほうの狭い階段で避難。犬猫鳥籠を抱えて次つぎと下りてくる様子は「ノアの方舟」のようだった。消防隊が鉄の扉を破って突入し、一時間ほどで鎮火。四〇四号一戸が全焼し、すぐ上の五〇四号は窓から火が入ってカーテンが燃え、四号系統は一階まで水をかぶり、建物全体に黒煙が回った。

Mは自ら病気を抱えながら、八七歳のM父が自宅で快適にすごせるようにと奔走。渋谷区に申請して医療用ベッドや低反発マットを借り、人工肛門の一部補助金を受け取る手続をし、東側裏手の駐車場から一一階までお湯を上げる入浴サービスも受けていた。M父の主治医とも連絡をまめにとり、よく励まし面倒を見ていた。当時八二歳のM母が介護をし、M姉妹も頻繁にやってきて手助けしていた。

M父の自宅介護が始まって一ヵ月ほど経った四月上旬、Mが慌てて五階に下りてきてM母を病院へ連れていくという。一一階の玄関ドアを閉めようとしてM母の右手の小指を挟んでしまったというのだ。中空とはいえ鉄製の大きなドアだ。痛さは尋常じゃなかっただろう。大急ぎで病院で手当をしてもらい、M母は吊り手包帯の痛々しい姿で帰ってきた。ここがM母のすごいところだが、決して「痛い」と言わない。指を挟んだ経緯を語らない。Mの過失を責めない。M家では、Mの怒りや感情の爆発を分析するのはタブーなのだ。原因を突き詰めたら家族は崩壊、生活基盤が危うくなる。

さらに一ヵ月経った五月、Mは一一階のトイレの木製ドアを拳で破っている。ドアの中央に、大きくはないがめり込んだ傷が残っている。映画『シャイニング』のジャックみたいに、M母を追いかけていったのだろうか。一一階で何があったのか私は知らない。自宅での老老介護でM母も限界だったのかもしれない。MはMで問題が山積みだった。

Mは、激しく怒ることはあったが誰かに手をあげることはなく、むしろ自分の頭や手足を壁にぶつけていたようだ。M父は腫れ物に触るようにMを気遣っていたが、M母はマイペースだったので、Mの怒りが爆発することがあった。

「タイちゃんは、まったく、虫みたいな奴だ……」とよく嘆いていた。

Mのたとえが、私にはピンとこない。

一九九八年五月二三日、沖縄郵政管理事務所長の稲村公望さんに呼ばれて、那覇市で講演することになった。ロシアの人びとの暮らしぶりや、方舟学校でのランチ宅配プロジェクトを紹介する。私も同行し、スライド上映役をつとめた。講演を無事終えたあとリゾートホテルに移り、各地を案内してもらってひさしぶりにのんびり。翌日、ホテルのテラスでアテンドの方二人とランチをしていた。Mは元気いっぱいだ。

「ちょっと、僕、泳いできます！」とプールへ走っていった。

楽しそうに泳いで、テラスの私たちに手を振っている。「今から飛び込むから……」と合図をして、Mはイルカのようにジャンプすると身をくねらせて隣のプールにダイブした、と思ったら、人が集まってきた。何事かと駆けつけると、Mは顔面から出血。隣のプールは子ども用で水深五〇センチほど、鼻の骨を激しく打ちつけたのだ。応急処置を受け、氷で冷しても痛みがおさまらず、急遽翌朝の便で帰京。

空港から東大病院へ直行し、菅澤医師に縫合してもらった。Mはひどく叱られた。

「傷口がきれいに治っているのに台無しでしょう。もっと大事にしてください」。

ここ一〇年余り決算をお願いしていた税理士の先生が、一九九八年六月初め、辞めたいといってこられた。社長が癌で、会長も癌。眼光鋭い国税庁OBのS先生は、この会社はもう見込みがないと考えられたのだろう。困ったMは、以前税務を頼んでいた山崎椎子さんに復帰してもらうことにした。椎子さんはM父の古い知り合いで数社の税務を請負っていた。同居している男性はいたが、五〇代まで結婚せず、子もいない。長年介護していた実母を看取ったところだった。会社の税務を引き受けてもらえることになりMもホッとしていた矢先の七月初め、椎子さんは入浴中に倒れ、急死してしまわれた。

会社の決算が間に合わないとMは心配していた。渋谷税務署から滞納していた事業税の催促電話が入ったり、税務署員がやってくると、父親と自分が病気になったと大声で訴えたり、悲痛なファクスを送っていた。

Mは、月に一度の東大病院の外来はバイクで通っていた。一九九八年八月六日の検診結果で

「転移無し」と言われ喜んでいたが、九月に受けた渋谷区の定期健診で、初台の内科で撮ってもらった胸部レントゲン写真で肺に白い影が認められた。

「転移かもしれない……」。

Mは不安に陥った。東大の菅澤医師とJR病院の小林医師にも所見を伺った。

しかし、その頃、M父の容態が悪化。M父の衰弱とどめようがなく、米寿を前に一一月一八日に亡くなった。M父の葬儀にはM家の親戚をはじめ、食品関係の取引先も集った。葬儀を終えてお骨と遺影は一一階の大きなサイドボードの中央に置くことにした。

M父の葬儀と前後して、成城学園の後輩だというE君からMに連絡が入るようになった。「自殺するかもしれない」という電話だ。病気のMを訪ねてきて、自分の半生を話し、詳細をファクスで送ってきた。来る者拒まずのMは、一緒に食事をしたり話を聞いてあげていた。E君は、なぜかM父の葬儀にまで同行。親しい参列者が斎場近くで食事をしたあと、車三台に分乗して初台マンションに戻り、一一階でお茶休憩をすることになった。

E君の家は裕福だったたが、母親と妹の三人家族。母親は、働いていたのか遊んでいたのか外出がちで、幼いE君と妹に食事の用意をしてくれる人はいなかった。与えられた小遣いで、近所ですぐに食べられるものを買い、誰もいない暗い部屋で冷たい食事をしていたという。妹は結婚して家を出てしまい、兄妹の絆は弱い。母親も亡くなった。子ども時代にかまってくれなかった母親をずっと恨んでいる。E君は事業で成功し、毎晩ホテル・オークラで食事。すっかり太って、ほとんど病気だ。恋人がいたこともあるが、今は一人。悲惨だった少年時代が自分の人生に影を落としていて、果てしなく気が滅入り、生きていく気力がなくなるというのだ。

必死で訴えるE君に、お茶を飲み終えたM姉が苛立ち始めた。

「甘えてるんじゃない？　なんとでもできるでしょう。もう、そんな話聞きたくないわ」。


病みあがりで、事業も行き詰まっているのに、一九九八年、Mは三月、六月、一一月と三回もロシアへ行っている。六月下旬の訪ロでは着いた日の夜に大嵐《ウラガン》が吹き、モスクワ市内のあちこちで大木が倒れた。暴風雨でも、石の家はさすが、びくともしない。旅のあいだ、ちょっとしたことで私とMはすぐに言い争いになった。Mは憂いが募っていたのだろう。

一一月、Mと私は方舟学校で『今日の日本《ヤポーニア・セヴォードニャ》』誌の取材を受け、ロシアでの活動を讃えるとの感謝状を授与された。その年の暮れ、Mは何年かぶりで東郷正延先生にお目にかかる機会があり、掲載記事を渡したらしい。先生は数かずのロシア語辞書の編纂者で、ロシア語の弟子が大勢いる。しばらくして先生から記事の翻訳文と手紙が届いた。

「M君、先日はとても楽しかった。君が『大』病人とは、どうしても実感できなかった。……お祖父様がよく口になさっていたという言葉は、熊沢蕃山（江戸時代の儒学者）の作で、より正確には、『憂きことの　なおこの上に　つもれかし　限りある身の　ちからためさん』です」とあった。

私にも、いつも頭を廻っているフレーズがある。アメリカの電光掲示板アーティスト、ジェニー・ホルツァーの

PROTECT ME FROM WHAT I WANT!（私の欲望から私を守って！）だ。

このメッセージがラスヴェガス空港の電光掲示板で流れている写真をアート雑誌で見て、思わず声をあげた。ギャンブル観光客を迎える強烈な風刺。そうなのだ。ギャンブルにかぎらない。欲望は果てしなく、おそろしく危険なもの。仏教では「足るを知れ」と欲望のコントロールを説くが、ホルツァーのフレーズは、「暴走は止められそうにない。せめて、欲望で私が壊れてしまわないようお守りください」と他力を頼んでいる。

「大きな野心は人生を生贄に出させる。心が身体を召し上げる」ともいわれる。大きな野心を抱いた自覚は、Mにはなかっただろう。しかし、命が召し上げられようとしているらしいことには、うすうす気づいていたかもしれない。

Mが咽頭癌を発症する前の一九九七年六月から、私は『ポストメディア論』（原題はSkin of Culture）の翻訳を始めていた。マクルーハンの後継者でトロント大学のケルコフ教授の著書だ。「メディアはマッサージ」、「グローバル・ヴィレッジ」などマクルーハンの箴言が面白く、本のタイトルと章立てが魅力的で引き受けたものの、わからないことだらけだった。

一年ほど経った一九九八年一〇月、NTT本社からトロント大学へ派遣され研究を終えて帰国したばかりの中澤豊さんに全文読み合わせをしてもらえることになり、早速作業に入った。土日と祝日に切通坂に来てもらい訳文を一つ一つ検討する。日によって四～一〇時間。中澤さんはマクルーハン研究所でメディア論を研究、マクルーハンの息子エリックと親しく議論しているので、私の拙い疑問にていねいに答えてくださる。一九九八年の一二月上旬、ケルコフ教授が来日。二日間東京に滞在するというので相談時間をとってもらった。帰国する日の朝も、新宿のヒルトンホテルで朝食をとっている教授の向かいの席に座り、不作法を承知で時間ギリギリまで未消化の質問を重ね、答を録音。駆けつけた中澤さんとリムジンバスに乗り込む教授を見送ったあと、私はＪＲ病院へ向った。Ｍが肺の生検検査で前日に入院していたのだ。

ＪＲ病院の食堂で早めのランチをとり、合流したＭ姉妹と喫茶室でアイスクリームを食べながらＭを待つことにした。昼からの検査に二時間かかっている。検査室から帰ってきたＭは、疲れきっていた。とても辛かったようだ。

「痛かった。痛かったけど、先生に、『もっと、もっと、とってください』って言ったんだ。頑張ったんだ。あんまり痛くて、全部とってもらったような気分だ。手術が済んだような気がするよ」と、力なく笑ってみせた。

Ｍが肺癌だとわかり、私は深く失望した。周囲で肺癌と診断され、半年ほどで亡くなった人が何人かいる。Ｍを病院に残して初台に帰り、私はＭ母に報告した。

「肺癌だそうです。もう駄目かもしれない……」と小声で言った。Ｍ母は、

「あら、私のまわりには肺癌なんて一人もいないのに……。

それで、親一の部屋はＪＲ病院の何階なの？　西向きかしら。一一階から懐中電灯振って合図したらわかるかしら。婦長さんはなんておっしゃるの？

お父ちゃまのときと同じ看護婦さんたちだったらわかるのにねぇ」。

私は答えなかった。どうだっていい、そんなこと。看護師長の名前も知らない。肺癌は治らない。息子が近々死ぬことになるかもしれないのに。なんなのだ、この人は……。

［ＭがＪＲ病院で書いた手紙］一九九八年一二月一五日……両親がいなければもともとこの世に生など授かってはいない。五一年間こんなに楽しく、困難で面白かった人生を送ることはできなかった。……生涯無茶ばかり。節制もせず、十分な睡眠もとれず、気苦労と資金繰りで自分を追い詰め、時間に追われまくって生きてきた身とあっては、生存できる六〇％に入り込ませてほしいが、それは虫がよすぎるというものだろう。……手術を受ける意味があることが、希望だ。肺を切り取ってもらうことが、希望だ。切除箇所に放射線照射の治療を受けることが、希望だ。吐き気がし、髪の毛が抜け、気分が滅入ってしまうような抗癌剤を投与してもらうことが、希望だ。希望、希望、希望に満ち溢れている。そして、この希望に辿り着く資格さえないのが、今の私だ。

［新年の挨拶］一九九九年一月一日……父は、自宅で療養した八ヵ月間、なんでも食べ、周囲を笑わせ、泣かせ、人生最後の教えをたっぷりと子どもたちに与えてくれました。亡くなる三日前にも、ロシアから帰った私と片岡にプロジェクトの成果を問い、身罷る三時間前に髭を剃り、野菜の煮物を食べ、たっぷりとアイスクリームをほおばった父でした。亡くなる一〇〇分前には、「かならず助けてあげるからね。わかったら僕の指を握って」と言っても反応できなくなっていましたが、「オイルショックのとき、インド、ネパールからチベットの村に潜入したりして楽し

かったね。憶えている？」と言うと、右目の端から一筋涙を伝わらせて応える父でした。五一歳にもなったいい大人が両親の許でぬくぬくと薫陶を受け続けられた有難さを、私は天を仰いで感謝します。……家系は長命で癌とは無縁。親孝行も良いこともいっぱいしてきたのに。この世の貯金なんて、億年の単位で考えたらバランスがとれるはずがない。不平等・不公平はこの世の常。転移であった場合は、最長（最後の）二年はだいぶ辛いと聞かされています。さあ、なかなかの厳しさで「王手」がかけられました……。

私は、Mが書く手紙や報告の文章が大時代的で苦手だったので、代筆を頼まれたとき以外、リアルタイムで読むことはなかった。あらためて読んでみて、力の込めようが独特で、誇張なのか自己陶酔なのか、本気で嘘を演じていたのか、ますますわからなくなる。

「M家の人びとは演じている、皆、嘘つきだ」と私は決めつけていたが、一番の嘘つきは自分をごまかしているMだ。それ以外に生きる道がなかったのかもしれないけど、無理して両親の期待に応えることないよ。「もう嫌だ！」って、突き放したらいいじゃない。突き放すふりでもいいよ。自分が病気になるほど我慢しちゃいけないよ。でも、もう遅いんだよね、きっと。いまさら方向転換できないよね。そうとわかったら、最後まで演じきるしかないのか。

肺の腫瘍は、夏よりも大きくなっていた。

「検査で採取した細胞には悪性腫瘍は認められない。しかし、増大のスピードが速い。心配なのはそこなんです。開けてみて過誤腫だったら、切られ損だと思ってください」と手術を担当する室田医師が笑顔で説明した。内科の玉置医師もそばにいる。

手術は、一九九九年一月一二日に決まった。Mは、

「暮れからロシアに行きたい、一緒に行こう」と言う。

無理だ。冗談じゃない。絶対に行かないから。第一お金がないし、時間もない。

普通は手術前に肺を鍛えるための訓練をするのだそうだが、Mは水球の選手だったので、もともと肺活量が人一倍多く、その必要はないという。帰国を入院前日に決め、一月六日、Mは一人でロシアへ向かった。行かずにはいられなかったのだ。モスクワでは、また共同通信の吉田さん夫妻にお世話になった。

オペの日、Mは午後一時に手術室に入り、四時には出てきた。室田医師の説明をM姉妹と一緒に聞く。手術中の病理組織検査で転移とわかったので、一部を切除して閉じたという。シャーレに乗った腫瘍は、形状も弾力も蛸の刺身に似ていた。M姉妹は五時には帰っていった。

ICUで、麻酔がとれるにつれMは痛みを訴えた。肺はよほど痛むらしい。右を下にして身体を横にしたままでの手術だったため凝りが尋常でなく、顔をしかめて呻っている。なにか指圧棒のようなもので圧迫してほしいという。ICU泊りになるかもしれないと思ってもってきていた歯ブラシの柄の先をMがいう場所にねじ込むと、「痛みが耐えられる」という。ものすごい力で圧迫するので、続けるうちに私の手や指や腕もしびれてきた。

夜になってKENちゃんがやってきた。KENちゃんは、初台マンションの六階に住むI夫妻

の甥で、小さい頃から五階に遊びにきていた。今は航空自衛隊に勤務していて、「任地が奈良でなかなかお見舞にくることができませんでした」と詫びた。Mは、KENちゃんの顔を見て嬉しそうだった。KENちゃんが歯ブラシ圧を変わってくれるというので、一緒に夜中までMの痛みにつき合った。Mはときどきウトウトしていたが、朝まで眠れなかったようだ。

ICUから出て、Mは呼吸器科病棟の六人部屋に入った。隣は、幡ヶ谷の造園会社の社長・小形さん。一九五一年生まれで当時四八歳。千葉大を卒業し、家業を継いだという。勉強熱心な人で、分厚い医学書を読み、

「私のは扁平上皮癌で、今、放射線治療を受けています」

と肺癌一般について説明してくれる。知識さんという六〇過ぎの紳士もいらした。一年前に手術を受けたが、車の運転で上半身振り向くと、今も胸から背中にかけてひきつる感じだという。五〇代半ばの新幹線運転士Sさんは糖尿病があってすぐに手術できない。

「あ～、もういやだ。手術もできずに検査ばっか。こんな身体、もういらねぇよ」

と自嘲的に嘆いておられた。

手術の傷は順調に癒え、Mは二月三日に退院した。

玉置先生は三月で老人医療センターへ転勤なさるので、主治医が河野先生に代わる。

「河野先生は、ポニーテールで少年剣士のように凛々しいんだ」と、M。

Mは凛々しい女子が好きだ。玉置先生はあらためて症例を調べてくださり、

「肺癌は転移で、咽頭癌と同じく感受性がないので抗癌剤も放射線も効かない」とおっしゃった。

6章　糠風呂サロン

二〇〇人を巻き込んでグルメな闘病

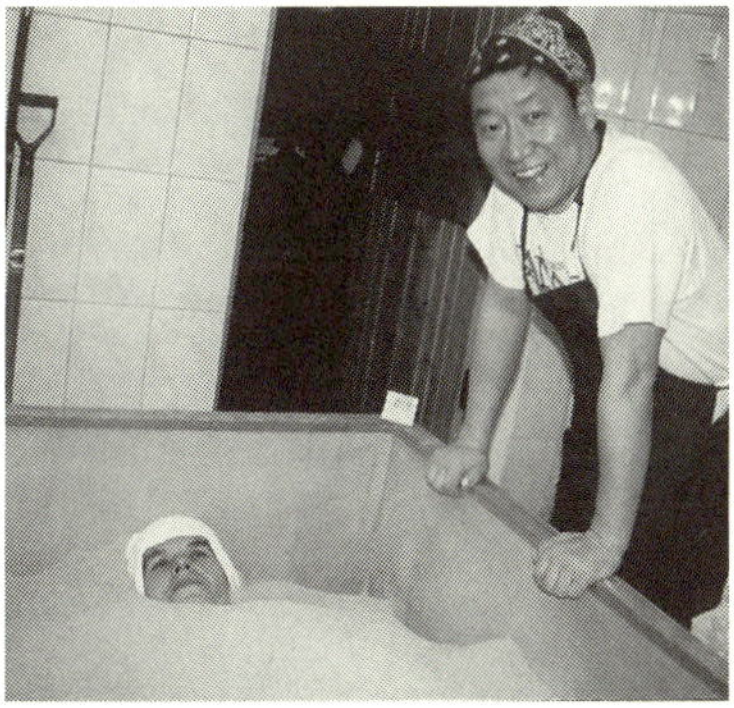

モスクワの学校で糠風呂　1999年

肺癌の手術から一ヵ月ほど経った一九九九年二月半ば、集英社の福田収編集長から電話が入った。

「Mさん、どうしてる？　僕の友達の旦那、肺癌なんだけど、自宅の庭の物置で糠風呂作って自分で入ってて、元気にしてるんだ。静岡だけど、どう、行ってみる？」と言う。

早速Mは訪問して、見せてもらってきた。庭の物置に人が寝られるほどの箱が置いてあり、発酵した糠が熱くなっている。それに全身埋まる。入っている様子は砂風呂に近い。ほぼ毎日糠に水を加え、攪拌する。作業が大変なので、バケツで水を入れてざっとかき混ぜているという。糠独特の発酵臭がするが、主屋と離れているので気にならないという話だった。Mは関心をもったが、山手通りに面した初台マンションの一一階で糠風呂など無理だ。さしあたって、都下の昭島に開業したばかりの店があると教わり、新宿から青梅特快で通うようになった。

初めて糠風呂に入った日のこと、帰宅して横になり、いったんは休んだものの、夜になってなんだか変だという。ベッドの上で半身を起こし、胸やお腹を触っている。

「身体のなかで内臓が動いているというか、騒いでいるような気がする。こんな感じ初めてだ……」

と不安そうな面持ち。

「救急車、呼ぶ？」

「そうだなぁ……。いや、来てもらっても、なんて説明していいかわからない」。

結局、その夜はまんじりともせず、朝になって少し眠ったようだった。

昭島の酵素風呂へ通い始めた頃、ひさしぶりにトウ子さんと連絡がとれ、Mは電話で話し込んでいた。トウ子さんのパートナーで画家のT氏も肝臓癌で余命三ヵ月と宣告され、連休までもたないかもしれないといわれていた。最近、食欲がないので心配だという。Mの強い薦めで、T氏も糠風呂を体験してみることになった。二人で糠に入ったあと、トウ子さんと三人で近所の小さなフランス料理店に入り遅いランチをとったらしい。T氏は驚くほど食欲が湧き、一年ぶりでステーキを食べたという。「愉快な食事ができた、夜もよく眠れた」と大喜びだったらしい。T氏は、Mと一緒に何度か昭島に通っていたが、世田谷からの往復が大変だからと立川市内のホテルに逗留し、昭島へはタクシーで通うようになった。

昭島通いは時間がとられて仕事にならないからと、Mは自宅で糠風呂を作る算段を始める。糠は脱脂したものだと聞き、新潟市で米店を経営している取引先の清水さんに相談。清水さんに上京してもらい、昭島へ同行を頼んで一緒に糠風呂体験。どんなものか見てもらった。数日後、清水さんから脱脂糠二〇キロ袋が届き、Mはさっそく実験にとりかかった。蓋ができる小さな発泡スチロール箱に糠を入れ、湿る程度に水を混ぜ込み、密閉してしばらく置いてみたり、箱に穴を開けてみたり、乳酸菌を混ぜてみたり、さまざまな室温と湿度で試していた。五階にいる私のところへ糠箱を運んできては、手を突っ込んでみろとか、うまくいったとか、温度が上がらないとか報告していた。私は、甘酸っぱい糠の発酵臭を嗅いだだけで頭痛がしてくる。

あるとき、私にも一度昭島を見ておいてほしいという。初台マンションで糠風呂を作ることになれば、働き手は私しかいない。気が進まないし第一忙しいし、と渋っていたが、一九九九年五月六日、同行することになった。甲州街道を一時間ほど西へ下って昭島に到着。カラオケボックスだったという建物の狭い駐車場に車を停めた。建物の小さなドアを開けると四畳ほどの受付兼待合室。発酵した糠と老廃物が混じった強烈な臭いが鼻をつく。店内に充満している濃厚な空気に、しばらく待つうちに頭痛が始まり、頭の血管がドクドク脈打ってきた。

準備ができたからと個室に案内される。カーテンを開けて入ると八畳ほどの部屋に、幅二メートル、長さ二メートル、深さ一メートルほどの大きな箱が置いてあり、なかでは黒く変色した糠が異臭を放っている。下着だけになって三段ほどのはしごで箱に登り、縁を跨いでなかに入ると、糠は泥んこ遊びほどの粘度で温かい。人型にくぼんだ糠床にあおむけに寝ると、お店の人がプラスチック製シャベルで埋めてくれる。箱の底に沈み込むと、むしろ臭いが気にならない。というか、鼻が慣れてしまったのか。べっとりと温かい泥に埋まっている感じだ。一〇分ほどで顔が汗まみれになったが、じっと動かないでいた。温度は五〇度ほどか。二〇分もすると熱くて我慢できなくなる。糠だらけで箱から出て、個室の隅にあるシャワー室で糠を流す。身体じゅうがほてり、顔は真っ赤、皮膚はすべすべだ。発酵臭が皮膚に浸みている。体重が半分ほど軽くなった気分、爽快感がある。帰宅後も、発酵臭と軽い頭痛が残った。

MとM姉のあいだには約束があったらしい。Mが病気になった時点で、M父が亡くなったらM姉がM母を引き取ることになっていたようだ。M姉の姑は数年前に九二歳で亡くなっている。M母は、M姉姑の部屋だった離れに住むことになり荷物の整理を始めた。そして一九九九年五月、最小限必要なものだけ運び、練馬に越していった。Mは、M母が置いていった木製の小型の洋服簞笥の扉をはずし、人が一人横になれるほどの長さに箱を継ぎ足し、発泡スチロール箱の発酵糠を簞笥規模に増量して、自分で入るようになった。

脱脂糠は、清水米店の手配で米糠油の製造工場から直送されてきた。二〇キロの厚紙袋入りで破れないよう運送会社のプラスチック製枠箱に入って届いた。よく乾いたサラサラの脱脂糠は粉チーズのような色をしていて甘い香りがする。Mは糠を発酵させるのに乳酸菌を使っていた。発酵が始まると最初は粉チーズ様で香りはフルーティ、日が経つと茶系のキナコ色で納豆に似たこっくりとした発酵臭、二週間もすると焦げ茶色で強烈な臭いに変化する。毎日新しい糠と水分を足して全体を混ぜる作業をするのだが、ほぼ二週間で真新しい糠に入れ替えた。

六月二五日下旬、簞笥風呂完成の報告を聞いた高橋文子さんとその関係者が糠風呂に入りにいらした。高橋さんは、参宮橋商店街でブティック〔サロン・ド・エフ〕を経営していた。ほぼ毎日、日に何度もお店の前を通るので、二〇年来の知り合いだ。Mは、咽頭癌の手術を受けたあと、高橋さんのブティックに立ち寄ってあれこれ話していたようだ。「参宮橋の母」の異名をとる高橋さんは、皆の相談を受けていた。病気のMを不憫に思ってくださり、糠風呂にも興味をお持ちで、試作の段階からなにかと助けていただいていた。

Mは糠風呂について取引先や友人知人にも話していたので、「いよいよ入ることができるらしい」と、いろんな方が見学にみえた。乳酸菌の顧客の長井さんは、初回は神栖町からご友人と、二度目は主治医に子宮筋腫をとるようといわれている三〇代の長女を連れてきた。娘さんは箪笥糠風呂に入り、「気持よかった」と言って帰っていった。その夜、長井さんから電話があり、「地元の宮大工の知り合いに、糠風呂用の箱を作らせて進呈します」との申し出。

「箪笥の糠に入っている娘を見ていたら、まるで棺桶に入っているようで……。私と娘が同時に入れるよう浴槽を三つ寄付します。一〇日ほどでできるそうです」。

Mは大喜びで、早速、玄関のドアや部屋のドアのサイズを測り、寸法を伝えていた。

そして一九九九年七月二二日、暑い日の昼前、大きな木箱三つを載せた荷台の長いトラックが山手通りに停まった。重い木箱を一一階まで運ぶので、週日の昼間だったが、人手は頼んであった。七人で木箱をトラックからおろし、玄関から運び入れ、エレベーターに乗せようという段になって、あろうことか、入らない。エレベーターのサイズは測って伝えてあったのだが、一階ロビーのエレベーター枠がほんの少し狭かったのだ。あれこれ角度を変えてみたが、五ミリほどの差で入らない。Mは、「なんてことだ……」と呆然とし、悔しがったが、入らないものは入らない。本人が一番落胆しているので責めることもできない。

男子四名女子三名で木箱を持ち上げ、階段で一一階まで運ぶことになった。三箱を一気に上げても置き場に困るので、一つは地下倉庫の廊下に一時置くことにする。途中で休みながら、一時間ほどかけて二箱を一一階まで上げた。皆汗だくになり、声をかけ合って上げた。広いほうの階段が幅三メートルほどあり、踊り場も広かったので助かった。次に、一箱ずつ部屋に入れる。玄関ホールからすぐ右に折れてリビングを抜け、突き当たりに二つある東部屋の北側に入れる予定だったが、手前の壁の角とドアの角度でどうにも入れることができない。しょうがなく南側の部屋に二箱並べて置くことにする。残っていたM母の荷物をクローゼットに押し込んでスペースを作った。絨毯の上にブロックを重ねて基礎を作り、その上に二箱を設置した。

集中して大力を出したので全身から力が抜け、立っていられない。皆で西瓜を食べ、思い思いの格好で休憩。私は床の上で大の字になってしばらく昼寝をした。

数日後、神栖から棟梁がやってきて、地下の倉庫フロアに置いておいた三つ目の箱の縁部分を削り、エレベーターに入るようにしてくれた。マンションの裏手、東側の駐車場で大工さんが作業をしているあいだ、Mは長井さんのお孫さんたちと賑やかに遊んでいた。

こうして糠風呂が本格的に始動。高橋さんは糠風呂に入りたい人や入れたい人を大勢連れていらした。近所とはいえ、頻繁に一一階に駆けつけ、接客や混ぜ作業を手伝ってくださるようになった。さらに、同年代で仲良しの岩井美代子さん、志岐ユキさん、森美恵子さん、高橋さんの妹の青柳愛子さんに声をかけ、糠風呂をいかに運営するか相談に乗ってくださった。「糠に入ったら、維持費として五〇〇〇円置いていくようにしましょう」と決めてくださり、さらに、糠に入る前と後ではおるために裾を短くした浴衣ガウンを数着、混ぜ作業用に大き目のTシャツ一〇枚、タオル、バスタオル、てぬぐい、足ふきマット、シャベルやステンレス製の大きな篩など、必要な備品を揃えてくださった。

夕方になると、Mは参宮橋へ下りていき、高橋さんたちと一緒に、向いの「マルマンストア」や隣の酒店で買物をした。ほとんど高橋さんとお仲間に支払ってもらったようだ。高橋さんをはじめ、皆さん調理師の資格をもっておられ、あっというまにヘルシーで美味しい料理が並ぶ。メカブと山芋、旬の野菜を使った鍋、ステーキや天婦羅など、いろんなご馳走を食べた。

Mをはじめ二～三名が順番に糠に入ったあとで混ぜ作業をする。Mが東急ハンズで買ってきたポンプ式スプレー（蓄圧式噴霧器）に乳酸菌水溶液を入れ、糠に噴霧してざっと混ぜたあと、プラスチック製シャベルで、熱くて湿った糠をすべていったん箱の片側に寄せる。新しい糠を足し、ステンレス製の篩でふるいながら箱の反対側に溜めていく。全部ふるい終わったら全体を平らにし、最後に中央を高く盛って古墳のように成型する。そうしておかないと翌日に温度が上がってくれない。一つの浴槽に七袋一四〇キロほどの糠が入り、水分が加わって二五〇～三〇〇キロになる。毎日二つの糠風呂を混ぜるのは大変な重労働だった。

Mは季節の果物のジュースや乳酸菌にウォトカやジンを入れてカクテルを作る。いただき物や、持ち寄った名産品、取り寄せた珍味を皆で楽しんだ。長崎の角煮まん、霞ヶ浦の鮒やワカサギの佃煮、手作りの汁だく稲荷寿司、オックステール・シチュー。Mの先輩が東京湾で釣った大量の穴子は天麩羅に、粟島から届いた見事な桜色の鯛はお刺身で食べた。西尾市の鏡味さんからは地元の野菜や緑茶に海産物、行方市の「やさい舎サー坊」のご夫妻も新鮮な野菜を送ってくださった。毎晩ご馳走で、呆れるほど「グルメな闘病」だった。

Mの薀蓄や冗談やおしゃべりに、経験豊かで聡明なおばさま方が返し、軽妙洒脱なやりとり。日によって顧客や来客が宴会に加わり、ほとんどサロンだ。客人の話を皆でじっくり聴くこともあれば、若者をからかったり、お説教したり。思い出話や最近読んだ本の感想、時事問題、政治の話、今は亡き親たち夫たちの思い出や家業の話。時間がいくらあっても話し足りなかった。毎晩、あっというまに一二時が過ぎ、夜中の二時三時になることもあった。高橋さんは田端の自宅まで運転して帰るが、世田谷方面の二人はタクシーで、岩井さんもタクシーを呼んで善福寺まで帰られる。深夜でもあり結構な料金になる。息子さんが会社で払ってくれるのだそうだ。

高橋さんは当時を回想する。

「あれは、いったい何だったのかしら……。毎日毎晩、皆で一一階に集まって。糠に入って、混ぜて、お料理して、お酒飲んで、遅くまで。熱に浮かされたようで、異常だったわね。命がかかっていたからよね。皆、真剣だったのよ。Mさんを助けなくちゃって」。

宮松君は、一九九五年頃先物取引の営業で五階を訪ねてきて、Mにとり込まれてしまった青年で、当時二五歳。ロシア関係の新聞記事のクリッピングをコンビニでコピーして、毎週水曜夜に届けてくれるようになった。宮松君が来ると、Mが夕食を準備、一緒に食事に出ることもあった。宮松君は父親の病死や本人が会社を辞めるなど、いろいろありながら週に一度は初台マンションにやってきた。体格は立派だがすぐにうちとけるタイプではなく、数年経つうちにようやく外郭がつかめてきた。学生時代から映画が好きで、エキストラで時代劇や怪獣物に出演していて、社会人になってからも休日祝日は着ぐるみショーの悪役でやっつけられたりしているという。Mはなにかにつけ、頼み込んで手伝ってもらっていた。Mが発症し、肺転移のあと糠風呂を始めると、夜の混ぜ作業を週に二回手伝ってくれるようになった。インド映画のビデオをもってきて解説してくれたり、サロンでは高橋さんをはじめ元気なおばさまたちに「恋人はいないの?」と尋問されたり、からかわれたりしていた。

三和君も、同じ頃損害保険の営業で五階を訪ねてきた青年だが、宮松君より少し年上でタイプが全然違う。同じく体格は立派だが、眼光鋭く、博学、能弁、法律知識も豊富だ。初台に出入りするあいだに結婚し、父親の病死などあったが、不定期に登場した。糠風呂を始めると興味を示し、「糠の部屋に入っただけで、アトピーの僕の肌にピリピリきます」と、新妻と一緒に混ぜ作業を手伝ってくれた。サロンでは爽やかな弁舌でおばさま方をうならせ、夜中にご自宅までお送りする役まで引き受けてくれた。

二人の若者がMのどこに惹かれ、どこに呆れていたのか不明だが、傍らで静かに観察していた。

いったい、何人が一一階を訪れたことだろう。

高橋さんの紹介で、女優Kさんとそのフィアンセ、歌手Mさんもマネジャーと一緒に入りにこられた。糠箱を作ってくださった長井さんのダンスの先生ご夫妻、SOSフォンドの島本さんや松本さん。三瓶さんは長女と次女夫妻も。三和君の紹介で小澤さん。膀胱癌の石井さんと奥様、右耳がほとんど聴こえないという田無の阿部さん、長野から宇治さん、会社顧客の時田さん、志岐さんのお孫さん、高橋さんと親しい小牧さん夫妻と娘の恭子さん。静岡の取引先・鈴木さんは村尾さんという女性写真家と、Mの同級生で早世なさった吉島さん妻は京都から。

取引関係、高橋さん関係、友人知人関係と、一九九九年の夏から年末までの五ヵ月間で、私が承知しているだけで、糠に入りにこられた方が一〇五名。私が直接入糠介助をしただけでも、Mを含めのべ五〇〇回余り。少なくとも日に三回、多い日は八回、お手伝いをした。Mや、高橋さんとそのお仲間、M妹が接客することも、家族や付き添いの方が介助なさることもあり、私が会っていない方も多い。混ぜ作業を手伝ってくださる方も三〇名ほどおられた。

使い終わった糠は、千葉で有機農法を実践している〔デコポン〕の井尻さんが若いスタッフと一緒に回収にきてくれた。大きな袋に詰めた生温かい糠を一階までおろし、玄関前に停めた軽トラに積む。臭いし、怪しいので、人目を避け、こぼさないよう細心の注意を払った。井尻さんによると、発酵糠を遠巻きに撒くと実のなる木に素晴しい効果があるという。お土産に有機野菜や果物をたくさん頂戴し、生産現場の話を皆で興味深く聴いた。

とにかくMは、大勢で食事をするのが好きだった。

一九九九年一〇月、糠風呂をロシアへもっていこうということになった。三つ目の浴槽と脱脂糠、ポンプ式スプレーを運ぶ。体調不良のエリツィンを糠風呂に入れて健康を回復してもらい、北方領土返還交渉を少しでも先に進めたいというわけだ。一一月、Mは外務省の担当と打合せを始める。モスクワの大使館や公邸近くは避け、支援先の方舟学校に設置することになった。学校はそれを受け、できたばかりの新校舎の保健室を浴槽の設置場所に決定。この保健室には一〇人ほどがゆったり座れる立派なサウナ室があり、サウナから出てザブンと飛び込むために、タイル貼りの深めの水風呂浴槽も完成間近だった。

Mと私は一〇月末に準備で訪ロ、あらためて一一月半ばにモスクワに入った。新校舎の校長室の長椅子に寝袋で泊まることにし、校長や大使館勤務の若手外交官たちに手伝ってもらい、糠風呂作りを始めた。それにしても寒い。夜は零下二〇度まで下がる。中央暖房だが、天井が高いので床面近くの室温は低く糠がなかなか発酵しない。作業をしている私たちも寒い。サウナ室の温度を上げて扉を開け放し暖気を導こうとしたが、ほとんど効果はなかった。

校長は、糠風呂についてごく少数の職員にしか話しておらず、保健室に出入りするたびに大きな扉に厳重に鍵をかけていた。しかし、扉は材木を合わせてできているので隙間から発酵臭が洩れる。児童や生徒の送迎で学校の待合室ホールにいる父兄たちが不審がり、噂が流れた。

「密造酒を造っているような匂いがするんだが……」

と父兄に詰め寄られ、校長は必死で否定していた。

糠は発酵したが、なかなかエリツィンを連れてくることができない。担当からは、「近所のおばあさんでも入れて待機していてください」と連絡が入る。Mが入ったり、校長が入ったり、サハロフ委員会秘書ゴルジンの妻が入ったり、元反体制活動家の夫が入ったり、深刻な怪我から背中が痛むという男子生徒を入れたり、漁業交渉でモスクワへ来た日本人外交官の腰痛を治したりしていた。そして一九九九年の大晦日、思惑はあえなく破れる。エリツィン大統領が辞意を表明、プーチンを後継指名した。ロシアは新たなステージに入ったのだった。

糠風呂プロジェクトのあいまの一九九九年一一月一八日、コンスタンチンの二六歳の誕生会に出席した。コンスタンチンはアルバート街にある骨董品店の若き経営者だ。その店でバイトをしていた二〇歳のアンドレイがMのことを大好きで、何度か会ううちに親友でボスのコンスタンチンに引き合わせてくれた。コンスタンチンは結婚したばかり。しっかり者で優しそうな眼鏡美人の新妻をはじめ、二〇代三〇代の若者が郊外のグルジア料理店に二〇名ほど集まった。短い自己紹介のあと、食べて飲んで歌って踊る若者たちに加わってMも踊った。夜も更けたので大勢で三台の白タクに分乗して最寄りの駅へ。全員が揃うまで雪が降る歩道で雑談していた。

「お子さんはいらっしゃるんですか?」とコンピュータ技師の若者が私に質問してきた。

「残念ながら、いない」と答えると、

「どうして?」とたたみかける。私が口ごもっていると、

「オー、ユー・ハヴ・ノー・マネー」と笑いながら言った。図星なので、

「まあね」と、私も曖昧に笑った。すると、そばにいた数学教師の若者が慌てて、

「どうか、許してやってください。こいつ、英語がしゃべりたいだけなんです……」とロシア語でとりなす。心遣いが嬉しいような悲しいような、泣きたい気持になった。

ロシアから帰ると、隣宅から「異臭がして迷惑している」という抗議文が届いていた。Mは、

たまたま廊下で会った隣人に追及され、ひたすら謝っていた。

ほぼ同時期、初台マンションに訴訟を起されていて、裁判が近いと知らされた。通知がいつ来ていたのか知らないが、Mは誰にも話していなかった。訴訟内容は、これまでの五階の滞納家賃と裁判費用を含め四八〇〇万円を払えというものだった。困ったMは宝島社の石井さんに相談し、山口宏弁護士を紹介してもらった。一二月九日に裁判が始まり、決着がついた。Mはほっとしただろうが、返済計画は厳守しなければならない。二〇〇〇年三月から滞納分を上乗せして毎月八〇万円振り込むことになったようだ。Mは、M姉に訊かれても負債や滞納家賃の額を決して明らかにしなかった。


糠混ぜ作業は重労働だ。複数でおしゃべりしながら混ぜることが多かったが、一人のときもある。Mを夜遅く入れると、作業が深夜に及ぶこともあった。一人だと、混ぜ作業はどんなに急いでも一箱一時間はかかる。二箱で二時間半~三時間。全身汗だく、へとへとになる。私がこうした単純作業を厭わない性質でよかった。力自慢でよかった。それでも、毎晩糠を混ぜながら『シジフォスの神話』を思い浮かべていた。シジフォスはゼウスの怒りを買い、罰として重い巨岩を山の上まで持ち上げるよう命令されるのだが、山頂まで行き着く手前で岩は転がり落ちていく。岩を山頂に上げるという苦業が永遠に続くのだ。

私がこんな作業をすることになったのは、なにかの罰なのか。毎晩、汗まみれ糠まみれで作業をしながら、私は自分の運命を呪い、M家のあり方を恨みに思った。どうしてM家固有の無理や矛盾や欺瞞が集積・爆発した果てに、M父母がいなくなった初台マンションの一一階で、大量の糠を、私が混ぜなければならないのか。M父母に親としての自覚がなかったせいだ。M家全員に客観性と計画性がないからだ。Mをはじめ、全員が見栄っ張りだからだ。M家の誰もが、現実を直視しない、問題があることを認めないからだ。これじゃ、ロシアと同じじゃないか。ロシアは、「女性問題」「帰属問題」「強制移住問題」「人権問題」「領土問題」があることを認めない。それに、Mのやり方が間違っていたからだ。さんざん忠告したのに分不相応なライフスタイルを変えなかったからだ。M以外の家族メンバーにまったく想像力がなく、あるいは気づかないふりをして、すべてをMに任せ、誰もMを心配してやらなかったからだ。MはMで、誰にも相談しなかったからだ。

俗物の習い性として、自分以外の誰かを悪者にして責めまくる。悪者探しをしても、運命を呪っても、事態は改善されない。思い詰めると自分が苦しくなるだけ。考えるのをやめようと思うのだが、気がつくとまた考えている。堂々巡りとわかっていながら止められない。何度も同じ計算をさせられているような気分になる。頭のなかで、コンピュータのハードディスクがたてるような「カリカリ、ジーコジコ」という音が聞こえる。いったい私の脳は何を処理しているのか。糠混ぜ作業をしながらM家族への憎しみを増大させ、どうしてこうなったのか必死で整理しようとしていた。きっと鬼のように、夜叉のように見えただろう。

糠風呂を始めて七ヵ月、一一階にはいろんな人がやってきた。

東京新聞外報部の若松篤さんも糠風呂にすぐに興味を示し、混ぜ作業を手伝うと言ってくれた。若松さんは大柄でがっしりした体格。顔も大きくて四角い。一九八〇年代、マニラ勤務時に知り合った現地採用の有能な秘書カルメンさんと結婚した。カルメンさんは華奢な体つきの知的な美人。開放的な性格でなんでも話してくれた。若松さんもカルメンさんも糠の風呂に何度か入り、何度も混ぜ作業を手伝ってもらった。若松さんは、大阪の母上も連れてこられ糠風呂体験させていた。介護ボランティアをしていらしたという、やはり体格のいい母上だ。

「退職したら、大阪で糠風呂やりたいです」という若松さんを、Mは妙に警戒していた。若松さんと混ぜ作業をしていたあるとき、なにかの話から私が、

「最近、特技があるって気づいて……。これ、結構自信あるんです。クローバーがかたまって生えていますよね。そこに四つ葉があれば、私はその場にいる誰よりも速くそれを見つけることができるんです」。

「ふーん」と、若松さん。

「でも、私、本当の幸せを見つけるのは下手なんです」。

若松さんは大声で笑った。が、そのあとで顔をしかめて、

「あきまへんなぁ。関東のオチやな、ソレ。大阪じゃ、そんなん誰も笑いまへん」。

一九九九年七月、Mは高橋さんのブティックで迫登茂子さんを紹介された。もちろん迫さんはすぐに糠に入りにこられた。迫さんは特別な力をおもちらしく、周辺に有力者が大勢集まってお

られる。何冊も著書を出版し、FMラジオで番組をもっている。迫さんの紹介で、二〇〇〇年春から大手出版社社長やN監督夫人が糠に入りにこられるようになった。迫さんは小金井の自宅で毎月一一日に会合を開催。そこには大勢が集まり、いろんな話をしたり聴いたりするらしい。Mも迫さんに会って感じるところがあったらしく、糠以外にもなにかとご一緒していた。二〇〇〇年二月一一日、迫さんが新宿の銀座アスターで〔一一日会〕の一〇周年記念パーティを開いた。その会合でMは発言の機会をもらい、「癌で闘病中だが、元気だ」といった話をした。そこには、薬剤師でアロマセラピストの長谷川記子さんも出席していらした。春めいてきた三月、長谷川さんは一一階を訪れ、薄衣に着替え、持参したカセットをかけ、Mのために舞いを舞っていかれたという。不思議な方だ。巫女のようだ。

季節は廻り、二〇〇〇年も桜が咲いた。高橋さんとそのお仲間と連れだって代々木公園の桜を見てから浅草へ行った。観音様は遠拝で失礼し、岩井さんのご親戚〔駒形どぜう〕で会食。Mは楽しそうだった。数日後には、外出の帰りに播磨坂の桜も見てきた。Mは来年の桜を見ることができるのだろうか。けじめや節目を嫌い記念日を避けてきた私だったが、誕生日が廻ってくることの有難さをようやく知った。人が一生で花見が楽しめる回数など数えるほどなのだ。

サロンは楽しかったが、毎日の重労働で私の身体はぼろぼろだった。糠混ぜ作業を始めてすぐに気づいたが、糠のそばにいるとなぜかとても眠くなる。糠混ぜスタッフも翌日眠くて困ると言っていた。夜に混ぜ作業をすませ、糠を古墳のように成型しておくと、翌朝には糠は発酵して蒸したての蒸しパンみたいに湯気をたてている。糠床は、熱くなると六〇度以上になる。糠部屋には糠に入ってきたコクゾウムシや、成虫だか幼虫だかわからない虫もいた。細かい糠は軽いので掃除機で吸い取ろうとしても飛んでしまう。基本、拭き掃除だ。繊維に入り込むので、糠で使ったタオルや浴衣は一一階の洗濯機を使い、Mの衣類やシーツは切通坂で洗っていた。

糠は発酵すると独特の臭いがする。初台マンションのエレベーターホールからフロアの廊下に常に悪臭が漂っていた。Mは、隣の住人には、パンの発酵の研究をしていると言ってあったが、異臭がするとの抗議で二度ほどもめている。私は廊下に出るのが怖く、毎日、異臭と風向き、糠の温度に神経を尖らせていた。こうした心配を共有し、悪臭が漏れないよう協力してくれ、重労働を手伝ってくださる方が大勢いて本当に助かった。

二〇〇〇年四月八日、誰の紹介だったのだろう、鎌倉から進藤さんという女性が糠に入りにこられるようになった。一九四八年生まれ、五一歳だった。夫は画商。夫婦ともに敬虔なカトリックで、お子さんが五人。長男二二歳、長女二〇歳、末っ子の三女はまだ一一歳だった。進藤さんはミッション系の有名女子高・大学を卒業して、ロンドンに留学していたこともあるらしい。結婚して専業主婦になるが、ここ数年夫の仕事がはかばかしくなく二つの病院かけもちで事務や看護助手をして働いていたという。中肉中背、色白面長、髪が長く、目鼻立ちが整った美人。おっとりとした話し方で、静かで知的な印象だ。進藤さんによると、三月に入ってお腹が出てきてスカートが入らなくなったという。勤務先の病院で診てもらったところ、内臓全体に癌が広がり腹水がたまっていて、もう手の施しようがない。余命三ヵ月といわれた。幼い子どもたちの世話が大変なので神戸の実家から実母に来てもらっているという。

糠風呂に入ると楽になり、お小水も順調に出るという進藤さんに、Mは、「糠の部屋で糠の空気を吸って休むといい」と勧めた。しばらくは鎌倉から通ってこられたが、さすがに遠いので、初台教会の寮に泊めてもらうことになさった。五月の連休明けまでもたないといわれていた進藤さんだが、ときどき腹水をとってもらい、わりと元気にしていらした。朝八時に初台教会の宿舎を出て、山手通りの東側、プラタナス並木の歩道をゆっくり歩いて通っていらした。一ヵ月ほどした連休明け、進藤さんは鎌倉の家に帰ると言い出した。

「子どもたちの服、夏服に入れ替えなくちゃ……」。

自分がいつ死ぬかわからないのに家族の衣替え……か。そうなのだ。するべきは普段どおりの生活だ。死ぬといわれたからといって、四六時中病気のことを考えているわけではない。突如、哲学や宗教に目覚め、悟りをひらくわけでもない。当座心配なのは子どもたちの今日の食事、明日に着せるものなのだ。進藤さん夫が様子見と挨拶にやってきたことがある。二言三言言葉を交わしただけでMは進藤さん夫を嫌っていた。進藤さん夫が帰ったあと、

「あんなふうだから、進藤さんが病気になるんだ」と憤慨し、あれこれ分析してみせる。

「そうなんです……。おっしゃるとおりです」と進藤さんは笑っていた。

子どもたちも感心な子揃いだ。バイトをしながら家事を手伝っている長女が一階に来たことがある。気丈に振舞っていたが、悲しみと不安と緊張で疲れきった表情が痛々しかった。夏休み、末娘は母親から離れがたいらしく、寮に泊まって一緒に一階にやってきた。教会から幼い少女

と並んで歩いてくる進藤さんは、出産を待つ母親のように見えた。母娘はときどき、二人並んで風通しのいい東北部屋で昼寝をしていた。少女のためにMはよく昼食を作ってあげていた。進藤さんは九月三〇日に亡くなった。

七月の初旬、進藤さんとMは話したらしく、Mがメモを残している。

「結婚してから一日として同じ日がありませんでした。余裕のない生活で、病気になって初めてのんびりしました。健康にすごさせてもらい美味しいものをいただいたここでの三ヵ月間は、私の人生にとっておまけのようなものでした。夜、教会で一人のときにこむら返りが起きて不安でした。病院へは行きません。『抗癌剤やりますか？』って聞かれるだけですから……」。

二〇〇〇年五月、連休最後の日曜日、北東部屋は早朝から陽が射してまぶしかった。目が覚めたのが六時頃。さぁ起きようと、床に敷いた布団から半身起き上がった瞬間、私は激しい眩暈と吐き気で倒れ込んでしまった。周囲の景色がぐるぐる回る。寝ながらにして遊具のコーヒーカップに乗っているようだ。少し頭の位置を変えただけで気持が悪く、ゲボゲボ吐いてしまう。しかし、胃のなかはからっぽなので何も出てこない。回転性の眩暈の発作だ。私は、

「Mさん、なんか変。すごい眩暈と吐き気……」と言うと、Mがすぐに起きて私を支え、

「大丈夫だ、片岡。これは、今流行っている眩暈のする風邪だ」と適当な気やすめを言う。

「違う、違う、風邪じゃない。メニエールかなぁ。とにかく、気持ワルイ……」

と洗面器をもってきてもらう。すぐそばのトイレにいくのも決死の覚悟。用を足しているあい

だも吐き気が襲う。布団に戻ってしばらくゲボゲボ。頭が安定すると吐き気はおさまるが、景色はグルグル回っている。九時過ぎに、Mが耳鼻科の小林医師のご自宅に電話した。

「メニエールの発作でしょう。安静にして水分をたっぷりとるように。電解質のスポーツ飲料がいいでしょう。で、落ち着いたら僕が出る水曜にでも新宿のクリニックにいらっしゃい」。

Mは急いで裏の酒屋でポカリスエットを買ってきた。私の発作はかなり重いものだったらしく、夜一〇時頃までトイレにしか起きられなかった。月曜になっても、まともに起き上がれない。夜にいらした糠顧客の堀越さんは、

「大丈夫、メニエールじゃ死なないから……」と、お見舞を置いていってくださった。

しかし火曜夜は人手がなく、糠混ぜを手伝わされた。水曜午後、Mの運転で新宿西口のクリニックに連れていってもらった。新緑と青空がまぶしく、景色が揺れてまっすぐ歩けない。小林医師に、「聴力に異常はないが、眼球の細動がとれていないので、無理しないよう」いわれた。

あの発作は耳が原因だったのだろうか。心身ともに疲れ、ひどいストレス下だったが、大型連休でいつもより気持にゆとりはあった。前日は、夜遅くまでカーテンを縫っていた。夏に向かい、糠の顧客がお風呂からあがって裸になっている姿が、北側に建ったやはり一一階建てマンションの窓から丸見えではいけないと思い、白とペパーミント・グリーンのストライプ生地を三〇メートル買ってきて、切通坂の部屋いっぱいに広げて裁断し、二日間せっせとミシンを走らせていた。前日夜にほぼ仕上がり、ほっとして就寝したのだった。原因は目だろうか。何時間も縞模様を見ながら集中作業していたからなのか。

迫さんの紹介で春から通ってこられるようになったN監督夫人は才媛の誉れ高く、料理本も多数出版しておられる。レモンメレンゲパイやバナナクリームパイ、パンプキンパイ、プリンも絶品。カレーやクラムチャウダー、スープやコロッケもたくさん、頻繁に差し入れしてくださり、顧客・来客とともに大いに楽しませていただいた。大手出版社社長からも老舗の銘菓や手作りのイースターエッグなど、いろいろいただいた。二〇〇〇年六月、Mは迫さんと出版社社長、N監督夫人ら数人で伊勢神宮参りにいってきた。神宮の清浄な空気と鮑や伊勢海老を堪能してきたらしい。あとで送られてきたスナップ写真を見て、Mは、

「ねぇ、僕、影が薄いよね」と言っていた。

糠風呂を始めてほぼ一年、サロンには大勢が出入りし、大勢が亡くなった。

ＪＲ病院の呼吸器科病棟で同室だった小形さんは、二月に手術を受けたあと放射線治療で寛解。退院して仕事に復帰した。造園業で現場に出ながら、一九九九年秋から週に二回ほど糠に入りにくるようになった。幡ヶ谷からは自転車で一〇分ほど。しかし、Mは小形さん妻に嫌われているらしく、「初台へ行くというと妻は不機嫌になる」と小形さんが苦笑していた。反対されながらも小形さんはやってきて、Mや客たちと話し、昼寝をしていかれた。

「痛み止めは二時間しか効かないけど糠だと半日は楽になるんです。よく眠れるし」と言う。

あるとき私は、「アートって何なんでしょうね?」と尋ねてみた。

『ポストメディア論』を訳し終えた直後で、「アート」や「メディア」の定義を始終考えており、

会う人、話す人、手当たり次第に同じ質問をしていた。

「〈アートとクラフトの違い〉、〈大芸術と小芸術〉とか、〈ジャンク・アート〉とか〈ファイン・アート〉とかいいますけど、どこで線を引くんでしょう。誰が評価するんでしょう。鑑賞者としては、その作品が好きかどうか、何度も見たいか、そばに置きたいか……くらいしか基準がないですけど」と、小形さんにも何度か質問していたのだ。

その日もお茶で水分補給してから小形さんは糠部屋へ入られた。ざっと自分で糠をかけてもらったあとに私が入室し、全身を覆うようにして埋めていく。埋められながら、小形さんは、

「……アートの定義ですけどね……、人間が作ったものすべてじゃないでしょうか。僕はそう思う。で、自然にあるものがネイチャー」とおっしゃった。

「ほぅー」と、私。腑に落ちたような気がする。

「そっかぁー。そうですね……。たしかに、道路も橋も家も、電気釜も自動車もアートですよね。これはスッキリしていいですね」と言いながら、糠箱の縁を廻って埋め終わった。

「ん？　……してみると、アートネイチャーって、すごいネーミングですね！

いやぁ、すごい名前じゃないですか……。ねぇ」

と植毛CMを思い浮かべながら感心してみせた。糠に埋まった小形さんも、愉快そうに笑った。

自然にあるものとヒトが作ったもの。建物、衣服、料理、言葉、電車、パソコン、本、法律、国家、学校、戦争……、周囲はアートだらけだ。美術や音楽は求める人の好みで評価が分かれる。

私たちは、日々アートの成果を享受し活用し消費し癒されながら、いっぽうで翻弄され破滅させ

られる。自然をここまでアートで捩じ伏せ、アートにどっぷり浸った暮らしぶりで、外界はもちろん私たちの内なるネイチャーは大丈夫なのか。どのみちアートで克服するしかないのだろうか……。

梅雨に入ってからのある日、小形さんが沈んだ様子でやってきた。
「僕、もうどう考えたらいいのかわからなくなりました」とオロオロしている。
「昨日、うちで預かっている若い子が死んじゃったんです、現場で……。昨日の現場、団地だったんですよ。昨日は一日強い風が吹いていたでしょ。朝から作業していて、昼飯にしようかって車へ戻る途中。僕らは先に行ってて、その子はうちの若いのと二人で高層アパートの横を歩いてて……。うしろから吹いてきた突風に身体をもっていかれて、階段口から半地下の踊り場に落ちたんです。打ち所が悪くて……。二一歳ですよ……。親はどんな気持か……」。

夏至も過ぎた七月末、沓水《くつみず》さんという一九四八年生まれの女性がやってきた。二月に右胸のしこりに気づき、数ヵ月でサイコロキャラメル大に増大、七月から背中がこわばるようになったという。九月に手術を受ける予定だが糠に入っておきたいと、埼玉の自宅から九〇分かけて通勤モードで通ってこられた。長い髪を二つに結わえTシャツにつなぎのパンツ、ピクニックバッグにお弁当やタオルや着替えを入れていらっしゃる。スナックを経営しておられ、夜お店に出るときは「シャネル・スーツなの」だそうだ。息子さんに、「お母さん、焼肉ばっかり食べてたからだよ」と叱られたという。いつもニコニコ明るい方で、一一階に着くと電気煎じポットにアガリクスをセットし、一日滞在して糠風呂に二～四度入り、夕方帰っていかれる。一一階の留守番や接客介助を快く引き受けてくださり、本当に助かった。

前にもふれたが、一九九九年七月末に糠風呂を始めて暮れまでの五ヵ月間で、私が知るだけで顧客が一〇五名。続いて二〇〇〇年の五月までに新たに顧客が四四名増え、介助回数は一日平均五回、多い日は一一回、五ヵ月間でのべ一九三七回。六月から二〇〇〇年の暮れまでのあいだに、さらに二五名の顧客が加わり、一日平均九回、多い日は一三回、七ヵ月間でのべ一一二六回介助した。これは、私が承知しているだけの数字で、MやM妹、留守を託した方や付添いの介助も含めるともっと多い。三〇名余りだった糠混ぜ作業隊に、新たに二五名が加わった。糠風呂を動かしていた二〇ヵ月間で、私は一八〇名近い方たちと一一階で出会ったことになる。Mはもっと大勢に会っている。

私は田舎育ちなので、母がしていたように、冬はサツマイモ、夏はトウモロコシや枝豆を大量に蒸して、大きなテーブルの上にどんと置いておいた。たき工房の滝沢さんは、四〇代男性秘書の運転で出勤前や仕事のあいまに糠に入りにいらした。秘書さんも混ぜ作業を手伝ってくださる。居合わせた方たちが、蒸したトウモロコシを「懐かしい」と笑顔で召し上がる。西瓜やメロンも、大勢でたくさん食べた。合宿気分だった。

二〇〇〇年六月、ロシアでお世話になった東郷トモコさんが妹のアーちゃんを連れて登場。姉妹の幼馴染で、肝機能が弱っているという石神さんを糠風呂に入れたいとおっしゃる。アーちゃんは、「私、糠混ぜするから」と宣言して、一一階に通っていらした。姉妹揃って一六八センチの長身、混ぜ作業も早くて完璧だ。石神さんはMと同じ一九四七年生まれだが、早生まれなので学年は一年上。アーちゃんとはゴルフ仲間、つぶらな瞳で睫が長い。二人はお揃いのベンツでやってきた。石神さんはいつもカジュアルな、でも上等な服をすっきりと着こなし、香水はアラミス。糠に入ると、糠とアラミス、両方の匂いがした。毎回、鳩居堂の熨斗袋に謝礼を入れてくださった。桜、バラ、水仙、松、椿、鶴や唐草模様、季節に合った美しい和風の意匠。皺ひとつない。

私はその場にいなかったのだが、高橋さんはMの尋常でない怒り方を目撃して驚いたという。M姉の車でM母が一一階を訪れたときのことらしい。M母が言ったことに腹を立てたのか、練馬へ帰ろうとするM姉の車を追いかけ、山手通りをMが疾走したというのだ。甲州街道を越えてロッテ本社あたりまで追跡したらしい。すさまじい形相と勢いに、「病気なのに、あんなに走ったら命が危ない」と、高橋さんは胸が潰れるほど心配したとおっしゃる。

「自傷他害。他人を害することと自分を傷つけることは、詰るところ同じ行為なんだ……」とMは常づね言っていた。我慢した末に爆発的に怒るのでなく、普段から家族と話すことはできなかったのか。

Mの病気は、究極の「自傷」のような気がしていた。

二〇〇〇年の夏、実家の母が奇妙な電話をよこすようになった。

「今、うちに政治家さんたちが来ていて台所のテーブルで討論している。よく発言するあの女の人は共産党の人かね？　一一時で夜も遅いから、車を呼んで帰ってもらったほうがいいだろうか……」。

「お母さん、ちょっとテレビ消してみる？」と、私。

「うちのお母さん、シュールだわ」と面白がっていたのも最初のうちだった。

新潟に定期的に帰ることは難しかった。その頃、早朝割引切符が前日夜の一一時まで買えたので、六時代、七時代の上越新幹線を利用した。朝四時代に起きてMに代々木駅まで送ってもらう。連日深夜まで糠混ぜ作業をしているので、起きるのが辛い。新幹線のなかでぐったり眠り、朝八時過ぎに新潟の実家に着いたあと、さらに一時間仮眠。昼前から動き出す。晴天なら裏庭に布団を干し、曇っていてもシーツやカバーやパジャマやタオルケットなど大物の洗濯をして駐車場に干す。部屋を掃いて拭いて、朝市やスーパーへ買物にいき、一緒に食事をする。

結局、東京でも新潟でも、やるべきことは同じ。生活とは、掃除、洗濯、買物、調理、食事、一緒にいることなのだ。どこにいても、役割と機能を果たすことが期待されている。

実家に帰ったときに行くショッピングセンターに無料占いコーナーがあった。その日の鑑定師は怪しい感じが比較的少ない細身の中年男性だったので立ち寄ってみた。姓名判断だった。

「ああ、あなた、墓守ですね」と言われた。

「どういう意味ですか……」と訊いたら、

「もう、墓守の仕事をしていますよ」。

7章　脳に転移

放射線科で『終着駅』を歌う

ユーラと愛車と本郷さんと　1996年

自宅で糠風呂を始めて一年が経ち、二〇〇〇年七月二〇日、Mは五三歳の誕生日を迎えることができた。高橋さんがシャンパンをもってお祝いにいらした。アーちゃんからはチーズケーキ。ワインやキャビアやお洒落なTシャツ、花籠と、たくさんプレゼントをいただいた。

七月末、Mは大学一年生から欠かしたことのない毎年恒例の成城学園の夏の水泳合宿に駆けつけるという。

「炎天下の遠泳指導なんて……。無理すると、いいことないのに……」

という周囲の反対を押し切って出かけていった。南房総・富浦海岸、真夏の陽射しは強烈だ。毎年真っ赤に日焼けして帰り、謝礼の封筒をM母にお小遣いとして渡すのが学生時代からの行事になっていた。M母は嬉しそうに受け取る。健康だった頃と同じように行動することで、死の影を遠ざけようとするMの決死の覚悟が感じられ、誰も止められなかった。

八月八日、JR病院でのCT検査で肺癌が小さくなっていることがわかり、Mは大喜び。M姉夫に御礼の手紙と、自分で訳した詩をファクスしている。

［M姉夫へ］二〇〇〇年八月八日

……ＣＴの結果を見た主治医が、今までにない表情で待ち受けておられ、「すべての癌が全面的に改善されています。これはなにかの治療法が功を奏しているとしか思えません」とおっしゃいました。……（中略）……　本来、長男である私がするべき母の世話を姉の一家が長期的に引き受けてくださり、私に治療に専念させてくださったおかげです。お義兄さんが私の命を救ってくださいました。

『人生の祝福』（ニューヨーク大学リハビリテーション研究所の壁に刻まれた詩）

大事を成すことを願い　力を与えてほしいと求めたのに、
慎み深く従順であるようにと　授かったのは　弱さだった。
より偉大なことができるようにと　健康を求めたのに、
より良きことを為すようにと　授かったのは　病弱だった。
幸せになろうとして　富を求めたのに、
賢明であるようにと　授かったのは　貧困だった。
世の人びとの賞賛を得ようとして　権力を求めたのに、

神の前に跪くようにと　授かったのは　弱さだった。

人生を享受しようと　あらゆるものを求めたのに、
あらゆることを喜べるようにと　授かったのは　ささやかな一つの命だけだった。

求めたものは　何ひとつとして授からなかったが、願いはすべて　聞きとどけられた。

神の意にそわぬ者であるにもかかわらず、
心のなかの　言葉に言い表せない祈りは　すべてかなえられた。

私はあらゆる人生のなかで　もっとも祝福された人生を送ったのだ。

［多くの人の善意に支えられて］二〇〇〇年八月一三日
私の闘癌生活は、多くの人の善意に支えられました。信じ難いほどの大きな善意に。
バランスのとれた複合ビタミンとアガリクスを絶やすことなく送ってくださった圓尾紀一朗さん、有難うございました。乳酸菌完全熟成発酵生成液〈智通〉を溢れるほど送ってくださった従兄の福井正勝さん、身辺に智通がたっぷりあって心強かった。免疫機能を強化するメシマコブやビタミンCを二年間にわたり送ってくださった長年の友人菊地啓明さん、ご厚意に甘え続けて恐縮の極みです。癌を得た初期の頃より、治療装置の夜毎のメンテナンス作業をお手伝いくださった高橋さん、志岐さん、岩井さん、森さん、私の危うかった命はお姉さま方がお救いくださいました。二〇〇〇年六月、私を生まれて初めてのお伊勢参りにお連れくださったN社長、迫さん、Nさん、Yさん、Sさん、伊勢神宮の杜で樹木の霊気をいっぱいに吸い込んで、有難さに時の流れを忘れました。この夏からメンテナンスにいらしてくださっている東郷さん田口さん姉妹、生きてご恩返しをします。妹夫婦には感謝でいっぱい。長男のタッ君、長女のマキちゃん、アンクルの命を君たちが救ってくれました。夜間メンテ作業で、水曜日の宮松廣行君、金曜日の瀧野秀則さん、火曜日の若松篤さん、日曜日の岡田誠道君、本当に感謝しています。ヒトちゃんとバレーボールOB女子の支援なしに大仕事は無理でした。事業・会社のパートナーの光明さん、久巳さん、敏子お母さん、言葉に言い尽くせないほど感謝しています。御礼のご挨拶に今から新幹線で伺いたいところですが、しばらくは身を慎ませてください。

Mは、肺癌が小さくなって心の重石がとれたかに見えたが、身体は疲れている様子だった。糠混ぜ作業をしていても、すぐに休みたがる。「安心して、これまでの疲れがどっと出たんだ」とか、「夏風邪をひいたのかもしれない」と言っていた。ときどき頭痛もするらしく作業でうつむくと気分が悪くなるという。猛暑でもありアイス枕をして横になっていることが多くなった。

お盆帰省を終えて東京に戻った私も何度か眩暈と吐気に襲われ、体調が悪かった。

八月一八日、糠混ぜ作業にきてくれている建築士の瀧野さんが、リフォームを終えた自宅に招待してくれることになった。三宿のデザイナーズ・マンションだ。前から誘われていたのだが、なかなか訪問できずにいた。ようやく行けそうだというその日、夕方から白のハイエースに乗りMの運転で出かけた。なんとなく運転が不安定だったが、話しながら世田谷区役所あたりで左折をしたとき、曲がり方が甘く、右車線へ出てヒヤッとした。

「どうしたの？」と驚き、もう一度左折をしたときに、さすがに瀧野さんもびっくりして、

「僕が運転します」と、車を路肩に寄せて席を代わった。

「どこか悪いのだろうか……」と不吉な予感で胸が詰まった。Mはうしろの席で横になり、とりあえず瀧野さん宅に到着。Mはリビングの絨毯に横にならせてもらい、私だけメゾネットの二階に上がり、大きなガラスが斜めに羽目殺しになっている明るい南の部屋を拝見した。庭にバナナの大きな葉が茂り、キッチンの調度も濃緑で統一されてお洒落だ。Mが少し落ち着いたので、用意してくれていたお料理をパックでいただき、瀧野さんに運転してもらって初台へ帰った。

即ＪＲ病院へ行くべきか迷ったが、東大の耳鼻咽喉科外来が六日後の二四日で、それまで様子をみたいというので、Mは糠に入って休んでいることにした。

八月一二日、ロシアの原潜クルスクがバレンツ海で沈没。その一報が一四日に流れ、二一日には乗組員一一八名は絶望的という発表があった。文化放送から日本テレビに移ったアナウンサーの倉林さんから電話が入り、ニュース番組用にコメントがほしいという。二二日の午後、Mは一一階で取材に応じ、事前に倉林さんに熱心にブリーフィングをし、クルーにも気を遣い、収録を終えて一行が引き揚げると、倒れ込むように横になった。

そういえば、私が帰省しているあいだに、Mは近所の郵便局に大事な書類と判子を置き忘れ、親切にもそれを届け出てくださった方がいらしたと聞いた。

肺癌手術後一年三ヵ月が経った二〇〇〇年三月末、JR病院で撮った頭部MRI写真に異常はなかった。玉置医師から放射線科の所見を聞き、「半年ごとにMRIを撮ればいいでしょうか？」とMが訊ね、「一年後でいいでしょう。転移してもガンマナイフで手術できるし……」という答で、安心していた。Mは、六月の東大耳鼻科外来もバイクで行っていた。

八月二四日の外来は、さすがにバイクは無理だ。今井は配達なので、宮松君に車を出してもらい、午後から東大へ向かった。耳鼻咽喉科で名前を呼ばれ、診察室に入ったMを見た瞬間、菅澤医師の顔色が変わった。先生はすぐに椅子から立ち上がり、両手を伸ばし、Mを支えようと近づいてこられた。Mも不安そうだった。

「緊急にCTを撮りましょう。明日入院してください。今日はプレドニンで腫れを抑えて……」と薬が処方された。恐れていた脳転移か。

帰り道、甲州街道で車が山手通りに近づくと、Mは宮松君に初台の〔蘭蘭酒家〕に寄ってくれと頼んだ。夕方七時近かったので店内は賑わっている。Mは顔馴染みのママさんがいるレジへ近づいていった。出前を頼むつもりだ。

「僕、明日からまた入院するんです」と言って、料理を選ぼうとするのだが、思うように進まない。ひどくうろたえている。Mの動揺が伝わってくる。頭が働かないのかもしれない。ふらふらして、立っているのがやっとだ。

「もういいよ、Mさん。もういいから……」。

そばにいる私が、つい涙声になってしまう。ただならぬ気配を察したママさんは、丁寧にMのリクエストを確認して出前を引き受けてくれた。一一階に帰ると、石神さんが糠風呂からあがり、アーちゃんとトモコさんとご長男で混ぜ作業を終えたところだった。

「皆さん、僕、明日からまた入院することになったんです。今、蘭蘭からお料理が届くので、皆さんで召し上がってください」と言った。

たくさんの料理が届いた。皆、ご馳走を前にして困惑している。Mは明るい声で誘った。

「美味しいんですよ、ここのは。さあ、どうぞ！」

不安な夜をすごして、二五日に東大病院・耳鼻咽喉科に入院。病室が決まり、CT写真を見せられ、説明を受けた。写真の脳は星雲のようにも泥水やマグマが渦巻いているようにも見え、中央の脳室が歪んでいる。右脳にある四センチ大の腫瘍が液の流れをせきとめ、脳が腫れているので吐き気や頭痛がひどいのだと聞かされた。

二八日朝には一時意識を失ったという。脳外科に移って夜には導尿。二九日にはアンギオ（鼠《そ》蹊《けい》部の動脈にカテーテルを挿入しての血管造影）検査。それが大変だったらしい。夕方、M姉妹と私がカンファレンス室に呼ばれ、手術を担当する三名の医師から説明を聞いた。

「右の額の頭蓋を切り、脳もどけて、腫瘍をとりにいきます。前頭葉の一部が欠けるので、以前より感情が抑えられなくなったり、大きな声を出すようになるかもしれません」。

M姉妹と私が驚きもせず困った表情も見せないので、医師たちは怪訝そうな様子。

「そもそも、そういう人なので……」と三人で笑うと、医師たちは呆れていた。

「あと半年です」とも、言われた。

八月三一日、朝七時から手術開始。私は昼前にいったん初台に戻り、糠風呂顧客三名を介助したあと、午後三時に東大へ戻った。手術は夜六時まで続いた。手術を終えて、「小指の爪の先ほど残してきました」と川原医師がおっしゃった。縫合のあと、なかで出血していないかをCT画像で確認したのち、帰宅の許可が出たのが夜の一〇時だった。

脳外科の病棟は壮絶だ。トイレや廊下で患者がバタバタ倒れる。緊急を知らせるベルが鳴り、看護師たちが走り回り、騒がしい。九月一一日、放射線科のN医師に、

「腫瘍を全部とると半身不随になるのでQOLを考えて残してきました。それを叩くために、放射線をやるなら今です」と言われた。

九月一二日、名古屋で乳酸菌飲料の代理店をしている武田さんから慌てた声で電話が入った。顧客からの連絡で、「乳酸菌飲料にゴマ粒大の黒いものが入っていた。保健所に持ち込む」と言っているという。さしあたって、武田さんに現品の回収と謝罪を頼み、大阪の充塡工場に直送してもらい、黒い粒を確認、特定してもらうことにした。八月に雪印乳業の異物混入事件が起きた直後で、業界も消費者も過敏になっていた。事務所で電話対応していたところ、今井が配達から戻ってきた。

「そんなの、委託製造先に責任とってもらうしかないじゃないですか。充塡工場に連絡して回収してもらいます。弁償もしてもらわなくては」。

「ちょっと待って、まずは製造販売者の責任なんだから、。

病院のMさんに報告して相談してくるから、勝手に動かないでね」と、私するると今井は、脅すように声を荒らげた。

「仕事をしているのは僕で、あんたは素人なんだ。あんたは翻訳してればいいんだ！」

充塡工場からは、乳酸菌飲料を加熱する工程で大釜の蓋のパッキンのゴム部分が疲労してパラパラと落ちたのが何本かに入ったらしいとの回答がきた。顧客には詳細を説明し、問題のない製品に取り替えて謝罪してことなきをえたが、充塡工場から「この仕事を辞退したい」といわれたことが、入院中のMにはこたえたようだった。

病理検査の結果、脳腫瘍の組織も悪性と良性の混合腫瘍と判明。良性部分は耳下腺の特徴を備えているという。傷は順調に回復しており、薄皮ほど残してきた腫瘍と手術時に散ったかもしれない癌細胞が急速に増殖するのを防ぐため（Mの腫瘍が増大するペースはかなり速いとのこと）、放射線照射をすることになった。強いX線で、六〇グレイとなるよう二グレイずつ三〇回、土日が休みで六週間の予定。本人は初めての放射線治療を嫌がっていたが、肺の手術後二ヵ月で癌が全葉に散ったことを考慮して先生の意見に従うことにした。

半地下にある放射線科病棟に移ったMは、六人部屋で窮屈そうにしていた。放射線照射は一九日に開始。照射初日、MはM姉の車で初台マンションに一時帰宅したが、三九度近い熱が出た。糠に入る元気がなく、ずっと横になっており、夕方早めに今井が病院へ送っていった。三八度台の熱が三日間続いたため検査をしたが、肺炎ではなかった。白血球の数値が落ちているのは術前からプレドニンとヒダントールの投与が続いたせいではないかという判断で、薬を変えて観察しようということになった。熱はそれから一〇日間ほど続き、糠風呂に入ることができなかった。

Mの消耗は激しく、後頭部からの照射のせいで顔全体が赤黒く灼け、皮膚がただれ、痛々しかった。

九月二二日、一一階の部屋の所有者の代理だという不動産業者が会いたいといってきた。滞納家賃の件で相談したいという。Mは放射線照射が始まったところで、病院を抜け出してどこかへ出向くことは難しい。代理人は初台まで来るという。Mは、私に応対してほしいという。一番嫌な役どころだ。こういう事態で当事者になるのを避けるために結婚しないできたのに。経済を別にしてきたのに。頼み込まれてやむをえず、二六日にマンション一階のロビーで代理人の不動産業者に会い、話を聞き、返済計画の提案書を受け取った。

九月二三日、Mは午後二時から帰宅していたが、熱が下がらないのでベッドで安静にしていた。取引先の大野社長から何度も電話が入る。

「濃縮アガリクス液をお試しなさいな。癌が治った人が大勢おられますのよ。今からその方をお連れしますから。その方のお父さま、癌が消えたんですって」。

私は応対が苦手なので、保留にしてMに回す。Mも電話に出るのを嫌がった。効き目も定かで

ないサプリメントの説明を聞かされるのはうんざりで、それを買うお金もない。それでも、

「Mさんのことを思えばこそ……」と強い押しで何度も電話がくる。私はMに、

「自分で電話に出てよ。それに……Mさん、どうせ誰のいうことも聞かないし……」

と受話器を渡そうとした。すると、Mは、

「もう、誰の言うことを聞いたらいいのか、わからない……」

と言って、布団をかぶって背を向けた。心細そうな声に、私も急に不安になった。

そうだよね。いったい誰が勧めてくれる何をしたらいいのだろう。もう、手がないのか。


放射線照射が始まって二週間ほどすると、Mも落ち着いてきた。朝の照射を終えると、バスで御茶ノ水駅へ出て、総武線で代々木駅まで来る。代々木駅へは、配達中の今井が回るか、休日にはM妹夫が迎えに出て、初台まで連れてきてくれた。一一階で何度か糠風呂に入り、夕食をすませ、九時に間に合うよう今井が東大病院へ送っていく。病院への帰り道、毎晩Mと今井がどんな話をしたのか知らないが、癌だと知らされて今井は衝撃を受けたようだった。

「自然食品や健康食品を扱っている会社の社長が癌だなんて、敗北です。みっともなくてお客さんに言えません。Mさんにはあれほど運動するように言ったのに、……暴飲暴食と睡眠不足がいけないんです」と嘆いた。


ある日、面会時間が過ぎたので帰ろうとすると、Mがポツンと呟いた。

「世界でたった一人になったような気がする……」。

言われて胸が詰まる。黒雲の塊が押し寄せ、それにすっぽり包まれたようで怖くなった。Mは、宇宙空間に放り出された感じなのだろうか。暗い空の下、茫漠たる荒野にたった一人残されたような、寄る辺ない感じなのか。虚をつかれた私は、いつもより強い口調で、

「一人だなんて冗談じゃないわ。初台じゃ、皆、必死で糠を混ぜてMさんを支えているじゃない。大勢の人に助けてもらっているじゃない。それに、誰にも知らせないって言ったの、Mさんじゃない」と怒ってみせた。

「入院していることは知られたくないような気もするし、誰にも知られないのも寂しいような……」とMはうつむいた。

何をどう言ってあげればよかったのだろう。私は、一緒に不安になっただけだった。

どこにいても情報収集に意欲的なMは、放射線科でも「発見があった」と報告してきた。

「この病棟、一郎とか一男とか、長男の名前が多くて、確認するとほんとに長男なんだ」。

そこで、奥村チヨの『終着駅』で替え歌を作ったという。

♪東大病院地下病棟、
哀れな長男のふきだまり。
今日もひとり、明日もひとり、

過去へと消えていく♪

と、私やM妹に歌ってみせた。M妹はこの歌をいろんな人に歌ってきかせ、笑わせていた。M妹をはじめ、M父、M姉、Mも歌がうまい。M母が歌うのは聞いたことがなかった。放射線科にいた頃のMのメモが残っている。震える字で卓上カレンダーに書いてあった。

ガンの存在を許す　私の体の中で転移し、アソベ
一生いてもいいから　お願い静かにしてね。
患者よ、お前はガンを忘れろ

一年以上酷使した結果、糠浴槽の一つの底板が剝がれて捲《めく》れ上がり、混ぜ作業時に危険になった。九月末、アーちゃんが友達を介して大工さんを手配して、張り直してくださった。

私が頻繁に東大病院へ行くようになり、顧客や付き添いの方、M妹や混ぜ部隊に糠風呂を託す機会が増えたため、伝言ノートを作った。その日の動きや糠の様子、予約状況、引き継ぎ事項、電話や来客のメッセージを書いてもらう。アーちゃん弟子のアンズちゃんがパソコンで作ってくれたイラスト入りの『糠混ぜ作業マニュアル』は、わかりやすいと皆に好評だった。

アンズちゃんと相談し、異臭が廊下に漏れないよう何ヵ所かで天井から床まで幕で仕切ろうということになった。アーちゃんの命を受け、アンズちゃんが長いツッパリ棒を数本買ってきてく

れた。たまたま、初台マンションから撤退した縫製業者が捨てていった黒いベルベット地が大量にあったので、糠部屋へ続く廊下とリビングとのあいだに黒幕を垂らし、リビングと玄関ホールのあいだにも黒幕、さらに廊下に漏れないように、玄関扉の内側に黒幕を張った。いくら厚地でも布で異臭は止められないのだが、せめてもの策だ。入口からカーテンコールのようにいくつもの黒幕を開けて進むことになり、まるで秘密の劇場だ。これで、一一階の糠風呂サロンはますます怪しく、いかがわしくなった。

世の中の大半の人は、元気に暮らしている。お見舞の言葉も健康な人ならではだ。

「ほっそりして羨ましいよ。俺なんか、ジョギングしてもなかなか痩せなくて」。

「誰もがいずれ死ぬんだし。皆、おんなじだよ」。

「これを機会に、ゆっくり休養とったらいいよ」。

「いずれ、人間死ぬのよ。私だって明日どうなるかわからないのよ」と、M姉。

これは慰めになるのだろうか。たしかに「皆、いずれ死ぬ」のだが、あなたは、さしあたり体調は悪くない。痛みもないし、自分の足で病院に見舞にきている。余命も切られていない。

一〇月に入り、骨、右の頸部リンパ、直腸、肝臓、胸に転移があると次つぎに判明。左手親指も麻痺し、Mの体調は最悪、精神的にも落ち込んでいた。

いっぽうで買掛金やカードローン、滞納家賃はどんどん嵩んでいく。負債総額はいくらなのかM姉や私が問い詰めてもMはがんとして答えない。脳腫瘍で入院した八月末から、Mの指示で私が銀行で送金するようになり、少しわかってきた。一年前の裁判で返済計画が決まった初台マンションへの送金は、二〇〇〇年三月から毎月八〇万円。一一階の家賃は滞納分の一八二万円の支払いを猶予してもらい、月々の二七万円はきちんと送ると約束したようだった。

もちろん、生活費や医療費、会社の経費もかかる。Mは、M姉夫妻やM妹夫妻に支援を求め、皆さんから何度もいただいたお見舞と、糠風呂の謝礼でやりくりしていた。

Mが東大病院に入院してからは、さすがに深夜までの宴会はなくなったが、「グルメな闘病」は続いていた。手術や放射線治療で私が病院へ行く機会が増えたため、いろんな方たちが留守番や接客をしてくださった。夕方初台に帰ると、夜から糠混ぜを始める私のために、さまざまなお惣菜が置いてあった。瀧野さんのお母さまや妹さんからは、お漬物や酢の物、きりぼし大根、肉ジャガ、インゲンの胡麻和え、ヒジキ煮など、私が絶対に作ることができない家庭料理。病院帰りの陰鬱な気分が癒された。M妹はポトフや水餃子などさまざまな惣菜や手料理。N監督夫人もハンバーグやローストビーフ、洋梨タルト、ポテトサラダなど、たくさん運んできてくださった。アーちゃんは料理のプロで天才だ。なかでも黄金色に輝くビーフ・コンソメゼリーは天国の味。口に含んだ瞬間にさぁっと溶けて舌を旨みが包み込む。上等なお肉と野菜のブイヨン、あらゆる香味野菜とスパイスを感じるのだが、どれもとんがってない。香り高いヴィシソワーズ（ジャガイモの冷製クリームスープ）はザラザラと幸せな舌触り、大きくて柔らかいビーフがゴロゴロ入ったリッチな欧風カレー。毎回、大きな円柱ガラスの密閉容器で二つもいただくのだが、独り占めしたら罰があたる代物だ。Mは、もちろん大喜び。顧客や来客、大勢に自慢しながら振舞った。普段の食料品をナショナルや紀ノ国屋で買う人はまわりにいなかったので、私はいちいち感心した。Mが好きだからとレトルトの鰻蒲焼。ハンバーグ、ローストビーフ、タンシチュー、ちらし寿司、カボチャの煮物、ティラミスやガナシュ。私が恐縮してモジモジしていると、

「今日は特別！」

「Mさんは、特別だから！」

「みい子さんに特別！」

「ちょっとね、馬で勝ったのよ」

「ちょっと株がね」と一言添えてくださる。

アーちゃんの「特別！」にどんなにか助けられ、何度甘えたことか。

駒場のM妹宅でもよく夕食をご馳走になった。糠風呂を始めてからは、M妹がMの衣類の洗濯を一切引き受けてくれ、自転車で行き来できるからと、糠顧客の介助にもすぐに駆けつけてくれた。M妹夫とタッ君も糠混ぜを手伝ってくれた。

何回Mを糠風呂に入れたことだろう。Mは、糠に埋まると、

「あ〜、気持いい。有難い……有難い」と念仏のように唱えた。

Mは、私を絶対に壊れない機械かなにかだと思っている。「お金を返して」と迫っても、私の怒りの嵐が通り過ぎるのを待っている。のらりくらりいなせば、返さなくてもいいと思っている。

理不尽な立場に置かれ、日々の肉体労働に疲労困憊している私はムカッとする。

「有難い……じゃなくて、有難うでしょ？

私は、神様でも仏様でも自然でもないの。慈悲深くもなければ不死身でもない。生身の人間だからクタクタなの。作業をしている私に言うなら、有難うでしょ？」

われながら厭な奴だと思う。私は鬼だ、内心如夜叉だ。


Mが外出できなかったり、医師に呼ばれた日は、私が病院へ出向いた。新宿駅の近くまで自転車で行き、総武線でJR御茶ノ水駅へ、聖橋上のバス停から東大構内行きに乗る。帰りは逆コース。東大〜御茶ノ水間は歩けば二〇分、バスで一〇〜一五分。常に心身がボロボロに疲れている私は、病院から帰るバスに乗っているあいだだけ、奇妙な妄想にとらわれた。……御茶ノ水へ向かうバスで、東大病院の担当医師の誰かと偶然乗り合わせる。ぎこちなく挨拶をして、「Mさん、大変ですね」とか、短いやりとり。先生も疲労のきわみで、なぜか一緒にラブホテルへ行く。そこでめくるめくひとときを……という妄想だ。私はゆきずりの情事の経験もなければ、ラブホテルにも行ったことがない。おバカな妄想を抱くわりには細部をリアルに想像できず、しかも疲れているので、その先の展開を思い描くパワーがない。そうこうするうちに御茶ノ水に到着。

これが不思議とJR病院の往復ではそうした妄想が湧かない。きっと、自転車を漕ぐのでぼんやりできないからだ。小田急線で参宮橋・新宿間は五分だし電車で知人に会う確率は低い。湯島がラブホテルのメッカだってことも頭の隅にある。脳というのは変なふうに働くものだ。

病院からの帰りのバスでは、ぼーっと妄想するか、泣いているか、どちらかだった。

あるとき、Mが言ったことがある。

「朝起きたら、癌が治ってるんだ。『なーんだ、夢だったんだ……。全部夢だったんだ』っていう夢を見るんだ……」。

そんな夢を何度も見たのだろうか。何度も見て、何度も失望したのだろう。痛みや不安や諦めや絶望を、「これは、全部夢かもしれない」と思うには、もっと身体が衰えなくてはいけないのか。いつか意識が混濁して、夢と現の境目が曖昧になるんだろうか。

三〇代で何度か、インフルエンザで高熱を出して寝ていたときに奇妙な感覚を味わった。両方の鼻が詰まって息ができない。息苦しい私は、朦朧とした意識のなかで鼻をもう一つゲット。その、もう一つの鼻で呼吸を確保するのだ。そんな夢を見ながら考えた。「多重人格って、もう一つの鼻が人格レベルで起こるのかな……。苦し紛れに別人格をこしらえてしまうんだろうか」。あまりに現実が厳しいと頭が突破口を作ってしまうのか。飛び移ることができる人格……。

Mは今、飛び移ることができるもう一つの身体がほしいに違いない。

一〇月三一日、本郷の東大病院から代々木の自宅まで糠風呂に入るための往復にも慣れた頃、MはJR病院の肺癌担当の主治医・河野先生に報告にいくことになった。東大で預かった書類だか写真だかを見せにいき、そのあとで再入院した小形さんを見舞いたいという。代々木駅で待ち合わせ、北口からＪＲ病院までゆっくり歩いた。秋晴れだった。

病棟に着いて、まず、ポニーテールの河野医師にご挨拶。

「Ｍさん、元気そうね。よかったわ」と言われ、Ｍは笑顔で応えた。

そのあと、小形さんの名札を探して、六人部屋に入っていった。

小形さんは窓際のベッドで点滴と導尿の管に絡まれて横になっていた。もともとスリムな体型だが、肉が削げ落ち、顔もげっそりとしている。小さくなった顔を短い髭が覆い、両眼だけがらんらんと輝き、苦痛からかときどき辛そうに顔をしかめる。放射線は限界までかけた。食欲が無いという。Ｍは笑顔で声をかけ、点滴がついていないほうの手を握った。

「今日は、河野先生に用があって病院にきたんです。それだったら、あとで小形さんに会いにいこうって……」と私も声をかけた。別れ際に、小形さんは、

「動けるようになったら、糠風呂行きますから……。今日は、来てくれて有難う」。

しゃがれた声に力がなかった。大きな輝く目がこちらを見ている。視線をそらしてはいけない……それだけを考えていた。じっと見返すことが大事なんだ。

小形さんの訃報を受けたのは一二月初めだった。


夜中、一人で糠を混ぜながら鬱々と考えた。尊敬できないＭ父母と、それを支えるＭを支えることの意味がどうしてもわからない。これまで私は、「Ｍに巻き込まれ、しがみつかれている、逃れられない」と苦しんできたが、監禁されていたわけではない。その気になればいつだって去

ることができた。視線を翻せば、私が「Mにしがみついている」のかもしれない。

物事は反転させて見ないといけない。受動と能動は行ったり来たり、表裏一体なのだ。「癒され」たくてマッサージを受け、「癒され」たくて宗教に入る。さかんに受身形で使われる「癒される」という言葉。「癒してこそ癒される」、これが奉仕活動の極意だそうだ。一方通行では関係は成立しない。生きている実感は抜き差しならない関係からしか得られない。深く切り結ばないと駄目なんだ。私は逃げ損ねたのだろうか、このわけのわからない渦から。

毎日毎晩、糠を混ぜながら、考えた。

8章　ガンマナイフ手術

M姉への手紙

チャーリー、高橋さん、岩井さんと　1999年

Ｍ姉と電話で話していると、私は動悸がしてくる。おたがい途中で感情的になり、最後まで話ができないのだ。さすがに困ってしまい、「Ｍ姉さんに手紙を書こうと思います」と、糠混ぜ作業を終えて帰ろうとするＭ妹に玄関口で言った。Ｍ妹は眉をひそめ、

「え〜っ、そんなの、困りませんか？　だって、手紙はずっと残るんですよ」。

なるほど……。どんな悪態をついても、言葉なら瞬時に消える。

「……だからこそ手紙なんです。手紙なら、何度も読んでもらえますし」。

『ポストメディア論』の翻訳作業中、「オラル（聞き語り）」と「リタレイト（読み書き）」の違いがいまひとつ理解できていなかった私は、Ｍ妹に答えながら、その違いが実践的・体験的にわかった気がした。

そうなのだ。電話や対面で話した言葉は、聴き逃す、勘違いする、早とちりする。思い込みもあり、おたがいに記憶も薄れ、時間が経てば都合のいい解釈を加えてしまう。私たちは、昨日話したことさえ正確に再現できない。手紙にすれば、何度も読み返すことができ、誰もが読むことができる。文書なら共有でき、誰もがいつでもアクセスできる。もちろん、文書があるからと

いって内容が公正とはかぎらない。史料が公正とかぎらないのと同じ理由だ。どうしたって文書は書き手のもの。誰かが言い放った言葉にしても、書き留めた者のものなのだ。

しかし、手紙を書くことで、少なくとも私は問題の整理ができる。M姉に、「今言ったのと同じことをパパに説明して、あなたからお願いしてちょうだい」と言われたら、M姉夫にも読んでもらえる。私はこの手紙ですべてを説明しなければならない。それ以外に私とMとのことをわかってもらえない。必死だった。一〇日ほどかかって書き終え、納戸を整理して出てきたM母の冬のコートを送る荷物に同封した。

［M姉への手紙］二〇〇〇年一一月二二日

M姉さん、私は一〇月末までに五階を整理するという約束を果たすことができませんでした。この三ヵ月間、自分の仕事を減らし、（ときどき母が寂しさから譫妄に陥るため）新潟への帰省も日帰りで我慢してもらい、一一階に詰める生活をしているうちに、夏に何をお約束したのかわからなくなるほど心身に疲労がたまっています。この手紙は、初台の現況と私の立場をご理解いただくために書かずにいられませんでした。私を取り巻く（私にとってはなかなかに辛かった）この二五年間の環境を記したもので、この手紙の内容、および郵送したことをMさんは知りません。

一九九八年一一月、一一階でのM父さんご臨終のとき、M姉さんは耳元で、「お父ちゃま、あら～り～が～と～う」と何度もおっしゃっていました。私は、「意識が遠のいていく人には結構な演出効果なので、母の臨終で使わせてもらおう」と思いつつ、M父さんには、「もう死ななくてよくなったのだから、せめてこれからは息子の無事を念じてほしい。あの世が心細い、不安だからといって息子を連れていくようなら私が許さない！」と心のなかで叫んでいました。

一九九七年夏のM父さんの大腸癌手術、Mさんの咽頭癌発症・手術、一九九八年夏肺に異常を発見、秋のM父さんの死と葬儀、一九九九年年頭の肺癌手術、初夏の糠風呂開始、二〇〇〇年夏の脳腫瘍手術と、この三年半は闘病でめまぐるしくすぎました。ここ十数年の暮らしでMさんは多額の負債を抱え、ストレスから重病を得て（あるいは得たため）、これまでの生活を清算できずにきました。しかも未だに、元気になればなんとかできると考えているようです。私は、脳に転移した腫瘍でMさんが思うように動けなくなった時点から、①糠風呂の管理と接客　②銀行関係　③病院行き、看病、食事のケアと仕事が三つも増え、自分の仕事もできず分刻みで動き、息切れしそうな毎日です。

M姉さんは、「三人で三ヵ所の家賃を払っているなんて贅沢。さしあたって今井さんが分室（Mさんが分室と呼びたがるので紛らわしいのですが、切通坂は私個人が借りているアパートです）に住むようにしたらどうか」とおっしゃいました。その後、私が会社の支払いのために相当額を出したと聞いて、M姉さんは、「当然じゃない。恩恵を受けているんだから。私とパパなんか一一階にも五階にも泊まったことがないのよ」とおっしゃったと聞きました。でも、初台マンションは、一年半前までM母ちゃんが住まい、その半年前までM父さんが自宅療養なさり、一五年近くご両親が暮らしておられた所です。

M姉さんは、私が会社やM家からどんな恩恵を受けてきたとお考えなのでしょう。私とMさんが（経済的に）一体であるという考えを捨ててください。そうであったことは一瞬たりともないのですから。むしろ私は、M家の特殊な家庭事情を察知した七〇年代終わりから、経済的に関わらないよう警戒し、慎重に距離をとってきました。五階の居室に置いているのは仕事関係の資料や機材、写真や雑誌やビデオだけで、私の寝具はもちろん、衣類等着替えも置いていません。いざとなれば、二日で撤収できる体制で常に暮らしてきたわけです。もっとも一一階で糠風呂の管理をしていると、五階へ下りて整理をする時間もなく、自分のアパートへも着替えに寄るだけで、二日に一〇分間の滞在がせいぜいです。

Mさんのエシャツと丅字帯の洗濯をM妹さんが引き受けてくださるようになって助かっています。おかげで、自分の衣類や一一階で使っているシーツやタオルケット等大物をアパートで洗って干すのは週に一度でよくなりました。また、M妹さんが来てくださるようになってようやく、近くのマルマンストアに週一回買物に行けるようになりました。お金の無心に新潟へ行くにも、M妹さんのスケジュールを聞き、糠混ぜや昼の接客を頼んで、ようやく日帰りや一泊が可能になります。

クロレラや乳酸菌など、私はM家の伝統や事業にまったく関心はありません。会社からお給料をもらっていた時期もありますが、その後は集英社や文化放送やロシア関係（テレ朝や宝島などMさんと一緒にした）の仕事の印税や原稿料を、（Mさんの要請で）会社経由で受け取っていただけです。Macは奥村さんにいただいたものですし、食費はもちろん、事務用品や通信費（私用の電話や発送）、交通費などを、会社に支払ってもらったことはありません。注文やクレームを受ける電話番が必要だし、スタッフがいないと会社としての体面が保てないといった理由から、五階で仕事をしていてほしいという要請があって、今日まできたわけです。

M姉さんが贅沢だと呆れ、厄介だと感じ、さっさと清算しなければと考えているものは、私とMさんの生活から発生したマイナスでは断じてありません。MさんがM父母さんとこうした暮らしをする過程でできたものなのです。本多さんに設立してもらった会社にしても、Mさんが設立した会社にしても、Mさんにとって会社は事業《ビジネス》ではなく、M父母さんとMさん（そして結婚までのM妹さん）を含むM家を支えるための装置《システム》だったのです。

M姉さんは、「親一が、例えば商社にでも就職するといったら、両親は反対しなかったと思うわ」と何度かおっしゃいましたが、本当に、心からそうお思いですか？　どう考えても、依頼心の強いM父さんをMさんが振り切ることができたと、私には思えません。虚勢を張った暮らしぶりで矛盾を抱え、常に資金繰りの苦労をしていたMさんを、ご両親が、「苦労をかけて申し訳ない。家庭をもたせてやらなくていいのか、ストレスで病気になりはしないか」と心配していた節はなく、「まあ、あんじょう頼むわ」で終わりでした。

たった今も、M母ちゃんは、「練馬に私が同居することで、娘のM姉がM姉夫さんとのあいだに入って苦労しないかしら」といった心配もなさいません。M母ちゃんは、息子や娘たちの人生設計や健康さえ気遣っている様子はありませんでした。Mさんが癌になっても、多額の負債を抱えていても、「親一のことだから、なんとかやるでしょう」とおっしゃるだけです。

Mさんの留守中に資金がショートすると、M父さんは高金利の借金をし、銀行事務を手伝っていた清水さん（M母の人形教室のお弟子さん）には、「親一にいうと心配するから内緒にしていてくれ」とおっしゃったそうです。そうしたカードローンの何件かは今も返済を続けています。

「でも、親一が強く望めば、みい子さんと家庭をもつことができたはず。親一にはそこまでする気がなかったのね」とM姉さんはおっしゃいました。まさにその通りです。でも、私はまだ年齢的に余裕があると考え、自分の意志でMさんのそばにいることにしたのです。近所にアパートを借り、自分の仕事をし、Mさんの親孝行を邪魔せず、でも接近しすぎて傷つかないよう心がけました。それにつけても私は、M家の実態や家族関係を観察・分析せずにはいられませんでした。

幸せな人は自分を取り巻く環境を分析しません。幸福なのはそれなりの努力をしたからだという人は、努力が報われること自体がラッキーであることに気づいていないのです。

M父さんは、自分には到底できない（として放棄した）M家の維持を、できのいい息子に全面的に託し、責任逃れをしていたとしか思えません。そしてM父さんとMさんが仕掛けた「会社&社宅」装置に、M母ちゃんが乗ったのです。M母ちゃんは長期に渡って会社に多額のお金を出してきたとおっしゃいますが、会社と生活は一体でした。「金を出した」は、家計とは別に息子の事業に援助したときに使う言葉です。

M母ちゃんは、一一階（や沼袋の家）の家賃や光熱費や電話代や酒屋さんにいくらかかっているか知ろうともなさらなかった。M父・M母・Mさんの誰ひとりとしてコスト感覚を持ち合わせておらず、この生活にいくらかかっているか知りたくもなかったのです。一一階で暮らすということは、家賃と光熱水道費だけで月々最低三五万、一五年間で六三〇〇万円です。生活費はM父さんと二人で年間四〇〇万としても六〇〇〇万円。M母ちゃんがお父様の遺産を巧みに資産運用しても無理だったのではないでしょうか。これに五階の家賃を足すと法外な経費となります。恐ろしくてMさんと結婚などできませんでした。

M母ちゃんが私の悪口を言わなかったのはあたりまえです。M母ちゃんは他人の人生にまったく関心がなく、私はM家の嫁ですらなかったのですから……。私とMさんをごく普通の夫婦（私がMさんに扶養され、旅行にも連れていってもらい、外食代やパーティ会費を払ってもらい、洋服や宝飾品を買ってもらい、家事をこなし内助の功を発揮していれば日常生活を送るのになんの心配もいらない）のように考えておられたのは、M姉妹さんだけです。私は夫に扶養されている身ではないので、パートナーが病気になっても、日々の生活費を心配せずに介護に専念したり、悲しみで寝込んだり、何日も泣き暮らすことができません。病院の帰りにお茶をしながら、保険金を計算して夫の愛情を確認することもできません。自分の生活費（今はMさんのも）を心配しなければならないのです。

お釈迦様は亡くなる直前に、「この世は甘美だ」とおっしゃったそうです。M姉さんの「お父ちゃま、ありがとう」は、甘美な人生を味わう肉体をくれた親への感謝ですよね。

自立できないM父さんとお嬢様育ちのM母ちゃんの生活を必死で「補完」してきたMさんは、四九歳にして病を得、今その肉体は滅びようとしています。そんなMさんを不憫だとお思いになったからこそ、M姉さんはM母ちゃんを引き取る決意をなさったのですよね。

Mさんがお金を出してほしいと堂々と請求できるのは、経済が一緒だったM母ちゃんだけです。でもM母ちゃんは、「なんで私が出さなくちゃならないの？」とおっしゃるでしょうし、M姉夫さんも「年寄りから金をとりあげないように」とおっしゃいました。Mさんは、M姉さんやM妹さん、できたら私にだってお金の無心はしたくないのです。でも現実にお金を工面してこないことには、一一階の糖風呂維持や五階の整理をすることができません。入院中のMさんが資金繰りに苦しみ、病状が悪化するのを見かねて、結局そばにいる私がお金を出すことになります。Mさんはその場はホッとして感謝しているようですが、皆さんからの資金的援助があってようやくつないできていることを、「僕ら（僕らって誰なんだ？）の力」だと考えているようです。そうした楽天的発言に私はキレて、「これ以上負担できない」と訴えると、「なによりも優先して返すから」と、不機嫌になります。

私は、Mさんを癌にしてしまった巨大なストレスを「丸投げ」されて、途方に暮れ、病気になってしまいそうです。私はMさんを看病するのに吝かではありませんが、これまでのM家システムはコストがかかりすぎます。一一階でM母ちゃんが楽しんだ夜景を愛でる暇もなくクタクタに疲れて眠っているあいだにも膨大な経費がかかっているのです。三ヵ月で私の体力も資力も尽きてしまいました。Mさんには糠風呂が不可欠だとして一一階を確保するにしても、その維持は容易ではありません。M姉さんは、「いざとなれば、母のベッドの下に弟を寝かせて私が介護する」とおっしゃっていましたね。私が末期癌のMさんを残してここを去っても、誰もなにもいいません。私の働きをよく知る人ほど、「自分の身体のことを考えなさい。早く逃げなさい」といいます。私には気にしなければならない世間体もありません。

脳腫瘍の手術を終えたMさんに、「『親が一番』なんて残酷な名前ね」と言ったら、苦笑していました。私は休む時間もないため、死病を抱え、痛みと闘っているMさんの心理状態まで気遣う余裕がありません。Mさんも自分の病状で頭がいっぱいで、私の心身を気遣う余裕がありません。病人ですから不自由も多くわがままにもなります。私もMさんに全身で寄りかかられ、がんじがらめの立場を誰にも相談できず（母や弟に話したら、すぐに帰れと大騒ぎになります）、何度か「顔も見たくないから、さっさと病院へ帰って」と見送りもしませんでした。

Mさんは、「どうしたって、君に生殺与奪権を握られているから」と悔しがります。私は、「そんなもの好きで握っているんじゃない。すぐにだって手離してやる」と返します。私は打算では動きません（打算的だったら、ずっと昔に離れています）が、計算をし、記録を残しています。しかも破滅的なロマンチストではありません。Mさんは自分のしたことを自分で決着をつけることができない性格です。

私がこの手紙を書いたのは、事情を知っていただいたうえで、M姉さんに、「親一、あなたのやり方が間違っていたのよ」とか、「馬鹿ね」とか批判していただきたいからです。

特殊な親子関係と家庭事情を抱えてボロボロになったMさんと多額の負債をどうかたづけるか、M家のなかで唯一家長としての自覚を備え、美貌と健康と強運に恵まれてきたM姉さんの力量が問われるときです。もちろん私の力量もです。

予定量の放射線照射を終えてまもない一一月八日、脳の別な場所に四ミリの腫瘍があることが判明、二四日にガンマナイフで手術を受けることになった。当日の朝、一時間だけMの様子を見に東大へ行き、いったん初台に戻って糠風呂接客。午後二時過ぎに出直すと、Mは目盛が刻まれた金属の物差しでできたかぶり物を着けられ、ベッドで半身を起こしていた。かぶり物はネジのようなもので直接額に固定され、ロボコップみたいだ。傷の痛みか頭痛のせいか辛そうに顔をしかめている。目を閉じているMのベッド脇で、M母がうしろ向きに腰掛けて小型テレビのワイドショーを見ている。向かい合っていながら、視線を合わせるでもなく話をするでもなく、じっと動かない二人。奇妙な図だった。

手術を終え、夕方に見舞ってくれたM妹夫妻に送ってもらって帰宅。その際、M姉に宛てた手紙のコピーを手渡した。数日後、M妹は電話で、

「ショックでした。でも、納得いかないところや違うところがあります」と言ってきた。

一一月半ばからMは痔が悪化し、痛くて辛そうにしていた。糠に入っても、外に出た痔がなかに収められないことがあり、苦しんでいた。M姉は、

「あら、私、もっとひどい人を知っているわ。ブドウみたいに外に出てて、とっても痛いんですって」と慰める。

M姉はいい人なんだと思う。逆境にあるとき、さらに悲惨な例と比べて自らを鼓舞するのは、M家の伝統か。Mも、「最悪の状態より、まだましだ」とよく言っていた。

一二月、寒い日が続いた七日。東大から初台に帰り、一回糠に入って外出していたMがなかなか戻ってこない。冬至が近く、夕方五時でも外は真っ暗だ。心配していると、携帯に連絡が入り、「参宮橋駅まで来たけど、痔が出て痛くて歩けない」と言う。運悪く今井は配達で遠くにいて駆けつけることができない。糠の接客もあったので、タクシーで帰るように言ったが、どうにも動けないという。急いで参宮橋まで下りていくと、Mは駅前薬局の裏木戸の影でじっとしていた。暗くて寒くて、私も泣きそうになる。歩けないし痛くて座れないというが、タクシーに乗るしかない。やっとの思いで座席に横にし、なんとか一一階まで連れ帰ることができた。

心配して待っていてくださった知識さんが、「可哀相にねぇ……」と涙ぐまれる。大急ぎで糠風呂に入れ、身体が温まったら少し落ち着いたようだった。それでも痔はおさまらない。今井の運転で、後部座席で横になり、早めに東大へ帰っていった。夜の九時、

「研修医のN先生が丁寧に手当てしてくださった。本当に有難い」と電話が入った。


一二月八日、頭皮にできたおできの切除手術を受けるというので、東大病院へ行った。駆けつけたM姉夫妻と、手術を終えて頭に包帯を巻かれたMの四人で、放射線科の談話室で話すことになった。M姉は、私の手紙に腹を立てていた。

「あの手紙なら三〇回も読んだわ。何枚目のどこに何が書いてあるか全部言えるほどよ。私のことを、馬鹿、馬鹿って書いてあるわ」。

「……」。

「みい子さんの思うとおりにすればいいのよ」。

「好きにしていいんでしたら、私は逃げたいです」。

「ずっと親一のそばにいたくせに、今さら逃げるなんて卑怯よ。親一といて楽しくなかったの？　恩恵を受けたんだから、面倒みるべきよ。だいたい、パパだって会議で忙しいなかをわざわざ駆けつけてくれてるのよ。それに、みい子さんは子どもがいないからわからないでしょうけど、いろいろ大変なのよ」。

「……。私、Mさんとは援助交際していたようなものですから……」。

「なに、それ？」

このやりとりを聞いて、Mは、

「片岡、その言い方はM姉にはわからないよ……」と笑う。M姉はMのことも責めた。

「みぃ子さんは全部父のせいにするけど、親一だって、卒業して希望のところに就職できたはずよ。でも、あの頃学生運動とかあって、あなた、普通に就職するのが嫌だったんじゃない？

それに、どんな職に就いたって、成功する人はいるのよ。芸能人だって、親に家を建ててあげてる人いっぱいいるじゃない！

それに、私のことを家長っていうなら、もっと尊重してほしいわ」。

こんなやりとりがあっても、翌日Mは M姉家に昼食に招かれ、お歳暮を山ほどもらって帰ってきた。そして、日曜は初台で、月曜は病院で、昏昏と眠った。

一二月一二日、M姉は放射線科に呼ばれ、「眠るのはしびれ薬を投与しているから。もう病院でできる治療はないので、早く退院してほしい」といわれたという。加えて、Mセクハラ説が伝えられた。看護師さんを触ったというのだ。たしかにMは自他ともに認める affectionate なタイプ。老若男女を問わず、気軽に肩に触れたりエスコートする仕草で背中に手を添えたりする。それにしても痴漢疑惑とは心外だった。そういえば、あるとき放射線科で、

「え？　Mさんお風呂に入ってらっしゃるのですか？」と看護師さんに言われ、

「ええ、初台に帰っているあいだにかならず。日に二回入ることもあります」。

そうか……。看護師たちは、Mが病院で入浴していないので不潔だと思っていたのだ。たしかにMは、「病院で着飾ることはない」と、M姉がM父用に買ってあげたブランドもののガウンを着るのを嫌がったが、パジャマの下に着ているTシャツは、M妹一家のアメリカ旅土産や、M姉がリゾートやゴルフ場近くのアウトレットで買ってきてくれたお洒落なブランドものだ。M妹がこまめに洗濯して届けてくれるので、五〜六枚を毎日着替えていたのだ。

翌日の一三日も、M姉は東大病院へ行ったらしい。

「初台まで送ってあげられないから、これ、タクシー代」と、Mは一万円渡された。

しかし、Mはそれを使わず代々木駅から歩いて帰るという。しかたなく途中まで自転車で迎えに出ると、駅から西へ一〇分ほど歩いた小田急線のガード下あたりで、土気色で憔悴しきったMが歩道の縁石に腰掛けていた。しばらく休んでから立ち上がり、ゆるい坂を肩で息をしながら登り始めた。自転車を引張り、Mの歩調に合わせて切通坂まで辿り着き、私が洗濯をする一時間ほどのあいだ、Mは私のベッドで横になっていた。

あるとき、私は「はた！」と気がついた。そうか、Mは闘病をプロジェクトにしたのだ。大勢を巻き込み、糠風呂闘病をサロンにしたのはMの戦略だったのか。遡って一九七〇年代、Mは両親のサポートもプロジェクトにしたのだ。本多さんに会社を設立してもらい、援助を頼む。本多さんは、M父と孝行息子のMが大好きだった。なるほど、Mは仕事も遊びも介護も大小なにもかもプロジェクトにしてきたのだ。もっとも、Mがそれを意識的に実践していたとは思えない。戦略だったら、こまめに実現可能性をチェックしただろうし、自分を含め構成員の年齢や健康や体力を「不変」にセットできないはずだ。Mの性癖というか行動様式が、プロジェクトにしてしまうのだ。

「おーし」と、私は覚悟を決めた。早晩会社はたたむことになる。私もM姉もM妹夫も役員として責任は免れない。今から、Mの闘病と会社整理をプロジェクトにしよう。負債総額を明らかにしないMは、もとより戦力にならない。手紙を出したことで私はM姉妹に嫌われてしまった。こうなったら、なるべく大勢に事情を明かし信頼できる人たちに相談に乗ってもらおう。

会社整理については、一二月一四日にM妹夫妻と話し合い、都や区の相談窓口をあたることにした。一六日にはMが信頼している温泉旅仲間の小川さんに相談、自己破産を勧められた。一七日、東郷夫妻とアーちゃんと石神さんに相談。一八日にはトモコさんとアーちゃんに件の手紙を読んでもらった。M姉の先輩でもあるトモコさんは、

「私からM姉さんに話してみましょう」と初台にM姉妹を召集し、

「M姉とM妹と石神さんの三者で毎月一五万円ずつ出し合って一一階を支える」

という提案をしてくださった。

郵送されてくる請求書などをざっと計算すると買掛金は一五〇〇万円ほどだが、MやM父名義のカードローンの額はわからない。私が把握した範囲で負債リストを作ってM姉妹宅にファクスし、二一日にはM妹夫と都庁の弁護士相談室を訪れた。

二〇〇〇年の一二月二四日は日曜だった。Mは二六日に退院してくる。いつまで何を続けるべきか判断しなければならない。私は高橋さんに相談に乗ってほしいと電話をした。高橋さんは二〇年間営業していた参宮橋のブティックを一二月半ばに閉じ、田端の自宅を糠風呂用に改装したところだという。

「今から、ちょっと出られる？　羽澤で話しましょう」

と、夜の八時頃、マンション前の山手通りでピックアップしてくださった。

クリスマス・イブの羽澤ガーデン。入口の両脇に大きな宿り木の鉢があってロマンチック。お客は多かったが、静かで落ち着いた雰囲気だ。派手すぎない庭の電飾。レストランも間接照明でほっとする。寒くもなく暑すぎもせず、いい香りがして心地よい。

「ご苦労様。シャンパンでも飲みましょう」と、高橋さんはいつもの優しい笑顔だ。

グラスのなかでのぼってははじける気泡を見ていると、ゴリゴリに凝った身体と固い脳ミソがふやけ、薄暗い闇に全身が溶けていくようだった。高橋さんは、

「あなたが一緒なら、田端でMさんを引き受けてもいいわ。二人で家《うち》に来てもいいのよ。ただ、Mさんが来たがるかどうかよね……」とおっしゃった。

これには理由があった。二〇〇〇年の春以来、Mは高橋さんと気まずくなっていたのだ。去る五月にMは高橋さんに援助を頼み、高橋さんはポンと一〇〇万円を出した。

「これは会社の取引として、田端に糠風呂を開設するための糠の入手先や発酵のノウハウ提供に対しての顧問料ということで」と、会社宛に領収書と条件を箇条書きにした念書にサインを要

求なさった。私にはごく妥当に思えたこの申し出を、Mは苦々しく受け止めたようだった。最終的に領収書に署名はしたが、結局なにも教えなかった。Mは糠風呂のノウハウをもっと高く売りたかったのだろうか。

なんだかわけのわからない大きな波だか渦で、Mも私も洗い流されようとしている。これは運命か罠か、私の判断ミスか。自分を支えるために法則というかスローガンが必要だった。

逃げ損ねたのは、私が悪い。
私は、縛られているのではなく、自分でしがみついているのかもしれない。
計算はするが、打算では動かない。
けじめ節目は苦手だが、筋は通す。
嘘はつけないが、秘密は守る。
ジタバタするのはしょうがないとして、あくせくするのはよそう。
幸福に暮らす裕福な親戚は、有難い存在。

こんな、自己分析や行動原則のような台詞を呪文のように繰り返していた。逃げ出せない。見捨てられない。簡単に見切りをつけられない。この荷物、この借金、この作業、この人間関係。保留の袋をひきずって歩く自分の身体が一番重い。

Mは一二月二六日に退院してきた。四ヵ月間いた東大を去ることになり、Mは不安そうだった。

「放射線科から退院できる人は多くないんです。ラッキーなんですから」

と看護師はMを励まし、私には、

「退院鬱ですね」と告げた。

9章　会社は閉じたくない

一二トンの家財ガラクタを処分

ダニエルと　1987年

二〇〇〇年の暮れ。四ヵ月ぶりに退院して気分が落ち込んでいるMを一人にするのは心配だったが、アーちゃん、アンズちゃん夫妻、小澤さん一家、宮松君、瀧野さん、M妹夫妻が留守を固めてくれるというので新潟へ帰省。Mは大晦日をM姉宅ですごし、M母やM姉夫妻、姪たち家族と新年を迎えることにしていた。大勢で気が紛れていいかもしれない。

元旦の夕方、Mから「初台に戻った」と携帯が入り、慌てて夜八時過ぎの新幹線で帰京した。Mは、夕方にM妹と瀧野さんに糠に入れてもらい、夜中にもう一回私の介助で糠に入って安心したようで、面白おかしく嘆いてみせた。

「M姉家じゃ大晦日、スキ焼きだったんだ。皆揃って賑やかに食べたんだけど、M姉ったら、僕が肉を食べると写真撮るんだ。イヤだったなぁ」。

一月二日、石神さんが初糠に入りにこられ、アーちゃんがお節料理を届けてくれた。どれも手が込んでいて美味しかった。

松がとれる頃には、Mの気分も持ち直したようだった。とにかく、早急に五階を明け渡さねばならない。手はじめに、五階と地下倉庫にある大量の本の整理からとりかかった。

一月九日、三和君は、Mに、

「Mさん、会社閉じたほうがいいですよ。買掛金をためている会社には、僕が片岡さんと一緒に回って、三割決済を頼んでもいいですよ」という提案をしてくれた。

Mは苦い表情で、「うん」といわない。

一月一一日、退院後初めて東大の放射線科と耳鼻咽喉科を受診。耳鼻科の菅澤先生に、「今度具合が悪くなって入院しなければならなくなった場合のことですが、東大ではザワザワして落ち着かないので、ホスピスがいいと思います。渋谷で近いし、広尾の日赤がいいと思う。まだできて二年ですが、東大との関わりもあり、ご紹介できます。ただ、入院したいといってすぐにというわけにいかないので、外来で受診しておいたほうがいい。本人が嫌なら、家族が受診できます」と言われ、Mは肩を落とした。

「ホスピスかぁ……」。

医師にホスピスを勧められたことをM姉妹やM母に言わないでくれと、Mは私に念を押した。

東大病院に入院中、M姉妹や夫たちと何度糺しても、Mはたまった買掛金や滞納家賃の総額を明らかにしない。二〇〇〇年一二月二一日、私はM妹夫と都庁の無料弁護士相談にいき、「事情に詳しい弁護士がいるのなら、その方に相談したほうがよい」といわれて帰ってきていた。退院前日の二五日の夜、M姉妹夫たちと今後について協議し、なるべく早く五階と一一階を整理することで一致した。年があらたまり、山口弁護士に相談にいくというと、Mは、

「実は、去年の初台マンションとの訴訟費用や弁護料、払ってないんだ……」と言う。負債総額は不明だが、とにかくわかっているだけで債権者リストを作り山口先生に相談することにした。ようやくアポがとれ、一月一五日、M妹夫と一緒に訪問した。山口先生は、

「本人が会社を辞めたくないなら、このままでいいんじゃないですか？　幸い、市中金融には手を出していないようだし」とおっしゃった。

それにしても、このまま高額の家賃を払い続けるのは無理だ。糠風呂の維持については、アーちゃんに相談しており、アーちゃんは石神さんにも話してくれていた。私が考えていたのは、切通坂のB棟の部屋を借りようかということだった。切通坂は二〇〇一年九月に取り壊しが決まっていて、全戸が八月中旬までに引き払う契約だ。早めに越していったお宅もあって駐車場も空きがある。期間限定だからと交渉し、安く借りることができそうだ。B棟ならメゾネットじゃないし、エレベータもある。リビングに糠風呂を一つだけ作り、Mと顧客数名を受け入ることにすれば経費全体が減る。

いっぽう、アーちゃんと石神さんの意見はこうだった。

「家賃払うくらいなら、小さなマンション買ったらどうなの？　みい子さんをうちの会社の社員にすればローン組めるし」と、石神さん。

「知人の不動産屋が、世田谷にいくつか物件があるっていうんだけど、見にいく？」

といわれ、一月一七日の朝、寒風吹くなか、京王井の頭線・東松原駅でアーちゃんと石神さんと待ち合わせた。二つの物件を見たあと、駅前の喫茶店で今後のことを相談。

「今井さんには辞めてもらって、会社を閉じて、糠風呂で闘病に専念するのね……」

まだ、会って半年なのに親身に相談に乗っていただき、もったいない厚意だ。本当に有難いと思った。Mにその旨を伝えると、辛そうな顔をした。会社を閉じることも嫌がった。

「今井がいないと、車で病院へ送ってもらえない」からだ。


一月二三日午後、放射線科外来へ同行した。診察の途中でMが、

「イスラエルへも行きたいし……」と言ったとき、N医師は、

「無理でしょう……」と言わんばかりに、笑みを浮かべて軽い口調でおっしゃった。

「あれぇ〜、Mさん、意外と気が小さいんだぁ〜」


Mがまだ車を運転していた半年前の二〇〇〇年七月二一日、「今、ヒルトンホテルに着いた」といきなり電話が入り、一三年ぶりにイスラエルからダニエルがやってきた。演奏旅行だという。早速迎えにいき、一一階に連れてきた。ダニエルは興味津々で糠風呂体験。

「なんだ、これは？　身体が軽くなる！　実に壮快だ」と大感激。

五日間の新宿滞在中、二回糠に入りにきて、混ぜ作業も手伝っていった。

ダニエル・フラートキンは、一九七三年にモスクワからイスラエルへ移住したバイオリニストだ。やはり一九七〇年代初めにソ連から移住した文学批評家メニケル氏の紹介を受け、一九八七年一二月、ワールド・フィルハーモニック・オーケストラの一員として来日した折にMに連絡し

てきた。オーケストラは、シノーポリの指揮で国技館をはじめ各地で演奏することになっていた。クリスマスが近かったこともあり、「有志を募るので、練習のあいまに入院中の子どもたちの前で慰問演奏をしたい」とダニエルが言い出した。版画仲間の橋都先生に淡島の国立小児病院（現、国立成育医療研究センター）を紹介してもらい、クァルテットでのミニコンサートを提案。子どもたちが病棟から移動できないので各階のエレベーターホールでモーツァルトやバッハの小品を演奏した。準備に三日間しかなく、楽譜探しやコピー作りで忙しい思いをしたが、実現できて嬉しかった。

半年前もMの運転で六本木へ行き、お寿司を食べて帰っていった。ダニエルはMに、「エルサレムにぜひいらっしゃい。死海の近くに別荘もあるし、僕が案内するから」と強く勧めてくれていたのだ。

「イスラエルへ行きたい」と言って「気が小さい……」と笑われ、Mは一瞬、「えっ？」と顔を強ばらせ、しばらく言葉を失っていた。Mは、自分が気が小さいとは思ってはいない。

M父が亡くなる少し前の一九九八年秋、切通坂で洗濯中の私の横でしゃがんでいたMが、「お父さんは気が小さい奴だよ」と、ぽつんと言っていたのを思い出す。

この場合の「気が小さい」は、「自分の衰えや死を潔く受け入れられない」ことを指す。

Mも私も、死を恐れ、怯えていた。

ここまで追い込まれ、Mには大いに同情はしていたが、そもそもが身勝手なので、私も呆れてしょっちゅう喧嘩になる。Mは、やってあげることは大声で言い、やってもらっていることには口をつぐむ。それはきっと、M父母が子どもたちを正当に評価してこなかったからだ。

一月二三日付で私はM姉妹宛に二通目の手紙を書き、一一階の会計報告とともに渡すことにした。M姉夫は書類一式を受け取りはしたが、「みい子さんの手紙を読むと手が震えると言うので、ママには渡さない」という。

一月二四日、母に呼ばれて新潟日帰り往復。留守中にM姉とM母が一一階を訪れ、M母が一一階の家賃分二七万円を置いていってくれた。

Mは、M妹夫からもお金を借りていたらしく、一月二六日にその一部の二〇万円を返済。糠混ぜの手伝いを終えて帰るM妹夫に丁寧にお礼を述べ、エレベーターホールまで見送りに出て、深々とお辞儀をしていた。Mは、M妹夫には借用書と返済計画書を書き、懸命に約束を守ろうとしている。M姉夫妻や私には、領収書や借用書を決して書かなかった。

「扱いがあまりに違うじゃない。私にも返してほしい」と、私はMに詰め寄った。

Mはのらりくらりと言い訳もしない。私は無性に腹が立ち、芝居じみた行動であることは承知で、フローリングに額をつけて土下座をした。

「お願いですからお金返してください。毎日一〇〇〇円ずつでもいいので」。

すると、Mは私と対面して座り、無言で土下座を返した。

「返してください」と、私。

「……」。

「お願いっ、返して！」

「……プランが……」。

「プランて、なによ」。

向い合って何度か米搗きバッタを演じたが、馬鹿馬鹿しくなってやめた。どのみち返してくれないのだ。その夜、Mは一一時に糠からあがると五階へ下りていき、朝五時まで書類の整理をしていた。土下座の応酬は強い印象を残したらしく、あとで見つけたMのメモにこうあった。

「くっきりとした悪役をつくり出すために、中途半端な善意や反省を拒否してしまう戦術・作戦」

「戦術・作戦……？」

Mと私は戦っていたのか？


二〇〇一年の冬は格別に寒かった。とくに冷え込んだ一月二五日の朝、「石神さん急死」の知らせを受けた。石神さんは前日の夜、アーちゃんと別れて世田谷の自宅へ帰る途中、食道の動脈瘤が破裂したらしい。窒息死だったたという。代々木の手前で道路脇に車を寄せうしろの席に横になっているのが翌朝に発見された。明け方、アーちゃんは原宿警察に急行した。

雪になった一月二七日土曜日、Mは明け方まで五階で作業をしていた。夜中にMを糠に入れたあと水が石油臭いことに気づいた。最初はかすかだったがだんだん強くなる。地下で管理人に会ったので、「お水、石油臭いですよね」と言うと、「えっ」と驚いた顔をした。

一月二八日、夕方から石神さんのお通夜だった。前日からの雪が一〇センチも積もり、夕刻にかけてボタン雪に変わり、寒くて湿った夜になった。アンズちゃん夫が車でMと私をピックアップしてくれ、甲州街道沿いの斎場に向かった。Mは遺族にお悔やみの挨拶をしたあと、会場の一番うしろの席に座って呆然としていた。石神さんは電機部品の会社の代表で、年頃のお嬢さんが三人いる。親族や会社の役員らしい人たちが並んでいた。社葬で、五〇〇名余が集まった。

石神さんのお通夜から帰ると八時過ぎていた。水が石油臭いので調理をする気になれない。Mは、「上海飯店なら食べたいかな……」という。自分で上海飯店に電話をし、店主の孝ちゃんに、少量ずつ何種類か用意してほしいと頼んだ。外は寒い。雪が積もった細い坂道を参宮橋へ下りていった。滑らないよう、転ばないよう、ゆっくり歩いた。

短い商店街を下って上海飯店に入ると、衝立の向こうでM妹家族とM母が食事を終えて、杏仁豆腐などデザートに移ったところだった。Mは皆を認めると、

「わぁーっ、皆、いたんだ！」と大喜び。急に元気になった。M妹がバツが悪そうな表情で、

「お母さんが急に上海で食べたいって言うので、練馬まで迎えにいって……。お兄さんたちも誘おうかと思ったんですけど……。今夜、マキが姉のところに泊まりにいくので、これから二人を送っていこうかと……」。

そんな説明など聞きもせず、Mは皆と会えたことが嬉しいらしく、

「ねぇ、皆、もう食べ終わったの？　タッ君、もっと食べられるでしょ。一緒に食べようよ。孝ちゃん。お料理運んできて！」とはしゃいでいる。

「でも、デザートもいただいちゃったしねぇ……」とM母。

Mは、皆が席を立ちそうなので、気がきでなくオロオロしている。少量ずつ頼んだ料理を一人で大急ぎで食べながら、

「ねぇ、食べようよ、タッ君、マキちゃんも！」

私は、石神さんの死で気分が落ち込んでいるであろうMが、必死で料理を食べている様子を見て、気の毒になった。M母とM姪のマキちゃんは、直前の話題に戻って話を続ける。

「おばあちゃまは紫色が好きで、ウサギが好きなのよね。そしたら、紫色のウサギのお人形をプレゼントしてあげる」。

そうこうするうちにM妹の携帯が鳴り、

「ねぇ、お母さん、お姉さんが早く帰ってらっしゃいって……」。

「あら、じゃあ。M姉が待っているから、早く帰りましょ」と、M母。

Mは、皆に帰られたらたまらないと、大急ぎで食べている。

私は、怒りで胸と喉が詰まり、苦しくなった。

「タイちゃん！」

私ははっきりした声でM母に呼びかけ、正面からじっと目を見据え、ゆっくりと言った。

「あなたの息子が……（ここで一拍待つ）、病気で食欲がなくて……、痩せていくのが不安で

……、でも上海飯店ならってやってきて……、皆と会って嬉しくて……、皆が帰らないうちに追いつこうって……、必死でごはんを食べているんです。お願いですから……、少し待ってあげてください。タッ君、お腹がいっぱいなら食べなくていいから、アンクルが食事をするのをしっかり見ててあげて」。

私は、気持が高ぶって早口になるのを必死でおさえ、なるべくゆっくり、はっきり言い終わると力を込めて一人ひとりに視線を送り、最後にMを見つめた。ここで泣き出しちゃいけない。

Mは野菜炒めを食べながら、私の発言で緊張した座をとりなすように皆に笑いかけた。

「あー、タッ君。孝ちゃんのお料理は美味しいねぇ。お母さんも、もう一口どう?」

Mはほぼ食べ終わった。私は怒りで胸がつかえ、まったく食べる気になれない。一同は帰り支度を始めた。このままでは後味が悪い。M母の態度はひどいとはいえ、私のいい方も激しすぎたかもしれない……と、いつになく早めに反省した。私は、おさまらない怒りをねじ伏せるように立ち上がり、M母が席を立つのを助け、コートを羽織るのを手伝った。

M母は、「親一のこと、お願いね」と、両手で私の両手を握った。

またも苦手な場面だ。芝居がかった仕草に居心地の悪さを感じつつ、怒りを爆発させずになんとか一行を見送った。その夜、Mは一〇時すぎに糠風呂に入り、いつものように糠混ぜは夜半までの作業となった。作業を始めると頭のなかでカチカチ・カチカチカチと音が聞こえてくる。

翌朝、M姉から電話が入った。

「昨日は上海飯店で一緒だったんですってね。

母が、みい子さんとじっくり話せてよかったって言っていたわ」。

これだ。M母が何をどう説明したかは知らないが、「皆、いい人」で終わる。

油臭い水道水の原因は二九日の月曜に判明。地下の貯水槽にボイラーの灯油が混入したらしい。

翌朝から、飲用・調理用にと一〇リットルコンテナ入りのミネラル水が各戸に配布されるようになった。蛇口からの水は、食器を洗っても、臭いが残る。浄水器は、早い段階ではずしていた。一階まで行けば、水道管から直にひいている駐車場の蛇口から、臭くない水を汲むことができた。糠混ぜ用の水は一階まで汲みにいったが、お風呂用水には困った。わずかだが油が浮いて、かなり石油臭い。しょうがなくお風呂と洗濯は臭う水で我慢した。臭いは一ヵ月ほどとれなかった。


Mは結局のところ、M姉夫妻を一番頼りにしていた。だから、M姉夫が昇進したと聞いて、心から喜んでいた。二月一一日、M姉に、「あなたを元気づけたいし、パパの昇進祝いも兼ねて、ヒルトンの中華へいきましょう」と誘われ、Mは大急ぎで出かける仕度を始めた。私はその日の朝、Mと大喧嘩をしていたし、糠風呂を始めてからの一一階の収支をまとめなければならず、一緒にいく気になれなかったが、Mが残念がるので、しょうがなくM姉の車に乗り込んだ。

好きな料理をいくらでも注文できるという形式の食事は、元気な頃からMは大好きだ。何度か来たことのあるレストランで、普通に食事ができることでMは上機嫌だった。M姉夫妻は晴れ晴れした様子で、Mと私に優しかった。Mがいかにも楽しそうなので、私も嬉しくなった。食欲がなくて体重減を気にしていたMが、美味しそうに食べている。

二時間ほどの食事が終わり、皆で席を立ち、M姉夫がレジへ向かった。

テーブルから離れながら、M姉が顔を上気させて言った。

「今日はよかったわ。親一が喜んでくれて、本当に嬉しいわ。

お金は、こういうふうに使わないとね！」

人間ができていない私は、ここでムカっとくる。私だってこんなふうにお金を使いたい。


二月いっぱいで五階を明け渡すことになり、Mは会社の書類や本や資料の仕分けを始めた。二月初旬、あらためて三和君に段ボール一〇箱分の本を処分してもらい、私と今井は友人知人や業者を頼み、大型家具や雑貨をなるべく減らした。Mは連日明け方まで五階で書類整理をし、周囲を心配させた。作業に集中していて薬を飲み忘れるほどで、疲労がたまってフラフラしていた。

二月一〇日には星野さんが二トン車でやってきて、ロッカーと事務机三脚などもっていってくれた。二月一二日、星野さんの二トン車でもう一度。今井の友人も、使えそうなものを二トン車で回収していってくれた。


私が、「糠風呂に入ることができて有難いじゃなくて、有難うでしょう」と怒って以来、Mは糠風呂のあと、お湯のお風呂で糠を流すと、おぼつかない足取りで糠部屋へやってきて、「有難う」といい、しばらく私の混ぜ作業を見守るようになった。弱ったMに感謝の言葉を強要して、なんだか自分が阿漕な人間のような気がしてくる。

糠風呂のあとは普通のお風呂に入る。Mはそもそも体臭がほとんど無い。それが、身体から薬の甘い匂いがするようになった。尿もビタミン剤みたいな匂いがする。二月半ばになると、Mは自分で身体を洗う体力がなくなった。お風呂で身体を洗ってやっていて涙が出てきた。お尻がげっそりやせ、筋肉自慢だったふくらはぎも腿も、脚全体が細くなっている。シャンプーをすると、頭がゴツゴツしている。

「頭のデコボコは癌だよね。乳癌もある……」と、身体中を触って確認している。

「僕……、鬼みたいだ」。

一月一一日の東大外来で六五・八キロあった体重が、二月二一日、五九キロになった。

「どうしよう。食べているのに、体重がどんどん減っていく……」と、Mは不安そうだった。

「何が食べたい？」

と聞くと、鰻、天婦羅、牡蠣フライ、カレー、穴子、お寿司、スキ焼、酢豚と、指を折る。

さらにMを不安にしたのは、脚から腰にかけての痛みだった。痛みで頭がいっぱいになって眠れないのだ。痛み止めを飲んでもずっとは効いてくれない。糠風呂に入っても効き目は二時間しかもたなくなってきた。定期的に服用する痛み止め三種と、即効痛み止めを併用するようにいわれていたが、どのタイミングで飲んだらいいのかわからない。糠風呂に入ると少しは痛みがおさまるようだが、いっぽうで全身の疲労が激しいという。脚と腰の痛みに耐えられなくなった二月二三日、Mはベッドから携帯電話でアロマセラピストの長谷川記子さんに、「来てほしい」と頼んでいた。長谷川さんは一人でみえたり、助手の辻祐子さんを伴ってきたり、祐子さんだけのときもあった。マッサージをしてもらいながら、Mはいろいろ話していたようだ。

糠風呂サロンで、Mは痛みを話題にしたことがあった。

「甘みが濃くなると苦くなるように、痒みは痛みの軽いもの。お腹痛も大用を終えて痛みがなくなるなら心配いらない。動作性の痛みは問題ない。じっとしていて痛いのが怖いんです」。

痛みがなければいいのに……。痛くさえなければ衰弱も死も怖くない。気がついたら動けなくなって、身体が腐ってドヨドヨ溶けていけばいいのに……。


二月二四日、痛みが我慢できなくなってMはホスピス（緩和ケア科）の外来受診を決意。思い立つと、すぐに受診したがった。土曜日で、突然の要請だったにもかかわらず、古川看護師長が優しく応対してくださり、その日の夕方、人の出入りでごった返す救急外来のデスクで、ホスピス病棟責任者の秋山医師に会うことができた。人当たりが柔らかで、温厚なお顔。東大の菅澤医師からの紹介状に目を通された。受付で手渡されたホスピス紹介の冊子の表紙には、にこやかな笑顔の看護師と医師たちの集合写真が載っている。「緩和」の英語表記「パリアティヴ palliative（病気・痛みを治療はせずに和らげる）」を見つけたMと私は、

「あっ、これって、ひょっとして……」と、ほとんど同時に思い当たった。

「先生、ロシア語で『外套』を『パリトー』っていうんですが、この英語、〈あたたかく包

む〉っていう意味でしょうか。語源が一緒かもしれませんね」と、面白がってMが説明した。

二月二六日、初めて秋山医師の診察を受け、そのあとホスピス病棟を見学した。広尾日赤病院（日本赤十字社医療センター）のホスピスは当時別棟の一〇階にあり、陽射しがたっぷり入って明るい。ほかの病棟と雰囲気がまったく違う。床や家具が木目調で、入口で大きなぬいぐるみが迎えてくれる。保育園に似ている。壁も、腰の高さまで木製で明るい色調の絵画が掛けてある。看護師の制服も淡いピンク。ベッドやロッカーも木製で、角が丸い。食堂を兼ねたホールには大型のプラズマテレビ、中央に大きな丸テーブルがあり、アップライトピアノが一台。カウンターではコーヒーを淹れていて、いい香り。ボランティアの方たちの笑顔。大きな冷蔵庫には、秋山先生セレクトのコーヒー豆が冷凍してある。浴室に案内されたMは、まるで展望風呂だと、大喜びだった。

ホスピス外来を受診して安心したのか、Mは五階の整理作業に精出した。

看病疲れと糠混ぜ作業、連日のガラクタ整理とゴミ捨て、会社整理の方針も立たず、借金の全貌もつかめず、怒っていた私は、Mにひどい言葉を投げつけた。言葉の虐待だ。

「時間は戻らないし、お金も返してもらえない今、Mさんにできることは、私に教えていってくれること。どうやって死を受け入れたらいいのか、教えていって！」

Mは命が薄れていくことへの不安を克服できたのだろうか。どこかで吹っ切れたのだろうか。病状が進むにつれ、痛みや倦怠感で不安はなくなるのだろうか。もう死んだほうがいいと、どこかで思ったのか。最後まで死ぬ気がしなかったのだろうか。

一月、二月と、私は頭痛、首痛、焼けた刀を飲み込んだような喉元から胸全体のキリキリ痛、胃痛、腹痛、不眠を抱えながらも、フルに動いていた。Mに腹を立て、声を荒らげ、性格も攻撃的になっていた。朝まで泣き続け、痛くて目が開かないこともあった。体力気力も限界で、張り詰めた糸が切れそうだった。一一階が空に近かったせいもあるのだが、私はキッチンの窓から北の空へ向かって、二五年前に他界した父に呼びかけた。もちろん、念力微弱にして霊感のかけらもない私に父の姿が見えるはずもない。ただ、もう耐えられなかった。幻聴でも曖昧な暗示でもいい。誰かが「逃げてもいいよ」と言ってくれたら、逃げてやろうと思った。

「お父さん、助けて……。私、大丈夫なの？　持ち堪えられるの？

神様、あんまりじゃないですか。全部引き受けろというなら、やりおおせるだけの体力と判断力を私にください」。

五階の整理のためにM姉が業者を手配、二トン車と人手を頼んでくれた。二月二七日に二回、二八日に一回、二月半ばののべ三台分を加えると都合一二トンの書類や荷物を処分したことになる。業者整理初日の二七日、私は疲労を訴えてM姉さんに来てもらった。M姉は、私には、

「荷物なんて、なにも見ないでぜーんぶもっていってもらえばいいのよ。そのために業者を頼んだんじゃない。Mが痛がって寝かせてもらえないなら、もっと強い薬を処方してもらうしかないじゃない」。

Mには、

「ホスピス費用を出すんだから（それに先立つ電話で、私には入院費用を払う資力がもうないと訴えたところ、「主人に話しておきます」という答だった）、あなたが入院したら一一階も即処分。糠風呂だって無理よ。みい子さんが倒れるから、しょうがないじゃない」と、あらゆる問題にきっぱりと答を出して、帰っていった。

二月末日をもって、なんとか五階を空けることができた。

電話を一一階に移し、今井がリビングで寝泊りするようになった。

10章　ホスピスが最初で最後の贅沢

呼気で始まり吸気で終わる

ロシアの田舎で　1994年

三月一日、釧路帰りの元ちゃん（トウ子さんの弟で、Mより三つ年下だが叔父にあたる。M母とは異母姉弟。亡き父親の会社を管理し、高齢になった異母兄弟姉妹たちに配当を払っている）が、厚岸の牡蠣や筋子、数の子をお土産に二階を訪ねてくれた。櫛田さんという庶出系のご長男も一緒だった。M母の父親には庶子と嫡子がそれぞれ五人、離婚後の後妻に三人と、三系統一三名の兄弟姉妹がいる。一九八〇年前後は、会社の運営・配当や遺産の配分をめぐり、たがいにけん制し合っていたらしい。当時、Mは年に一度の株主総会にM母と一緒に出席し、それに先立ってM父があれこれ戦略を授けていた。

今井がリビングに陣取っているので以前のように大きなテーブルで会食ができない。電話で上海飯店に料理を注文し、元ちゃんがテイクアウトにいってくれた。北東部屋のMのベッド脇の床にピクニック・シートを敷き、皆で車座になって缶ビールを飲んだ。思い出話に花が咲き、Mは心から楽しそう。本当にピクニックみたいだった。昔、元ちゃんと新宿の小さな飲み屋で、緑色野菜だけを数種炒める「オール・グリーン」を食べたこと、従兄弟の誰かが無類のライカ好きなこと（Mはモスクワの自由市場で中古のライカを五台も買っていた）、隠田のお祖父さんの蔵には大量の食料が貯蔵してあったとか、遺産相続でもめたことも笑い話になっていた。

三月三日、母からの要請で私は急遽新潟へ。八六歳の母は「頭が呆けている」と、不安がって泣いた。私が東京を留守にした三日と四日は、トウ子さんが一一階に泊まり、Mを二四時間看病してくださった。Mは左の腰と両脚の付け根を痛がった。

三月七日、Mは銀行帰りに、ここ数年通っていた新宿西口の一〇〇〇円カット店に寄ったという。放射線でいったん抜けたあと、まばらに生えてきた髪を調えてもらうためだ。「美容師さんに、『僕、癌なんです』って言ったら、一瞬絶句して、『そうですか』って応えて、黙って刈ってくれた」そうだ。

三月九日、配達の都合で今井の車が使えず、広尾の日赤外来へタクシーで出かけた。痛み止めのMSコンチンが処方される。秋山先生に「そろそろ入院しますか?」と言われたが、Mは首を縦に振らない。返事をしないまま診察室をあとにした。

日赤の玄関で帰りのタクシーに乗り込み、「環六の初台坂上まで」と私が言うと、Mが、「山手通りに面した大きなマンションです」と、ゆっくりとした口調で付け加えた。

「そんなふうに言うんだったら、もう一緒にタクシー乗らないから!」と私は怒った。

後日、震える文字で書かれたメモを見つけた。

「お金は返す　これ以上君にムリは頼めない　僕を見捨ててください（↑いったん書いて、二重線で消してある）。ミエっぱり　プライドを貫け」（二〇〇一年二月二五日）

放射線治療で髪がまばらになった頭にかぶっていた黒のニット帽は、M姉が買ってくれた。木枯らしが吹くようになってカーキ色のパーカーコート、ベッドで寒くないようにとブロッコリ色のハイネックのカシミヤセーター。全部ユニクロで揃えたという。私も行ってみたくて、

「Mさんの長袖Tシャツと下着、ユニクロで買ってこようか?」と聞いた。するとMは、

「もう、着るもの買わなくていいよ」とボソッと言った。

三月一〇日、アンズちゃんに同行を頼み、私のノートパソコンと周辺機器を購入。M母が一一階を訪れ、夕食は蘭蘭から出前をとる。夜九時にMを糠に入れ、そのあと混ぜ作業。夜中、Mは痛くて眠れないらしく、三時三〇分に痛み止め三種を飲む。それでも腰骨と肺が痛いというので明け方五時頃まで脚と腰をさすった。朝の七時三〇分にMSコンチン。時間を決めて飲む薬と、痛くなったら飲んでいいというスポット服用の薬を、どう使い分けたらいいのかわからない。Mも不安気だ。私はM姉に電話をした。

「痛みのコントロールは私の手に負えませんし、本人も不安そうです」。

日曜だったので、M姉夫妻はすぐにやってきた。

「みい子さんも大変なんだから、入院しなさい。そのほうが安心でしょう?」

「でも、ホスピスなんて贅沢だよ……」と、M。

「パパが入院費出してくれるって。

……贅沢って。あなた、今までなにも贅沢してこなかったんだし……」

とM姉は声を詰まらせた。M姉はいい人なんだと思う。

Mの気持が楽になるように、精一杯優しい言葉をかけてくれたのだ。

Mは M姉夫の手をとり、「有難うございます」と礼を言った。

……ホスピス入院が、「最初で最後の贅沢……」か。


三月一二日、朝九時に日赤に電話をし、入院させてほしいと頼んだ。入院できると決まって安心したのか、Mはよく眠っている。昼過ぎに病院から「一三日に入院可」との返事。午後二時から五時までM姉妹とM母が一一階にいてくれ、糠の顧客二人も介助してくれたので、私は図書館へ。M母から、ノートパソコンの購入資金として一五万円渡された。

三月一三日、朝八時にMは普通のお風呂に入り、今井の運転で一〇時に日赤に入院した。四人部屋の向かい側はトイレ。設備や環境が清潔で快適だと介護者のストレスは減る。

Mは、健康な頃からよく言っていた。

「人間て、内臓を包んでいる袋なんだよね。袋のなかにあればウンコもその人の一部だけど、外へ出たとたんウンコになっちゃう。髪の毛も、鼻クソも、フケも、垢も、唾も、身体から離れたとたんに、汚いものになっちゃうんだよ」。

広くて清潔なトイレでも、身体の向きを変えるのも大儀になったMは、動作が間に合わなくて慌てることが多かった。

糠顧客が減り、せいぜい一日に一名。管理もなおざりになるので、温度が上がらない。

三月一六日、朝から三時間、会社関係の書類探し。豊田の本多光明さんと今後について電話で相談。M妹とM母が午後一時から日赤に詰めていてくれたので、私は図書館へ。迫さんと長谷川さんがお見舞にいらしたらしい。迫さんは、『父母《ぶも》恩重経』を置いていってくださった。親とのつながりに感謝する内容らしい。Mは泣いてお礼を言ったという。私は、夕方六時から日赤へ。M母から、またもパソコン用として一五万円渡される。

「片岡がノート型を買うので出してやってほしい」とMに頼まれたのだという。なんなのだ、この使途限定の援助っぽい動きは。私が有難く受け取れば二人は天使になれるとでもいうのか。M母が、「親一は、今、お金をもってくると一番喜ぶから……」とつぶやいた。

三月一九日、M妹に都合してもらった七〇万円とM母からパソコン購入用にと受け取った都合三〇万円を銀行に入金。またも、母からの緊急要請で新潟へ帰ることになったので、トウ子さんにMの夕食付き添いを頼み、糠混ぜ作業を済ませてから日赤に顔を出した。

「今日、シャンプーしてもらったら、頭にデコボコが一〇個あるんだって……」。

Mの言葉を耳のうしろで聞きながら、東京駅へ急ぎ、最終の新幹線に乗る。

実家に着くと、「こんな夜中に着いて……」と不機嫌な母の小言が待っていた。

翌三月二〇日付けで、Mは乳酸菌の取引先に近況報告と新規展開を約束する手紙を書いている。Mはまだ乳酸菌の製造を続けるつもりなのか。取引先との関係が良好だと思っているのか。カラ元気なのか、死ぬ気がしないのか、測りかねる。

三月二一日、私は午後の新幹線で帰京。午後二時からの小澤さんと四時からの顧客はM妹が介助してくれた。夕方、宮松君の車で日赤へ行くと、Mはベッドで M母がもってきたアスターの酢豚とM妹が買ってきた牡蠣フライ、どっちを食べようかと迷っていた。

七時過ぎ、茅根医師からお話があり、

「あと一ヵ月から一ヵ月半でしょうか。外出は今のうちに」と言われた。


三月二二日、胸からの携帯点滴となった。宝島社の石井さんがMを見舞ってくださった。Mは石井さんと何を話したのだろう。帰りは一緒に渋谷へ出て石井さんに夕食をご馳走になった。

「片岡さん、Mさんのどこが好きで一緒にいたの？」

「食事の仕方ですかね。美味しそうに、楽しそうに食べていたからでしょうか」。

「Mさんは、どうしてロシアだったんだろう？」

「高校時代、近所の先生方に影響を受けたようです。一九九〇年代半ばからロシアで援助活動を始めたのは、コストパフォーマンスが高かったからだと思います。内外価格差があって小額の円でもロシアで大きな援助ができたんです。わずかな額で大きな効果が得られるとなると、Mさん、燃えますね。フォルクスやヴィクトリアステーションのサラダバー、大好きですから。普段は生野菜そんなに食べないんですけど、食べ放題となると何度もお代わりするんです」。

三月二三日、朝八時に出て、会社の件で都庁で法律相談。その足で一〇時に法務局で会社の謄本をとり、現在状況を確認。読んでも、よくわからない。夕方、M姉次女が生後五ヵ月の長男、新太郎君とMを見舞ってくれたらしい。赤ちゃんは生まれたての命そのもの。自分で自分を守れないむきだしの命であることは、新生児も病人も同じだ。二〇〇〇年の大晦日、M姉に、

「あなたがいなくなっても、皆、新太郎を呼ぶたびに、あなたを思い出すのよ」と言われたと、Mが笑っていた。M姉にとっても弟の死を受け入れることは容易でないと想像する。でも、まだ死んでいないMを相手にメンタル・リハーサルをするのは酷ではないか。

三月二四日、Mは車椅子でホールに行くようになった。M妹に頼んで牡蠣フライや穴子寿司を買ってきてもらっていたが、食は思うように進まない。

親族や見舞客は、ホスピスにやってきて、「いいところね」という。しかし、どんなに環境が快適でも、患者は体調が悪く気分は沈んでいるのだ。病院構内の桜が咲いたが、Mは外へ出ることもできない。車椅子から立ち上がることができない。窓から身を乗り出して淡いピンクの花のかたまりを見下ろすこともできない。Mがつぶやく。

「これまでの一〇分の一でも、体力があったらなぁ……」。

「たまった支払いやこの先どうしたものか、途方に暮れる……」と私が訴えると、

「僕が元気ならなんとでもするのに……」とMは悔しそうに言った。

そうなのだ。今のMは、道端を歩いている猫さえ羨ましいのだ。

三月二六日の夜、Mは痛みで辛かったらしい。

三月二七日、午後二時に今井と日赤へMを迎えにいき、一二階へ連れ帰った。M姉妹とトウ子さんが見守るなか、Mは不自由な脚をあげて糠箱の縁をなんとか跨ぎ、ぬる目の糠にゆっくり入った。九時に間に合うよう病院へ送り、帰宅後糠混ぜ作業。夜中に高橋さんに電話をし、

「糠に入るのは、たぶん今日が最後になります」と報告すると、高橋さんは、「Mさん、もう、神様よ……」とおっしゃった。

三月二八日の昼過ぎ、糠風呂サロンでお世話になった高橋さん、岩井さん、志岐さん、森さんが、お花見弁当を携えて、揃ってホスピスへお見舞にいらしたという。二〇〇〇年の夏、高橋さんと疎遠になって以来、おばさま方の足も遠のいていた。Mは、高橋さんたちの姿を認めるなり、ベッドから身を乗り出して手招きし、「ごめんなさい、ごめんなさい」とひたすら詫びたという。和解できてほっとした様子だったらしい。

三月二八日の夜、温泉旅仲間の小川さんがいらした。Mは小川さんに何を話したのだろう。「会社のこと大変だね。必要なら弁護士紹介するよ」と言葉少なに帰っていかれた。

数日後、文化放送の石黒さんがお見舞にきてくれた。石黒さんには、小川さんも一緒に何度も温泉に連れていってもらった。Mはときどき、文化放送の報道番組にソ連・ロシア事情のコメンテーターとして出演。私も番組のニュースレター『ジャストミート通信』を一年ほど手伝っていた。局の机でレイアウト作業をしていると、通りがかった石黒さんが、

「おたくのデブ、元気?」と失敬な挨拶。

「デブって、皆デブじゃないですか。温泉浴場で並んで寝そべってる姿は、三頭のセイウチでしょう……」とやり返す。

後日、石黒さんからメールをもらった。

「ホスピスでMを見て、別人かと思った。半分になっちゃって……」。

Mが四人部屋にいた三月末の数日間、私は寝具を借りて家族用宿泊室に泊まった。西向きの畳部屋で、窓から夕映えの富士山が見える。夜中に目がさめるたび、ナースステーションをはさんで東側にある病室の様子を見にいった。

「生きているんだろうか……。息をしてないんじゃないか……」

Mは、パジャマの上にM姉がくれたブロッコリ色のセーターを着て、トウ子さんからもらった羽毛ケープを首にまいて眠っている。顔がやせて骸骨のようだ。ふっくらしていた手の甲から肉がそげ落ちている。こんなに長い指をしてたんだ……。

やはり三月末のこと。看護師さんと廊下で立ち話をしていて、聞くともなく聞いてみた。

「これまで大勢患者さんをご覧になっておられますよね。専門家として、Mはあとどのくらいだと思われますか?」

「一〇日ほどでしょうか……」という答に、私は不覚にもその場でよろけてしまった。

「ダイジョウブですか?」と支えられたが、奇妙なことに実感が湧かない。

本当に終わりがくるのだろうか。Mは病気で寝たきりでも、このまま生きていてくれる気がしていた。ホスピスでの生活がずっと続くような気がしていた。

三月末から、誤嚥からか三七度台の熱が続き、ゼリーを飲み込むのも難しくなった。

「食べられなくなったら、どうしよう……」とMは不安がっていた。

四月一日の夜、ホスピスの電話室の公衆電話でM妹夫に相談した。

「会社の整理ですが、五〇〇万円の基金《ファンド》を作っていただけたら、三割決済で納得してもらうよう買掛先を回ろうと思います」。

M妹夫はその提案に難色を示した。

「会社整理は諦めて、夜逃げしてください」。

「パパは、ホスピスや葬儀代は出すけど、会社やこれまでの負債はカバーできないって……」

とM姉にも言われていた。

それにしても、会社の名ばかり役員のM姉やM妹夫や私は、どこまで責任が追求されるのだろう？　一一階にはM家や会社の荷物が山ほどあるし、今井もいる。初台マンションから徒歩五分の町内に住んでいる私は、どうすれば逃げたことになるのか。

四月一日の夜、会社整理の方針が立たないまま日赤の家族用宿泊室で私は一睡もできず、逃亡を決意した。明けて四月二日、朝のうちに初台マンションへ戻り、トウ子さんに電話をした。

「トウ子さん、私、逃げようと思います。

Mさんには、『意識がなくなったらいなくなるから』って言ってありますし」。

トウ子さんは私を止めた。

「今あなたがいなくなったら、親ちゃんが可哀相。私もできるだけ病院に行くようにするから、一緒に最期を看取ってあげましょう。親ちゃんが亡くなったら、すぐに病院からいなくなっていいわ」。

田端の高橋さんにも電話をした。

「ここまでやったんだから、最期まで看てあげなさい」と言われた。

二人の説得に渋々同意して、私は切通坂の自室へ着替えにいった。見るともなく見ていた雑多な書類のなかから、一九九七年冬、咽頭癌の手術のあとにMから渡された紙が出てきた。それは生命保険の保険証書二枚を並べてA3用紙にコピーしたもので、〈死亡保険金受取人〉の欄に、「受取人を片岡みい子とし、その配分・運用の責任者とする」と手書きし、署名押印していた。

そのとき、一緒に渡されたA5判の紙には、

［生前約束書］私正垣親一が死亡・高度障害、災害で死亡・高度障害した場合、〇〇生命より入る××保険の保険金を、永年の苦労を共にし、終生助けてくれた労にむくいるものとして、パートナー片岡みい子に全額を与える旨をここに誓約する。本文書を唯一の遺言状とし　ここに自署・捺印する。（平成一〇年一二月一八日）

と黒のボールペンで横書きされ、朱肉で①左手親指　②銀行印　③実印（とそれぞれに明記）の三印が押されていた。

この書類を受け取ったときにMになにか言われたのだが、「手書きのメモなんて、いくら判子押しても意味がない。それに、この保険だって限度ぎりぎりまで借入しているに違いないし……」と放っておいたものだった。それでも、毎月担当のKさんが集金にくるので、糠風呂の収入から必死に工面して払ってはいた。入院手術費の保険請求は、M本人がKさんと相談しながら書類作成をしていた。Kさんに連絡をし、調べてもらったところ借入はしていないという。しかし、メモだけでは手続きが難しいので、遺言書を書いてもらってくださいという。

「でも、ホントは入籍するのが手っ取り早いんですけどね」ともいわれた。

四月二日の午後、病院に戻ると、Mは広い個室に移っていた。小さな個室に空きがなかったのだ。大きな部屋の西の隅にベッドが置かれ、入口近くに応接セットがある。この頃から、Mの身体状況が目に見えて衰えてきた。点滴の支柱につかまってベッドに腰掛けた姿勢から立ち上がろうとしてみる。身体を支えてもらえば立ち上がることができるが、踏み出せない。

「情けない」と嘆いた。独力でベッド脇に立とうとしてどうにも立てず、

「ダメなのか……」とうなだれた。

桜も満開をすぎ、花壇には色とりどりの春の花が咲き、甘い香りが流れてくる。M姉の子どもたちと幼い孫たちが見舞にくる。応接セットのテーブルを囲み、M母が中心になって、

「お茶を買ってらっしゃい、お菓子もね」と賑やかに話している。

Mは、部屋の西隅に置かれたベッドに寝て、天井を見ている。頭を起こして皆の姿を見ることはできない。病室で、お弁当にお茶にアイスクリーム。華やいだ声が聞こえることが、Mは嬉しいのだろうか。

この光景、カフカの『変身』に似ている。虫に変わってしまった長男グレゴルを部屋に閉じ込め、衰弱して死ぬかもしれないのに、両親と妹はピクニックに出かける。グレゴルが家族思いのところも同じだ。家族は、長男の身に起きたことが受け入れられない。なぜ異形の虫に変身したのか理解できないのだ。日が経つにつれ、役立たずで傷だらけで死にそうなグレゴルが疎ましく、邪魔になる。考えると憂鬱になるので、何事もないかのように振舞う家族……。

私は個室を出てホールへ行き、丸テーブルの中央に置いてあるホスピス・ノートに、
「お見舞はピクニックではない！　飲んだり、食べたり、はしゃぐんじゃない！」
と、紙が破けるほど鉛筆に力を込めて書いた。

私が、会社や一一階の整理で頭を痛めていることをMは重々承知している。毎月の家賃に今井の給料、Mの医療費もある。M姉に、「どのみちパパは出さない」といわれていることもMは知っている。病床のMは、私とM親族との対立を面白がっているのだろうか。あるいは、自分が死ぬと思っていなかったのかもしれない。自分がなんとかするつもりだから借金の額も明らかにせず、死亡保険金のことなど口にするのも嫌だったのか。死んだあとのことを心配するなら、「保険金が下りるはずだから、それでこうしてほしい、ああしてほしい」という話になるはずだ。Mの口から保険金の話は一切出なかった。

ホスピスに入ると、M母をはじめ親族が毎日訪ねてくれ、看病してくれるようになり、有難かった。一一階に私や糠の顧客たちといるときより、Mを訪ねやすくなったのだと思う。四月に入るとM母とトウ子さんがよく病室に泊まってくれるようになり、昼はM妹姉と姪や甥たちが病室にいてくれた。

四月四日、保険や会社整理を考えあぐねていたところ、頼まれて同行した駿河台下の銀行で、以前初台マンションにいらしたアパレル会社の片山さんにばったり遭った。
「おやおや、奇遇ですね。Mさんどうしておられる？」と懐かしい笑顔。

迂回して初台まで送ってくださるというので、車中、状況を説明した。片山さんは、「わかりました。僕が、若くて有能な女性弁護士を紹介してあげます」。

片山さんから紹介してもらった中野里香弁護士には、その日の夕方にアポをとり、翌四月五日、麴町の事務所を訪ねた。

四月四日の夜、光明さんが豊田から駆けつけてくれ、一一階で一泊。翌五日の朝、日赤へ同行、Mを見舞ってくれた。光明さんの優しい顔を見てMは嬉しそうだが、なにも言わない。

「Mさん、光明さんにお礼言った?

本多さんのところの皆さんに、どんなにかお世話になって……。ちゃんとお礼言わなくちゃ」。

私が非難がましい声で詰め寄ると、そばにいたM母が珍しく、

「言ったわよ。ちゃんと言ったわよ……」とMから視線を離さず、Mをかばうように訴えた。

「ええんです……。片岡さん、ええんです。わかっていますから」と光明さんは私を制し、「また連絡ください」と言って帰っていった。

Mが、最初に咽頭癌の手術をしてくださった東大の菅澤医師に会いたいという。信頼する先生に直接引導を渡してもらいたいと考えたのだろうか。私はファクスを送った。

Mは徐々に食欲が落ち、ここ数日食事が喉を通らなくなり薬を飲むのも辛くなりました。右頸部リンパに転移した腫瘍がさらに増大し、内側で圧迫しているための嚥下障害ではないかとのこ

とです。ここ数日、痰が上がって咳が出ていたのですが、それでも頑張って少量の食事や薬を必死で飲み下していました。そのためか誤嚥から肺炎を起こし、三八度台の熱が出たため、今は薬も点滴で、ゼリーや水も飲むのを禁止されています。二日には個室に移り、「肺炎の山場は越えたようだが、これから栄養をどうやってとるかが課題だ」とのことです。先生、三分間で結構です、個人的にMを見舞ってやっていただけないでしょうか。先生に、「手術は無理だ」と言っていただければ、本人は無念でしょうけど納得すると思います。そしてなによりも、先生にお礼を申し上げたいのだと思います。

四月六日の朝、菅澤医師が広尾に来てくださった。右頸部のピンポン球大の腫瘍を触り、「腫れていますね……」とおっしゃって、じっとMを見つめておられた。Mも思い詰めたように先生を見返していた。

四月七日、M母とM妹と私が、個室の応接セットで茅根医師の説明を受けた。二～三日から一週間で昏睡状態に陥るという。

「Mさんの状況は、キビシイです」とおっしゃった。「キビシイ」……か。つまり、生き伸びることができない。どんどん衰弱して終わりがくるということだ。「キビシイ」という言葉、以前は、「厳格な」教師、「厳重な」警戒、「過酷な」訓練、「険しい」表情、「深刻な」状況といった使われ方がほとんどで、「追い詰められた」、「手の打ちようがない」、「打開策がない」といった意味合いでは使わなかった。今や、さまざまな局面で頻繁に登場する。病人の容態も政局も経済も会社も就活も天候も「キビシイ」。随分便利な言葉になった。

さらに、私は直接聞いていないが、M妹がこう言われた。

「Mさんはホスピスにいらっしゃることを理解しておられるのでしょうか。延命治療を望まれてもここではできません。今後、さらに全身状況が衰えていきます。死を受け容れるのがMさんの課題です」。

茅根医師のことだから、思いやりに満ちた表情で、静かな口調でおっしゃったに違いない。しかし、私は、「課題」という言葉に即反発した。

「もう、課題はたくさん！　死を受け容れるのが課題だなんて……」

目標を設定し課題に挑戦してきたMの性格を考慮しての言葉の選択なのか、ネガティヴな表現を避けるとこれしかないのか。Mは末期癌で、death-challenged（死と向き合い）、しっかり死んでいくという課題にポジティヴに取り組まねばならないというのか……。

四月九日、小さな個室に移った。窓際に椅子の高さほどの位置に畳二枚ほどの細長いスペースがあり、二人が横になって休むことができる。M母とトウ子さんと私が、二人ずつ交替で泊まり、昼はM姉とM妹がM母の送迎や食事などを運びがてら看病してくれた。

Mはベッドで同じ姿勢のままなので身の置きどころがなくなってくる。ベッドに傾斜をつけているため、上体が徐々にずり落ちてくるのだ。Mに腕の力がまだ残っていた頃、私は何度もMをベッドの上方にずらしてやった。Mの右肩と左腋の下から私が両手を入れ、交差するように私の背中に両腕を回してつかまってもらい、Mの半身を浮かしながらベッドの上方へもっていく。軽くなったMは、拍子抜けするほど楽々と持ち上げることができる。上にあがると嬉しそうな顔をした。何度か繰り返したこの動作。Mが回した弱々しい両手の感触が、今も背中に残っている。この感触は、きっと一生忘れない。

四月九日の午後、

「Mさん、これから、会社やお家のことで、いちいちM母ちゃんに出てきてもらうの大変でしょ？　保険のKさんと弁護士さんに相談したら、遺言を書いてもらいなさいって。遺言書作ってもらったけど、これに署名できる？」

用紙を見たMは本当に嫌な顔をした。

「じゃあ、婚姻届ならいいの？」と聞くと、うなずいた。

思えば、私は一度も誰からも結婚のプロポーズをされたことがない。

「婚姻届ならいいの？」って、ここにおよんでなんたる提案、実際的な選択だろう。

私は、大急ぎで私の本籍のある新潟県内の市役所に謄本請求を郵送し、Mの本籍がある京都市役所にも同様に送った。渋谷区役所で婚姻届の用紙をもらい、四月一〇日の夜、Mに署名させた。

Mは震える手で名前を書いた。それが絶筆だった。

四月一一日の朝、証人になってくださる東郷トモコさんとアーちゃんのお宅に伺い署名をいただいた。新潟からの書類の返送を待つことができず、新幹線で新潟へ行き、最寄駅からタクシーで市役所に乗りつけ、書類を受け取って東京に引き返し、遅夕に区役所で入籍をすませた。

四月一二日、実家の母に呼ばれ、夜の新幹線で新潟へ。一泊して一三日に戻る。

四月一四日、M姉夫に電話で入籍を報告。夕方、赤坂見附駅の構内で待ち合わせた。

「保険が下りると思います。これで会社も整理できます。

保険金は、いったんM母ちゃんに受け取ってもらいましょうか?」と、私。

「よかった。M母ちゃんは僕が説得するから」とM姉夫は喜んでくれた。

次に、M妹夫に電話で連絡すると、「よかった。本当によかった」と、ほっとした様子だった。

四月一三日、お風呂に入れなくなり、髭もそれない。Mのやせた頬におそるおそる剃刀をあててみた。初めてだったが、手早く上手に剃れた。Mもすっきりしたと喜んでくれた。

亡くなる四日ほど前から、夢をみているのか、Mは両手を高くあげ、なにかを探すような仕草をするようになった。その手をとって握っても安心する様子はない。なにかにすがろうとしているのか、たぐり寄せようとしているのか、両手で虚空をつかもうとするM。意識が朦朧としているのか。Mの頭のなかでどんな光景が、どんな記憶が廻っているのだろう。

誤嚥が怖くて水を飲ませることができない。なにも喉を通らなくなり、ときどき氷水を含ませた脱脂綿で口中を湿らせてやる。トウ子さんが、

「ここまで技術が発達しているんだから、喉が渇かないように、なんとか工夫できないのかしら。口や鼻のあたりに、霧の塊を浮かせておくとか……」と言う。

トウ子さんの話からは、いつもシュールな絵画を想像する。

「ここ二〜三日うちには……」と聞いていたし、準備もしなくちゃ、と思っていた。でも準

備って……？　そうか、死装束か。清拭したあとで着せるものだ。とくに考えていなかった。二月末に五階の事務所を整理したとき、クローゼットに袋に入った着物があった。二〇〇〇年の花見の折にアンサンブルを着て、岩井さんとカメラにおさまっている。私がMと最初に会った日に着ていたのと同じ着物なのか？　クリーニングに出してないのか、脂染みた臭いがした。

四月一五日、褥そうが増えた。横向きにされるのを嫌がるのは、肝臓が痛むかららしい。

私は、この一週間緊張して動いていたため、一五日の夜は病室の畳スペースで爆睡。夜を徹して枕元でMを見守っていたM母は、「こんなときに、よく眠れるわね」と呆れていた。

四月一六日の朝、茅根医師に、

「今日あたり、皆さんにお集まりいただいたほうが……」といわれた。

昼前に初台に帰り、銀行に寄り、山口弁護士に報告のファクスを送ったあと、着物をもって一一階を出た。終点の渋谷駅でバスを下り、「なにか食べておかなくちゃ」と思い、東急プラザ地下の客がまばらな午後二時の蕎麦屋でもり蕎麦を注文。なんだか虚ろだった。渋谷駅東口でバスに乗る前に東横のれん街で夕食用のお弁当を二つ買った。長い夜になりそうな予感があった。

午後から親族が駆けつけてきた。M姉妹一族と今井で一五名。夕方トウ子さんがやってきた。皆が見守るなかトウ子さんはMのベッドに近づくと、枕元でいつもの静かな声で呼びかけた。

「親ちゃん、心配いらないわ。同じなのよ。なにも変わらないのよ……」。

M母がベッドの枕元の椅子に座っている。連日の看病泊でさすがに疲れた様子だ。うなだれてMの顔を見ている。親族は、Mのベッドを U字型に遠巻きに囲んで立ったまま。M姉の三人の姪と夫たち、その子どもたちもいる。誰かが突出してなにかをいう雰囲気ではない。このままでは、誰もMにまともにお別れも言えない。そこで私は皆に提案した。

「あのー、いったん皆で廊下へ出て、一人ずつ部屋のなかに入ってMさんに言いたいことを言いませんか。周りに人がいると言いにくいかもしれないし。順番になかなか入って……」。

「えーっ？」とM姉。「私は、もうこれまでに十分に親一とは話したわ……」。

「とにかく、お願いですから……」と、私は率先して廊下へ出た。

M姉の子どもたちが、「私もそのほうがいいな……」と応じてくれた。皆のろのろと移動し、のろのろと廊下へ出て、M母だけがベッド脇の椅子に残った。それぞれがMに何を言ったかは、M母だけが知るところとなる。

私の番が回ってきた。……無念だろうに、……ねえ、今日死んじゃうの？……まだ逝きたくないだろうに……頭を廻っているのはそれだけだ。私は、

「すぐに生まれ変わってね。すぐに戻ってきてね。石でも鳥でも、なんでもいいから。戻ってきたら、私にわかるように合図してね」と言った。

五日前、入籍を報告したとき、M姉夫には、

「でも、ママと仲直りしてもらわないとね」と言われていた。

臨終の日となった一六日の夕方、病室を出た廊下でM姉を呼び止め、神妙に詫びた。

「これまで、ひどいことを言ったり書いたり、本当に申し訳ありませんでした」。

M姉は、紅潮した笑顔で、

「いいのよ、みい子さん。私、もう、みーんな忘れたから……」。

人間ができていない私は、この一言でまた逆上する。

「えーっ、忘れないでよ。しっかり憶えていてよぅ……」と心のなかで叫んだ。


一人ずつのお別れを終えたあと、また皆が病室に入った。

最期の表現で、「息をひきとる」というのがあるが、最後は吸った息を吐けなくなって死ぬのだ。逆に生まれてくるとき人は産声をあげる。呼気で始まり吸気で終わる。Mはだんだん呼吸が不規則になり、M姉妹一族、M母、トウ子さんが死の床を囲み、Mの呼吸が乱れると、

「アンクル、息して！」

「おにいちゃま、息して！」

「Mさん、息して！」と呼びかけた。

私は、この期に及んで、まだ「Mさん！」と呼びかけている。意識しないと、「Mさん」になってしまう。Mも私を、「片岡」とか「片岡君」と呼んでいた。これは、私がけじめ節目を避けてきたせいだ。「ちゃんと婚礼を挙げ、入籍し、夫の姓で呼ばれる。夫を主人と呼び、夫に名前で呼びかける」なんて考えたこともなかった。この二五年のあいだに、ほんの数回、M母やM姉に、「みい子」と呼ばれたことがある。正式に結婚してもらえない私に憐憫の情を感じたときか、「家族の一員として認めてあげている」ことを示すときだったと思う。そのたびに私は居心地の悪さを感じた。またM姉妹は、私に対して意地悪で残酷な気分になったときは、

「だって、お父ちゃまはみい子さんが嫌いだったんだから、しょうがないじゃない……」

というM母の言葉を繰り返し引いてくる。いい気味だと思ったことだろう。

ま、そんなことはどうでもいい。誰がどう思おうが、もう、本当にどうでもよかった。

呼びかけると息が戻ってきたので、皆で何度も声を揃えて、呼吸の号令をかけた。

「吐いて、吸って、吐いて……そう、そう。ヒー・フー」。

呼吸が戻ると、皆で「よかったぁ」と歓声をあげたり、安心したりしていた。

「ヒーヒー・フー」

と枕元で声を合わせて言いながら、ハタと気がついて急に可笑しくなった。

「なんか、ヒーヒー・フーって……ラマーズ法でしたっけ？　出産のときみたいですね」と、

私はつい、声を出して笑った。さすがに誰も同調しない。必死で号令をかけている。場違いだったか……と、即反省。誘われて笑みを浮かべた人もいたが、大方の顰蹙を買ったようだった。それからしばらくしてMは息をひきとった。もう声も出せなかったMだが、

「また、片岡が馬鹿なこと言って！」

と、呆れてクスッと笑って息を吐いたあと、最後の息をひきとってくれたのだといいのに……と思う。薄れていく意識のなかでMが笑っていてくれたらと思った。

茅根医師が死亡を確認した。四月一六日午後一一時一五分。四〇度近い熱が嘘のようにひき、さっきまで怒張していた右頸の腫瘍がしぼんでいる。古川看護師長と尾立看護師が身体を清めてくださるというので、手伝った。何に着替えさせますかと聞かれ、

「よく着ていた着物を……」と風呂敷包みから出した。

結局、その脂染みた着物を着せることにした。Mは襟のあたりが汚れた着物を着せられて、気の毒だった。黄泉の国で服装チェックがあったら、最低ランクだろうな。でも、Mらしくもある。大丈夫、高温の炎でよく燃えそうだ。

医師に、献体をするかどうか家族で相談するようにいわれた。私は、葬儀をしなくていいなら楽だと思った。他の家族メンバーと相談したり顔を合わせたりしなくていいなら、献体でもよかった。M母が、

「親一は社会のために役立ちたいといっていたから、献体がいいんじゃない？」

と何度か献体支持発言をした。すると、M姉夫が、

「僕は献体に反対だ」と明言。

「でも、親一は世の中のために……って」と、M母。

M姉夫は怒ったような顔でカンファレンス室を出ていった。その姿を見送りながらM姉が、

「パパが駄目っていうんだから……」とM母をたしなめる。

私はカンファレンス室を出て、M姉夫のあとを追った。夜中の暗いエレベーターホールにM姉夫のうしろ姿が見えた。横に近づいた私に、

「親一は、大きな手術を何回も受けて、身体中傷だらけなんだ。これ以上切るなんて可哀相だ……」と涙をためていらした。

献体はしないことに決め、日赤に近い〔青山第一社〕を呼んでもらった。

終章　ブランニュー・デイ

右頸部のピンポン球大腫瘍は、Mが息をひきとった瞬間みるみる萎んでいった。命って不思議だ。スイッチが切れたとたん身体は硬直し、冷たい塊になっていく。

命って、血が通っている肉の塊なんだ。血の通った肉……。

死の床の個別メッセージで、私はMに、「石でもいいから早く生まれ変わって……」と言ったが、石では具合が悪いのだろうか。肉体がないことには感じ方も違ってくるのか？ 生ビールの喉越し、花の香り、虫の音や音楽、涼風や朝焼けや星空は？ 手をつなぐこともできないのか。身体というメディアがないと、文字どおり「体感」できないのか。

疲労と混乱のなかで葬儀社と打ち合わせ、M姉妹夫たちと相談しながら祭壇を選んだ。

ところが、葬儀の前日、葬儀社の担当に、

「浄土真宗と伺っていたので、お清めの塩を用意していなかったのですが、さきほど明日の詳細打ち合わせで住職にご連絡したところ、臨済宗でいらっしゃるということでして。祭壇にお供えしたあとでお棺に入れるお団子を用意してほしいとのことでした」と言われ、一同唖然。

「はぁ？ 臨済宗？ お団子？」

私は驚き、呆れ、声をあげて笑いたくなった。なにそれ？　あんなに、親鸞だ、大谷光瑞さんだ、本願寺さんだって、言っていたではないか。Mの名前の「親一」も、親鸞からとったって。M家を支えていたのは浄土真宗じゃなかったんですか？　ほらぁ、その程度じゃん！　お坊さまを決めるのに誰も主体的に関わっていないのだ。お題目だけ、うわっつらだけ。私はここぞとばかり、思いきり馬鹿にした。それにしてもなぜ、Mが気づかなかったのだろう。

相模湖にある霊園の墓地区画は、まずM母が購入し、「それなら私も」とM姉が隣の区画を買ったらしい。お寺やお坊さまを頼むにあたってはMとM母で相談したのだろうが、真相はわからない。杉並の堀ノ内斎場で行ったM父の葬儀の時点ではまだお寺が決まっておらず、今井が般若心経を読んだ。Mは自分の命もおぼつかず、心ここにあらずでお坊さまの宗派など考える余裕がなかったのかもしれない。私は混乱しながらもマルマンストアへお団子粉を買いに走り、白くてツヤツヤ美しい大ぶりのまん丸団子を二〇個作った。できあがる頃には、Mのお棺に団子を入れるのはいいかもしれないと思っていた。

いいかげんな仏徒、M一家。いいかげんな私。

Mは発症する以前、甲州街道に面した花の量販店の前を通ると、

「僕のお葬式には、白いバラがたくさんあるといいなぁ」と言っていた。

バラが好きなのか……、知らなかった。でも、発症してからは葬儀の話題は出なかった。

東京新聞の若松さんから電話があり、

「死亡記事、新聞に載せますか？　原稿は、一応僕が書きました」と訊いてきた。

新聞掲載はやめようということになる。会社関係に知らせたものか私は迷っていた。債権者が押し寄せてきたらどうしよう……。しかし、「知らせないと、あとで問題になる」「どうして知らせてくれなかったのか……と絶対に責められる」「弔問客が続いて、いつまでも対応が大変」といわれ、急いでファクスを送った。初台マンションのオーナーも弔問にきてくださった。

「大変でしたね。早い頃から、もっと楽なところへ移られたらどうですかって何度も申し上げていたんですが、残念なことでした」。

都の税務課から納税の催促にきた職員男女二人は、玄関口から遺影を見て、

「ご愁傷さまでした。また、あらためて伺います」と帰っていった

四月二二日、代々幡斎場での葬儀にはおよそ三〇〇人が参集。遠くからも駆けつけてくださった。M母はM姉が用意した喪服を着て、しゃんとして葬儀に出席。弔問客に応えて、

「こればっかりは、代わってやることができないから……」と繰り返していた。

最後の挨拶は、喪主の私だ。

「私はMさんの闘病を支えるのに必死でしたが、Mさんは、痛くて、死ぬのが怖くて、ものすごく不安だったと思います。その不安は解消してあげられませんでした……。Mさんのことは、大好きで、でも大っ嫌いでした」と結んだ。

葬儀を終え、五月の連休中には糠風呂を解体撤去してもらった。糠風呂の部屋は、厚地のカー

テンも結露した窓もカビだらけ。壁紙がはがれ、ひびや汚れや黒カビや赤カビで、ちょっとした壁面アート作品になっていた。自分の部屋だったら、ヤスリをかけてペンキで塗ってしまいたい。でも、現状復帰が原則。壁紙をはがして洗剤や漂白剤で何度も壁を拭き、連日窓を開けて空気を入れ替え、なるべく糠の臭いが飛ぶようにした。

一一階には、M父母の衣類や布団、家財やガラクタがまだ残っていた。何年物かわからない誰も飲まないブラックベリー酒が果実酒用大型瓶で四本。二五リットル・ゴミ袋二つ分のマッチのコレクション、さらにゴミ袋一つ分の割り箸と古くなって乾燥した不織布おしぼり。M母はデパートで買ったお弁当やお菓子や惣菜の容器をしっかりとっておいた。驚いたことに、切通坂にもM母の荷物が置いてあった。私が入居した直後、交渉上手なMは管理人と親しくなり、私に内緒で無料で地下の倉庫を借り受け、今井と二人でM母の荷物を運び込んだという。

「人生が旅」で「家はホテル」なら、これほどの家財とガラクタはMとM父母が安心して暮らしていた証なのだろうか。世界の家族をその家財とともに家の前で撮影した写真家ピーター・メンツェルの仕事を思い出した。

M母は、六月半ばの納骨までに何度か練馬のM姉の家から一一階の祭壇にお参りにきた。今井が車で送迎していた。納骨を終えた六月下旬、友人に手伝ってもらって香典返しの発送作業をしているときにM母はやってきた。私は、一度訊いておきたいことがあった。

「タイちゃんは、八〇年代の初めでしたかお父様が亡くなられ、遺産を受け取っていますよね。

その額は二八〇〇万円だったと聞いています。そのとき、どうして、タイちゃんとM父さんお二人で住むための小さなマンションでも家でも買われなかったんですか？　お二人に住む場所があれば、Mさんはこんなに高い家賃を払い続けなくてすんだでしょうし、Mさんだけなら身の振り方はなんとでもなったでしょう。会社をやめる選択肢だってあったでしょうに……」。

ふいをつかれて、M母は、

「あら、……そうしようって話もあったのよ。でも、お父ちゃまがその必要はないって。親一に任せておけばいいからって。あんじょうやってくれる……って。だから買わなかったのよ。それに、家なんか買ったって、その先で住む人もいないんだし……」と答えた。

「Mさんは、高い家賃を払うので大変な思いをしていたと思います。私は、Mさんは家で殺されたと思っています。せめてご自分たちの家を確保してくださっていたら……」。

詰問する私に、「お生憎さま」といった口ぶりで、しかも重大発表をするかのように、

「でもね、私、言われたのよ。あの人が二〇歳になったときに実印作ってあげたんだけど、そのときの判子屋さんが、『この人は五〇までだね』って……」とM母は小さく笑った。

その話はMから聞いて知っていた。

「それに親一だって、けっこう楽しそうにしてたじゃないの。みい子さん、あなたみたいに言いたいこと全部言ってたら生きてけないわよ。そんなの、ただのヒステリーじゃない」。

私は無性に腹が立ち、M母と、M母を送っていく今井を玄関に追い立て、

「タイちゃん、これまで失礼なことをたくさん言って、申し訳ありませんでしたっ。

今井さんも、あと二日の辛抱ですから！」と捨て台詞を吐いて扉をバタンと閉めた。

水天宮のホテルのロビーで、乳酸菌飲料の委託製造先の副社長と会うことになった。

「その後どうですか？　製造は続けますか？」

Mの闘病と葬儀をめぐる事情や今井との対立など、かいつまんで話すと、

「金持ち喧嘩せずって、いいますなぁ……」とおっしゃった。まったくそうだと思う。

私は喧嘩をしていたのだろうか。少なくとも財産を奪い合っていたのではない。借金や介護を誰が引き受けるか、会社や家を誰がかたづけるか、それらにまつわる費用を誰が負担するかでもめていたのだ。私は資産家に嫁いだM姉妹とその夫たち、M母など、金持ちたちにひたすら噛みついていただけなのか。いったい誰のために？　われながら嫌な役回りだと思った。私はただ、「お暇します」と逃げ出せばよかったのか。もっとも、それを喧嘩と呼ぶなら、M姉妹夫婦がお金持ちで健康で強くて賢明だったからこそできた喧嘩だった。

糠風呂顧客の堀越さんに、

「人は病気で死ぬのでなく、寿命で死ぬのよ」と言われ、少し気が楽になる。

誰も死ぬときを選べない。別の友人には、

「あなたはMさんの分も長生きしなさい」と言われた。妙な感じだ。

「死んで花実が咲くものか」とか、「生きててナンボ」とかいう。

長生きはご褒美なの？　早く死ぬのは、なにかの罰なの？「あいつはいい死に方しない……」とか、「人は生きたように死ぬ」とかいうけど、本当にそうなの？　Mは自分勝手だが一生懸命だった。悪いこともしていない。Mは、どの瞬間も必死で楽しもうとしていた。やりたいことはすべてやろうとした。無理を承知で強引に進めた。

個体は、生まれ出た瞬間から数かずの「初めて」の経験に曝され続ける。難関を切り抜けて充実感を得ることもあるが、攻撃をかわすことができず傷つき、斃れる。学習したことを活かす間もなく、ぼろぼろズタズタに傷ついて死んでいくのだ。やり直しはきかない。死んでいくMのそばで私はいろいろ考えた。少しは賢くなったかもしれない。でも、私という個体一個が多少賢くなったところで世の中なにも変わらない。なんの意味もない。……むなしい。

一九九〇年代、友人に紹介してもらった編集プロダクション経由で私は『家庭画報』に美術展の紹介コラムを書いていたが、その関係で、珍しく招待券をもらった。葬儀と納骨を終え、切通坂から初台マンションへの引越しも終えた二〇〇一年九月、木場の東京都現代美術館で開催されていた『二〇世紀イタリア展』を観にいった。大好きなクレメンテやクッキを観て、最後の部屋でミンモ・パラディーノの『夜の訪問者』に出くわした。オリジナルはベラスケスの『ラス・メニーナス』。ピカソをはじめ、大勢の画家が解題を描いている有名な絵画だ。スペインの幼いマルゲリータ王女が召使に囲まれており、なにかを描いている画家、後景には遠く入口のドアから誰かがその様子を見ている。名画の構図はそのままに、パラディーノの絵は画家一流の激しいタッチがただならない雰囲気を醸し出している。戸口に立って見ている人物は、骸骨だ。

私はその絵を見たとたん、思わず泣いてしまった。突き上げてくる嗚咽を止めることができない。ドアのところに立っている骸骨がMにそっくりなのだ。糠混ぜ作業をしている私に、「有難う」と言いにきたときのMの姿だ。

Mの死後一年ほどして、M母は練馬のM姉宅から浦和のケアハウスへ移った。私はそこを数回訪れただけだ。二度目だったか、M妹と訪ねた折、思い出話になり、

「これまで生きてこられて、一番辛かったことって何ですか？」と聞いてみた。

「そうねえ、小学生のときに富士山に登ったことかしら。先生が付き添って希望者だけが参加したの。特別な遠足ね。富士吉田から登ったの。あんなに辛いこと、お金払ってやったんだから……ハ、ハ（笑）。あのときの苦しさを思うと、ちょっとやそっとのことは我慢できるわ」。

富士登山……。M母を支えてきたのは富士登山だったのか。想定外の返答、しかも特徴的だ。自分の体力との闘いだ。M母は、ストレスの源となる人間関係で辛いと感じたことがなかったというのか。……就学前後の子ども三人を抱えて、M一家は疎開先の松本から東京へ帰ってくる。かつてM父の長兄が用意してくれて住んでいた練馬の家には、すでに別の親戚家族が入っていて戻ることができなかった。家賃を払う生活が始まり、六〇年代後半から暮らしぶりは悪くなる。生活費や授業料を払えずに、隠田の実家に無心にいくのは辛くなかったのか。不甲斐ない夫に失

望しなかったのか。言い争いはなかったのか。離婚は考えなかったのか。初台マンションの一一階に移ってからも、M父が亡くなる前から家賃を滞納していたので、家主に何度か乗り込まれている。その応対に出るのは辛くなかったのか。

似たような質問だか、私の母には「これまで一番楽しかったことは?」と聞いてみた。辛かったことや愚痴は山ほど聞かされてきたからだ。これまた意外な答で、

「おまえと一緒に行った受験旅行が楽しかった」という。

はぁ? 初めての海外だったハワイや友達と行った温泉旅行でなく、緊張して不安で不機嫌な一八歳の受験娘に付き添っていった旅が楽しかったというのか。

私の母は大正三年生まれ、M母は一歳下の大正四年生まれ。二人とも九二歳で亡くなった。M母は辛かったことを一つも語らず、私の母は口を開けば不満と愚痴、「辛い」「死にたい」を連発した。M母は、「部屋がかたづいてなくても優雅にお茶を飲むことが大事」と嘯き、私の母は、「働いてばかりで、ゆっくりお茶を飲んでいる暇もなかった」と弟嫁にイヤミを言う。二人とも炭酸飲料が好きで、M母は刺激の強いキリンレモン、私の母は三ツ矢サイダー、なぜか二人とも氷をたくさん入れる。玄関で靴を履いたあとで忘れ物に気がつくと、数歩なら靴のまま上がってくるMの行動はM母譲り。オブラートが無いと粉薬が飲めない私の弱点は母譲りだ。そういえば、MとM母は二人ともピサロの絵が好きだ。

親子は変なところが似ていると、中高年になって気がつく。

Mと会社におりた保険金の総額、買掛金の返済、今井に渡した金額と自動車ローンの精算、初台マンション五階と一一階の滞納家賃の返済、葬儀代とお香典と香典返し、糠風呂の謝礼金や見舞金。私が把握しているM姉妹と夫たち、M母から援助してもらった金額とわずかに返していた額。この二〇年間に私が会社に出し、通帳に記録が残っている総額など、出入全体の会計報告を終えるのに、私は一年かかった。買掛金や借金、滞納家賃、医療費、税金、不用品処分、弁護士相談料を含め、返済や会社処理に使った総額は五〇〇〇万円ほどだった。豊田の本多さんからの援助は一億円近いだろうが、とても返せない。私自身は、通帳に送金記録が残っていた額を返してもらう。それにしても、Mの二五年間の苦労の数字がM姉夫の年収より少ない額なのだ。これはなかなかの衝撃だった。豊田の本多さんには少ししか返せなかった。

「惚れた弱みってことです。

親父も僕も、親一さんが大好きだったたし、親一さんに期待していましたから……」

と本多さんの長男・光明さんは言ってくれた。

会計報告を送ってしばらくして、私はM妹から手紙を受け取った。

「……兄は人への思いやりが深く、自分を殺してまで人に尽くすところがあった。そんな兄を好きだったたし、尊敬もしていた。しかし、反面経済観念がなく、お金の面でいろいろな方がたに迷惑をかけたのも事実。加えて、思いやりか見栄かわからないが、あきらかに不可能なこともできるといっては、結果迷惑をかけたことも多かったと思う。私もそばにいて、このような性格の兄が会社をちゃんと経営できたとは思わない。うまくいかなくなったのも当然。たしかに、両親のことを思って沼袋の家や初台のマンションを高い家賃で借りて分不相応なことをやっていた。でも、これも兄の判断だ。兄は母から、みい子さんが知っている以上にお金を出してもらってい た。そんなこともルーズな経営に拍車をかけたのではないかと思う。みい子さんの手紙を読んで気になったことは、みい子さんが兄をあまりにも良くとらえすぎていて、会社の失敗や兄の病死も両親のせいだといわんばかりだということ。兄は、みい子さんに精神的・経済的に大きな負担をかけたと思う。でも、これは兄が原因でのことであり、みい子さんはそんな兄でも好きで一緒にいてくださったのではないでしょうか……」という内容だった。


Mの葬儀と前後して、私は数頁のファクスを受け取った。Mが学生時代から家庭教師をし、お宅に足繁くお邪魔して家族ぐるみで親しくしていたH君のお姉さんだった。H家の人びとは揃って葬儀にきてくれて、思い出話をしてくれた。H妹ちゃんは、

「ガチャ先生がハグしてくれると、ダイジョブだって気がして安心できた」と言っていた。H妹ちゃんが一二歳の頃、Mの代理で私も何度か勉強をみてあげたことがある。一緒に鮨屋に行くと、鮪の赤身ばかり注文する元気で可愛い子だった。

「君くらいの年の娘は、赤身を食べるのがよろしい!」とMは褒めていた。

H姉ちゃんがMを好きかもしれないことは私も気づいていた。でも、H姉ちゃんは結婚した。たぶんMになにも言わずに。H姉ちゃんは、葬儀でボロボロ泣いていた。

そうなのだ。Mとの人間関係はそれぞれのもの。誰もが一対一で切り結ぶ。

Mはホスピスに入院する直前に食品化学新聞社の落合編集長を訪れている。最初の咽頭癌手術直前には、食品化学研究会のメンバー大谷さんの勤務先をアポ無し訪問。各地で講演会の場を用意してくれた倫理研究所の丸山敏秋さんのオフィスも何度も訪ねた。突然やってきて、病人らしくない振舞いに、皆さん驚かれる。ハイパーアクティブでハイパーテンションなMの行動を心配しつつ、強烈なキャラだったと、皆さん思い出してくださる。

私が好きなシャンソン歌手バルバラに、『我が麗しき恋物語』という歌がある。幸せだった恋を思い出すラブソングで、バルバラには珍しく明るい曲調だ。

大好きで、大嫌いだったM。

私の「一番麗しい恋の物語」は、一緒にいた時間が一番長く、深く関わったMになる。

Mは二〇〇一年に旅立っていった。私はその後九ヵ月間、初台マンションの一一階に住んだ。六月に今井に出ていってもらったあと七月末に同じ町内の切通坂から引越してきた。

一一階から眺める東の空は素晴しく、東風が運んでくる潮の匂いで台風の到来を知った。茜色に染まる日の出は、まさに brand new day　まっさらな一日のはじまりだ。

友達が言ってくれた慰めと励ましの言葉。

「誰もに平等なのは、いずれ死ぬことと、一日が二四時間だっていうこと……」

私はまだ血が通っている肉で、呼吸をしており、体温がある。

東の空、明治神宮の上に大きくて丸い月が昇り、東京の空にも星がまたたく。

満天の星　君よ　蘇れ

二〇〇二年四月、Mの一周忌。M姉が運転する車で相模湖霊園に向かう途中、

「これ、親一の。いい写真でしょ？

次女が撮ったんだけど、みい子さんには辛いだろうと思って、見せてなかったのよ」

と、ミニ・アルバムを渡された。ホスピスの四人部屋の病床で、M姉次女の長男・新太郎ちゃんとMが向き合っている。『ET』というか、ミケランジェロの『アダムの創造』のような図だ。爆発的成長を秘めたポテンシャルの塊のような赤ちゃんと、消え入りそうなMの強烈なコントラスト。私は、見たとたんに涙が溢れ、嗚咽が止まらなかった。泣きながら霊園に着き、お坊さまと参列者一同が揃ったところで、私が遺影を忘れてきたことに気づいて大慌て。「しょうがないよね」と、皆で霊園の仏事用備品、阿弥陀如来の掛け軸に向かって合掌した。

二〇〇三年秋、銀座の渋谷画廊で一週間、Mの三回忌『追悼のロシア展』を開催した。

七〇平米ほどの会場に、ほとんど引越し荷物ほどの展示品を持ち込み、スナップ写真や大きく焼いたパネル版など、何百枚もの写真を貼り、Mの著書や訳本、雑誌記事、ロシア事情ファクス通信、講演記録や論文を並べ、ロシアから買ってきた絵画やポスター、工芸品などを展示した。糠風呂を手伝ってくれた宮松君や瀧野さん、版画仲間の若山さんや稲見さん、鈴木さんと、区画を分担して一気に飾りつけた。赤を基調に画廊全体をロシア・アヴァンギャルド風に仕上げ、期間限定のロシアン・カフェだ。

支援先のモスクワの学校からユリアン先生を招き、会期中毎日バイオリンを弾いてもらった。空港までの出迎えは、産経新聞の奥村さんとパートナーの押田さんに頼んだ。先生はシャンパンスコエを五本もってきてくれた。学校の生徒たちから大きな寄せ書きも届いた。ダニエルは友人の作曲家にMに捧げる曲を委嘱してくれ、その楽譜をイスラエルから送ってくれた。海外で参加できない友からはメッセージを寄せてもらった。のべ四〇〇人が訪れ、賑やかだった一週間、一番その場にいたかったのはMだろう。画廊を訪れたいろんな方がMとのつながりをじっくり話してくださった。日本滞在の一週間余り椎名町のウィークリーマンションで窮屈な思いをさせたが、東京最後の夜、ユリアン先生は招かれてM姉宅に宿泊。床の間のある仏間でふかふかの和布団に浴衣で眠った。和風のご馳走を喜び、雪見障子や立派な仏壇に感心していた。

あれからユーラはカナダに移住した。あのオーリャとは別れ、別のオーリャと一緒だ。

「シンイチ、寒い夜、モスクワで僕たちが最初に会ったときのことを今でも思い出します。あれから一三年。あなたと会わなかったら、僕の人生は随分違っていたと思う。僕はあなたからたくさんのことを教わった。なんでも一生懸命にすること。簡単に諦めないこと。箸の使い方や醤油の美味しさも。あなたは僕にとって刺激と知識の源で、経済的な援助もしてくれた。トロントの日本食レストランで食事をするとき、あなたの笑顔と、料理をとり分けてくれる仕草を懐かしく思い出します。

今はすべて終わったことだけど、誤解したり、僕が間違っていたこと、喧嘩別れみたいになったことを謝りたい。僕を許してください。あなたが僕のためにしてくれたことすべてに、あなたが僕の人生にいてくれたことに感謝します」。

サハロフ会議のサマドゥーロフからもメッセージが届いた。

「訃報に接し、シンイチの短かった生涯を惜しむものです。シンイチと話したり一緒に行動するうちに日本への先入観は消え、むしろ関心が湧きました。シンイチは陽気で誰にでも優しく、いい人でした。一緒に紛争中のナゴルノ・カラバフへ飛んだときも、彼はとても穏やかに村人たちと話していました。モスクワの支援先を紹介したのも私です。彼がお金持ちかどうか私にはわかりませんでしたが、ずっと援助を続けてくれました。シンイチは、私が人生で会った本当に稀有な数人のなかの一人です」。

写真家のチャーリーはときどき仕事で日本にもやってきていた。一九九九年に来日したときは糠風呂に入り、混ぜ作業も手伝ってくれた。

「シンイチが亡くなった知らせを受けて、僕は声をあげて泣きました。僕たち一緒にいろんな冒険したよね。ほんとに、ほんとに面白かったね」。

【著者略歴】
片岡みい子（かたおか・みいこ）
翻訳・ライター。新潟県生まれ。1975年、東京外国語大学ロシア科卒業。70年代半ばよりソ連の体制批判派を擁護する運動を始め、90年代に取材や支援活動で頻繁に訪露。編訳書『女性とロシア』（亜紀書房）、共訳書『強制収容所へようこそ』（晶文社）、共著・インタビュー集『ソ連と呼ばれた国に生きて』（宝島社）など。ロシア絵本では『小さなお城』『ねこのいえ』（平凡社）を翻訳。編著書に、【道具としての英語】で『英語で雑談編』、『胸いっぱいの形容詞編』（宝島社）、訳書に『新セルフスタディ IELTS 完全攻略』（ジャパンタイムズ社）など。

たいへんよく生きました――ぬか風呂サロン闘病記

2015年2月10日　初版第1刷印刷
2015年2月20日　初版第1刷発行

著　者　片岡みい子
発行者　森下紀夫
発行所　論 創 社
東京都千代田区神田神保町 2-23　北井ビル
tel. 03（3264）5254　fax. 03（3264）5232　web. http://www.ronso.co.jp/
振替口座　00160-1-155266
装幀／池田忠利
印刷・製本／中央精版印刷　組版／フレックスアート
ISBN978-4-8460-1398-1　